ROBERTO SANTIAGO + BEGOÑA ORO + NANDO LÓPEZ + BELÉN GOPEGUI

sm

fundación sm

La Fundación SM destina los beneficios de las empresas SM a programas culturales y educativos, con especial atención a los colectivos más desfavorecidos.

Si quieres saber más sobre los programas de la Fundación SM, entra en **www.fundacion-sm.org**

LITERATURA**SM**•COM

Primera edición: febrero de 2024

Dirección editorial: Berta Márquez
Dirección de arte: Lara Peces
Cubierta: Genie Espinosa

Impresores, 2
Parque Empresarial Prado del Espino
28660 Boadilla del Monte (Madrid)
www.grupo-sm.com

ISBN: 978-84-1182-192-6
Depósito legal: M-35635-2023
Impreso en la UE / *Printed in EU*

El papel utilizado para la impresión de este libro está calificado como papel ecológico y procede de bosques gestionados de manera sostenible.

1.
ERIK

Un disparo.

Solo uno.

Es la primera vez en mi vida que voy a usar una pistola.

Puedo sentir el frío del metal en el bolsillo.

Un solo disparo.

No te dará tiempo a más.

Apunta bien.

Solo uno.

Jamás he disparado.

Ni siquiera en un videojuego.

Soy malísimo para esas cosas.

Solo tengo que apretar el gatillo.

Estoy rodeado de miles de personas.

La música retumba en el pabellón.

El humo.

Las palmas.

La euforia contagiosa.

Ella está en el escenario.

Cantando.

Los bailarines la llevan en volandas sobre la plataforma circular.

Las cámaras de televisión vuelan a su alrededor.

Una grúa sube y baja.

Los atrecistas empujan el decorado a toda velocidad.

El show está en el momento álgido.

Tres minutos donde se lo juega todo.

Ciento ochenta segundos y se acabará.

Cuando dispare, habrá gritos, empujones, carreras, caos.

Los del pinganillo se abalanzarán sobre mí.

Caeré de bruces.

Me inmovilizarán.

Apretarán sus rodillas sobre mi cuerpo.

Me dolerá.

Lo mereceré.

Habrá sufrimiento, acusaciones, reproches.

Los servicios de seguridad privados, la Policía Nacional, la Guardia Civil...

Todos intervendrán.

Habrá declaraciones gruesas.

El festival repulsa cualquier acto de violencia.

Este tipo de actitudes son intolerables.

Y otras cosas parecidas.

Sacarán un perfil de mi vida, de mi familia, de mi instituto.

Se culpará al sistema.

A la educación que he recibido.

A la pérdida de valores y referentes.

Habrá debates.

Mogollón de hashtags.

Tendencias.

Polémica.

Al final, el viento lo barrerá todo y solo quedará el silencio.

Eso del viento y el silencio no se me ha ocurrido a mí. Es de una canción, como casi todas las cosas buenas.

Ella no acabará su canción.

Yo no sé dónde terminaré.

Ha llegado el momento.

Respiro hondo.

Me abro paso entre la gente.

Atravieso la pista.

La gente cree que solo intento coger mejor sitio.

Algunos protestan.

Hay codazos.

El sudor pegajoso.

Sigo avanzando.

Estoy a punto.

Ella canta como si el mundo se fuera a acabar, como si fuera la última vez que entona esa melodía.

Se ha convertido en un himno.

Sus mechones azules vuelan.

La luz recorre sus tatuajes en cuello y brazos.

Tiene nombre de diosa griega, de destello luminoso, de titán.

La gente, enloquecida, corea su nombre.

Selene.

Selene.

Selene...

El palacio de deportes estalla.

Una descarga de emoción recorre las gargantas de miles de personas.

El estribillo resuena como si fuera un volcán a punto de entrar en erupción, escupiendo notas musicales.

Vale.

Lo del volcán que escupe notas tampoco es mío, lo he sacado de otra canción.

Tengo ganas de brincar.

De unirme a aquel estribillo.

Es todo lo que quiero,
todo lo que te quiero,
todo lo que me quiero.
Todo lo que te meto,
todo lo que me meto,
todo lo que merezco.
Lo-que-te-me-me-me-to,
lo-que-me-me-me-me-to.

Acaricio el gatillo.

La gente baila.

Se empujan, se agarran, se abrazan, se besan.

Eufóricos.

Desde la grada A, en la parte superior del pabellón, alguien me observa.

Es la única que no canta, que no aplaude, que no tiene los ojos clavados en la actuación.

Es Ras.

La chica del autobús.

Siento su mirada siguiendo mis pasos entre la multitud.

Lo-que-te-me-me-meee-to,
lo-que-me-me-me-meeeee-to.

Del techo caen miles de estrellas.

Sobre el escenario, Selene canta, salta y...

¡Arde!

Su traje dorado se envuelve en llamas.

Espectacular.

Agita los brazos como si fueran dos alas incandescentes.

Un arnés la eleva varios palmos sobre el suelo.

Es el clímax total.

Lo-que-te-me-me-meeeeeee-to,
lo-que-me-me-me-meeeeeeeeeee-to.

Una locura.

El público levanta las manos con las palmas extendidas.

En éxtasis.

Miles de bocas y manos y almas sincronizadas.

Ella canta con todo el cuerpo.

La voz sale de su estómago.

Recorre el pecho.

Atraviesa la garganta.

Y un aullido imparable revienta el corazón de todos.

Es lo más puto flipante que he vivido.

Dos ojos me atraviesan desde el escenario.

Es Nil.

El bailarín dos.

No deja de moverse, siguiendo la coreografía, cadera, brazo, brazo, giro, giro, rodilla, cadera, al suelo, arriba...

Suda.

Se entrega.

Su mirada me sigue.

Continúo.

Nada ni nadie me detiene.

Estoy a pocos metros de las vallas que protegen el escenario.

La música atronadora.

Las luces estroboscópicas.

Selene hipnotiza al público.

La expresión rota de su rostro.

Las llamas se han convertido en humo.

Los bailarines la envuelven.

La voz en cascada lo revienta todo.

Aterriza.

Y explota.

LO-QUE-TE-ME-ME-ME-TO,
LO-QUE-ME-ME-ME-MEEEEEEEEE-TO.

Ya está.

Último empujón.

Estoy.

Levanto la vista.

La tengo delante.

Selene sube a la torre humana que han ido formando los bailarines.

Nil está apoyado sobre las manos, al borde del escenario, sosteniendo al resto.

Me busca otra vez. Me encuentra. Me mira.

Ras se asoma desde la grada, agarrada con fuerza a la barandilla.

No me queda mucho tiempo.

Quiero asegurarme.

Me doy la vuelta.

Última comprobación.

En la *silver room*, al otro extremo del palacio de deportes, la veo.

Allegra está de pie sobre los sillones blancos.

Su vestido brillante refleja los focos.

Ella también me mira.

Allegra tiene unos ojos increíbles.

Todo en ella es increíble.

Durante un segundo, se traza un hilo invisible de miedo y complicidad entre los cuatro.

Nil.

Ras.

Allegra.

Y yo.

No hay vuelta atrás.

Selene despega los labios.

HARTA DE QUE ME DIGAS,
HARTA DE QUE ME DIGAN,
HARTA DE HARTARME.
LO-QUE-TE-ME-ME-MEEEEEEE-TO,
LO-QUE-ME-ME-ME-MEEEEEEEEEEEE-TO.

Es el final.

De la canción.

De la gala.

De todo.

Empuño la pistola.

Tembloroso, la apunto.

Ella me ve.

Y no solo ella.

Alguien a mi lado grita algo que no es la letra.

«¡Tiene una pistola!».

De repente, siento que tengo más espacio a mi alrededor.

Es demasiado tarde.

Tengo que hacerlo.

Ya.

Todo lo que he hecho.

Todo lo que ha sucedido.

Todo ha sido para llegar a este instante.

Me llamo Erik con k y acabo de cumplir diecisiete años.

Al fin...

Aprieto el gatillo.

2.
ERIK

Será mejor que empiece por el principio.

El autobús circulaba por la autovía a ciento diez kilómetros por hora.

Noche cerrada.

A través de las ventanillas, La Mancha.

O eso se suponía.

En realidad, lo único que podía vislumbrarse eran algunas luces perdidas, pueblos espectrales que se tragaba la oscuridad.

Llevábamos menos de una hora de viaje desde la Estación Sur de Madrid.

Sin paradas.

El servicio exprés.

El bus tenía un diminuto baño junto a la escalerilla de entrada.

Apestaba.

Llegaríamos a Benidorm antes del amanecer, así me ahorraría una noche de hotel.

Había reservado una habitación para el sábado en un hostal de la playa de Levante, cerca del Rincón de Loix.

Hostal SolyMar.

Lo había encontrado en Booking.

A dos kilómetros y medio del centro. Puntuaciones decentes.

No demasiado lejos del mar. No demasiado lejos del palacio de deportes, donde se celebraría la gala final.

El nombre era horrible. Hostal SolyMar.

Tampoco tenía pensado pasar mucho tiempo allí.

El plan era ir a los puntos de encuentro para fans. A los EuroClubES. Y luego hacer cola unas cuantas horas. Quería pillar buen sitio.

El festival no me importaba.

Yo iba para ver a Selene.

Era la mejor cantante de todos los tiempos.

Había sacado su primer disco solo dos años antes y lo había petado desde el principio.

Fue una sorpresa que se presentara al festival.

No le pegaba.

Decían que su discográfica la obligó.

Se decían muchas cosas.

Su canción se había convertido en un hit.

Era la bomba.

Había teorías sobre el contenido sexual de la letra. Sobre supuesta apología de las drogas. Sobre un montón de chorradas.

Ni caso.

Selene era la mejor.

Ganó la primera semifinal, era la gran favorita para la victoria.

Bueno, empatada a votos con la vencedora de la segunda semifinal.

Allegra.

La única que podía llegar a quitarle los votos del jurado o del público.

También tenía una legión de fans.

Muy escandalosos.

Los llaman *los allegres* y arman mucha bulla por todas partes.

Su canción, *Purpurina social,* no estaba mal.

Resultaba casi imposible no ponerse a bailar cuando sonaba.

Pero si me preguntas a mí, Selene era un millón de veces mejor que Allegra.

Yo solo iba para verla a ella.

Eso ya lo he dicho.

–¿Te importa?

Una chica apareció por el pasillo del autobús y se dejó caer en el asiento vacío a mi lado.

–No te importa, ¿verdad? –repitió.

–Yo no... o sea, no –dije, un poco cortado.

Me extrañó que se hubiera levantado de su sitio para sentarse a mi lado.

El autobús iba medio vacío.

–No soy una acosadora ni ningún rollo raro –dijo, como si me estuviera leyendo el pensamiento.

No podía verla bien.

El bus iba en penumbra.

Ella no me miraba directamente.

–Es que me he comido un bocadillo de queso y aguacate y una barrita de avellanas y me ha entrado cantidad de sueño, necesito dormir –siguió la chica–. Una vez me robaron en un viaje aprovechando que estaba dormida, ¿sabes? Bueno, no me robaron, pero estuvieron a punto. Pues eso, que si no te importa me voy a echar un rato aquí a tu lado. Podemos hacer turnos. Primero vigila tú. Luego cuando me despierte hago yo la segunda guardia, ¿guay?

Sin esperar mi contestación, echó el respaldo hacia atrás y subió los pies al asiento.

–Ah, me llamo Ras –dijo–. Bueno, vale, me llamo Melisa, pero prefiero Ras.

–Encantado –dije–. Yo soy Erik con k.

–¿Te lo has inventado o te llamas así de verdad? –preguntó, sorprendida.

–Me lo pusieron mis padres –contesté–. Por lo visto les flipaban las películas de vikingos, yo qué sé. Preferiría llamarme Pablo o Alberto, pero es lo que hay.

–Eres muy gracioso, Erik con k –dijo ella–. Me alegro de haberte elegido como compañero de guardia. Tampoco te vayas a creer. Los demás viajeros son todos unos vejestorios, por eso te he escogido. Ahora, si no te importa, me voy a sobar. No te duermas, eh. Te toca vigilar.

–Claro, claro –dije.

En pocos segundos, se quedó completamente dormida.

Sin más.

Ni siquiera me había dado tiempo a reaccionar.

Todo había ocurrido muy deprisa.

Era una situación tope marciana.

Estaba en un autobús nocturno, haciendo guardia porque una desconocida me había dicho que en un viaje habían estado a punto de robarle.

Intenté no moverme demasiado.

No quería despertarla.

A medida que hacíamos más kilómetros, empecé a ponerme un poco nervioso.

¿Y si en realidad la chica me estaba haciendo el lío?

No sabía cómo, pero a lo mejor era una estafadora.

O tal vez no.

Tal vez todo lo que había dicho era verdad.

Me estaba entrando sueño.

Pero si me quedaba dormido, Ras se enfadaría.

Miré la carretera e intenté pensar en otra cosa.

Saqué el móvil con cuidado.

Tecleé la contraseña y entré en archivos guardados.

Consulté la reserva del hostal.

Los horarios con las previas.

El itinerario con los preconciertos en la playa.

Y, sobre todo, mi entrada para el Benidorm Fest©. La había comprobado un millón de veces.

Entrada de pista.

Tendría a Selene apenas a un par de metros de distancia.

Iba a ser increíble.

Era mi primer viaje solo.

Me había escapado de casa.

O sea, no es que me hubiera escapado exactamente.

Mis padres creían que me había ido a pasar el fin de semana al chalé de un compañero del instituto, Tomás Gallo.

En primaria, Tomás y yo éramos amigos.

Pero luego dejamos de ir juntos porque él es un gilipollas y no tenemos nada en común, es de esos que solo hablan de fútbol y que puntúan a las chicas en plan culo-tetas-cara.

Como no tenía muchos amigos, a mis padres les hizo tanta ilusión lo de Tomás Gallo que se lo tragaron a la primera y no hicieron más preguntas.

Total, que me fui de viaje sin contárselo a nadie.

Bueno, a Tomás Gallo le conté la verdad por si acaso a mis padres les daba por llamarle o algo.

Me dijo que era un bicho raro y que eso del Benidorm Fest© era para viejas y maricones.

Pues eso, que Tomás era un gilipollas.

Ah, también me dijo que si quería que me cubriese con mis viejos ese fin de semana tenía que hacerle los trabajos de Filosofía y de Historia del Arte y darle el teléfono de mi hermana.

Mi hermana Sofía tenía quince años, era superpopular y, según Tomás Gallo, estaba buenísima. Un nueve-nueve-nueve.

Le dije que sí a todo y le prometí a Tomás que le hablaría bien de él a mi hermana, como si eso fuera a servir para algo.

Miré de reojo a Ras.

Llevábamos ya un montón de kilómetros y no se movía ni un milímetro.

Consulté el Google Maps.

Kilómetro 345 de la A3.

Habíamos hecho tres cuartas partes del trayecto.

Empecé a notar un hormigueo subiendo por la pierna.

Se me había quedado dormida.

No me atrevía a levantarla.

Temía hacer ruido o algún movimiento brusco.

Me concentré y aguanté como pude.

También me entraron ganas de ir al baño, me estaba meando a lo bestia.

Pero si me levantaba, la despertaría.

Tenía que hacer guardia.

Me había comprometido.

Traté de pensar en otra cosa.

La canción.

Lo-que-te-me-me-me-to.

Lo-que-me-me-me-me-to.

En la foto de promoción, Selene aparecía con un vibrador dorado y un frasquito de popper.

Se había liado una buena.

La acusaron de provocadora, de promover el uso de sustancias ilegales y de no sé cuántas cosas más.

Amenazaron con echarla del festival.

Pero enseguida llegaron nuevas polémicas. Primero, lo del autotune en una canción, aunque el tema era una mierda igual, con autotune o sin él, y al final eso no le importó a casi nadie.

Luego lo del vídeo de Keylo en TikTok: uno de los favoritos morreándose con un miembro del jurado... La que se lio ahí sí fue muy gorda.

La movida con la letra de Selene era una gilipollez al lado de eso. Y todo quedó en nada.

Era imposible, ya no podía aguantar más.

Me armé de valor y traté de salir por el hueco diminuto que había delante de los asientos.

Primero una pierna.

Luego otra.

Después un brazo.

Parecía un contorsionista.

Ras abrió un ojo y me pilló justo allí.

–¿Hemos llegado? –preguntó.

–No, no, perdona, es que tengo que ir al baño –me excusé–. Quedan como cien kilómetros, me parece.

–Hum –dijo, y volvió a cerrar el ojo.

Era increíble.

Se quedó dormida otra vez en medio segundo.

Ni se planteó que era su turno.

Fui al baño.

Al volver, me quedé en el asiento que había al otro lado del pasillo.

Me sentía como Jon Snow en el muro, tendría que servir en La Guardia de la Noche para toda la eternidad.

Era injusto.

A este paso, íbamos a llegar sin que me diera el relevo.

No tendría que haber aceptado.

A veces me pasa, digo que sí a las cosas sin pensarlo mucho y luego me siento mal.

Además, si me comprometo con algo, tengo que cumplir.

Nunca he sido capaz de dejar las cosas a medias.

Apoyé la cabeza, tratando de no pensar en nada.

Dejándome llevar.

Noté que los ojos se me estaban cerrando.

Los párpados pesaban.

El ruido monótono del autobús avanzando, las ruedas sobre el asfalto.

No recuerdo en qué momento me quedé dormido.

Soñé que estaba en el escenario del Benidorm Fest©.

El palacio de deportes de L'Illa repleto de gente.

Todos me miraban.

No sé qué hacía allí ni cómo había llegado.

No sonaba música.

Nadie cantaba.

De repente, me daba cuenta.

Estaba desnudo.

La peña me miraba y se partían la caja.

Intentaba taparme con las manos.

Por alguna razón, no podía huir.

No podía escapar del escenario.

Era un sueño, nada tenía lógica.

En la vida real, jamás se me ocurriría subir a un escenario, mucho menos en bolas.

Odio que me miren. Me gusta pasar desapercibido. A veces desearía ser el hombre invisible.

Ya había tenido esa pesadilla otras veces.

Me quedaba desnudo en lugares públicos.

Era horrible.

–Te has dormido, ¡qué fuerte!

Desperté de golpe.

Ras estaba superindignada.

–Podrían habernos robado –me acusó–. Prometiste que estarías atento.

–Perdón, ha sido solo un momento –dije.

–Qué fuerte –volvió a decir.

–Lo siento...

Miró hacia la ventanilla y señaló a lo lejos.

–Benidorm –dijo, con los ojos brillantes.

De pronto, ya no estaba enfadada. Al revés, parecía feliz.

Cambiaba de humor muy deprisa, costaba seguirla.

–Mola –dijo.

En el horizonte, se podía distinguir un impresionante *skyline* de rascacielos iluminados.

El Bali.

El Intempo.

Algunos de los edificios más altos del mundo.

–Tú también vienes al festival, ¿verdad? –me soltó Ras.

–¿Cómo lo sabes? –pregunté.

–Por la cara de Benidorm Fest© que tienes –dijo riendo y añadió–: Bueno, y por la camiseta.

Llevaba puesta la camiseta negra con el logo del festival.

No lo recordaba.

Me había tocado esa camiseta en un sorteo.

Igual que la entrada para la final.

–Yo voy a ir directa a la fiesta de Penélope –anunció Ras–. ¿Te vienes?

–¿Ahora? –dije, desconcertado.

–Claro, es la fiesta oficial del festival –dijo ella–. Dura hasta las ocho de la mañana. Tenemos tiempo de sobra. Me han explicado que a última hora te dejan entrar gratis. Es una discoteca mítica.

–No sé –dije–. Yo pensaba ir a la playa para ver amanecer y eso.

–Puedes ver amanecer todos los días de tu vida –argumentó–. ¿Cuántas veces vas a poder ir a una fiesta como esta?

–Ya, eso sí –dije–. No sé.

–¿Tocas algún instrumento, Erik con k? –Era asombrosa la facilidad con la que pasaba de un tema a otro–. A mí me flipa la batería, no soy muy buena todavía, pero algún día lo seré.

–De pequeño tocaba la guitarra... y la flauta –dije–. Luego ya no.

El autobús enfiló una amplia avenida en las afueras de la ciudad.

Al cruzar una rotonda, llamaban la atención unas letras de colores enormes formando la palabra BENIDORM.

La estación era un mamotreto gigantesco, un edifico gris en mitad de la nada.

El autobús aparcó en la dársena 3 y detuvo el motor.

–Bienvenidos a Benidorm –dijo el conductor a través de los altavoces, leyendo un papel plastificado; su voz resultaba monótona, un poco forzada–. Son las cinco y veintidós minutos de la mañana, hay una temperatura exterior de nueve grados y el cielo está despejado. Muchas gracias por elegir Alsa Express para viajar. Esperamos verlos próximamente. Disfruten de su estancia.

Los viajeros fuimos bajando.

La estación parecía un lugar fantasma.

La cafetería estaba cerrada.

Apenas había algunos viajeros esperando en los asientos de plástico del vestíbulo.

Un par dormitaban en el suelo, apoyados sobre sus mochilas.

Ras y yo lo atravesamos directos a la salida.

–¿Te vienes a la discoteca o qué? –me preguntó de nuevo.

–Creo que no –musité.

En ese momento, oímos unas voces al fondo del vestíbulo.

Dos chicos estaban discutiendo acaloradamente.

Uno de ellos llevaba una mochila inmensa.

Me sonaba.

Alto y musculoso.

Los ojos rasgados.

Las cejas pobladas.

Los pómulos puntiagudos.

La nariz ligeramente desviada.

El pequeño tatuaje de una estrella en la sien.

Lo había visto en alguna parte.

Exacto.

Era uno de los bailarines de Selene.

El coreógrafo.

Nil.

Eso era, sí.

El otro no recordaba cómo se llamaba, pero enseguida me di cuenta de que también curraba con Selene.

Había visto sus caras mil veces en el vídeo. Y flipé, bueno, flipamos todos cuando clavaron la coreografía en la semifinal.

Los dos forcejearon.

–No puedes irte, Nil... no puedes –le repetía agarrándolo por el brazo, tratando de impedir que se largara.

Lo empujó.

–Claro que puedo, Ian, estoy harto –contestó.

Es verdad, el otro se llamaba Ian.

Lo había visto etiquetado en algunos de los *stories* de Selene.

Nil siguió adelante, hacia las dársenas.

–Por favor.

Pero nada.

No se detuvo, parecía muy decidido, y también muy molesto.

Entonces, justo cuando iba a salir hacia los andenes, ocurrió.

La puerta principal de la estación se abrió de par en par.

Y el tiempo se detuvo.

Delante de nosotros, apareció...

Selene.

En persona.

Lo prometo.

Voy a repetirlo por si alguien no lo ha entendido.

Allí en medio.

En esa estación de autobuses medio desierta.

A las cinco y media de la mañana.

¡Entró Selene!

Llevaba un abrigo de plumas y unas gafas de sol que le tapaban medio rostro.

Era inconfundible.

Sus mechones azules.

Esa forma de moverse.

Los anillos formando la palabra SEXO en la mano derecha y NEXO en la mano izquierda.

¡Era ella!

Detrás de Selene, una docena de personas la seguían, como si fueran su corte personal.

Sentí que mis pies se volvían de cemento y se hundían en el suelo.

Estaba paralizado.

Pensé que el corazón me iba a estallar en mil pedazos.

Aquello era una señal del destino.

O una casualidad.

El caso es que estaba pasando.

–Es ella, ¿verdad? –dijo Ras, tan impresionada como yo.

Asentí, incapaz de articular palabra.

Selene fue directa a por Nil.

Él no se esperaba aquello, estaba muy sorprendido. Aun así, mantenía su actitud distante.

–No puedo hacerlo sin ti –le dijo Selene.

–Joder, haberlo pensado antes, eres una egoísta –le contestó.

Se oyó un murmullo de la corte que la seguía. Cómo se atrevía aquel súbdito a hablarle así.

–Es solo un día –insistió Selene.

–No puedo más.

Selene se lo quedó mirando.

Se quitó las gafas de sol.

Sus pestañas de color azul, a juego con los ojos y el pelo, llegaban casi hasta el techo de la estación.

–Te prometo que las cosas van a cambiar, Nil –dijo.

Él negó con la cabeza.

Sus resistencias estaban empezando a ceder.

Se acercó mucho a él.

Selene le dijo algo al oído.

No tengo ni idea de lo que le susurró Selene, pero Nil cambió el rictus.

Resopló.

–Está bien –aceptó.

Ella sonrió.

–No me la juegues.

–Nunca –respondió Selene–. Vamos a tomar la última. Nos lo merecemos.

Se volvió a poner las gafas de sol y dio media vuelta.

Seguida por su séquito, se dirigió a la puerta de la estación.

Antes de salir, Nil cruzó una mirada conmigo.

Me observó durante dos o tres segundos.

No le hacía ninguna gracia que hubiéramos visto aquella escena.

El otro chico, Ian, tiró de él.

Yo seguía en la misma baldosa, digiriendo lo que acababa de ocurrir.

–Qué fuerte –dijo Ras–. Van a Penélope a tomar la última.

–¿Cómo sabes que van a Penélope? –dije–. A lo mejor van a otro sitio, o al hotel...

–Lo sé porque es obvio: todo el mundo va a Penélope, es lo más –explicó ella, con su razonamiento aplastante.

Era imposible rebatirla.

Agarró su bolsa de viaje.

Me miró.

Y dijo:

–Última oportunidad, Erik con k. ¿Vienes? ¿Sí o no?

3.
NIL

No fue así.

O no exactamente.

¿Selene suplicando?

Una diva siempre es una diva y ella es la más diva de todas las que he conocido. Y eso que en el teatro me ha tocado currar con unas cuantas.

Puede que yo entonces fuera más ingenuo –cosas de empezar con nueve años –o que en un musical trabaja tanta gente que los egos acaban estando más repartidos, pero aquí no, aquí el show es ella.

Selene.

En esos tres minutos donde nos lo jugamos todo delante de cientos de miles de telespectadores, Selene es la puta ama.

Los dos mil que nos miran desde la pista y las gradas no le importan tanto. Importan más los que están en sus casas. Los que nos miran a través del móvil. Los que queremos que escuchen nuestra canción en bucle en Spotify y que nos hagan ganar miles, cientos de miles, millones de visualizaciones en YouTube. Eso sí importa, aunque ni siquiera algo así haría que Selene suplicase a su bailarín.

Da igual que sea verdad: jamás lo habría dicho, jamás habría confesado que si yo me largaba, que si Ian no la ayudaba a retenerme, ella se quedaría fuera de la competición. Ni siquiera habría estado en el top 3. Sin nosotros, Selene habría sido una más. Tal vez la última. O la penúltima. Solo una más. Y eso es lo peor que puede pasarnos a quienes nos dedicamos a esta mierda del arte: la indiferencia.

Selene se asomó a la puerta, sí. Pero solo para que Ian y yo supiéramos que estaba allí, moviendo los hilos. Su presencia tenía la misión de imponer, no de convencer. Eso lo dejaba para otros.

A lo mejor, si yo estuviera tan obsesionado con alguien como lo estaba Erik con Selene, también confundiría lo que pasó con lo que me habría gustado que pasara. Ni idea. Nunca me había ocurrido. Al menos, hasta ahora... Antes de que aparecieran Ian en los ensayos y Ras en la fiesta, nadie me había excitado tanto como lo único que de verdad me da la vida: el escenario.

Por eso acabé diciéndole que sí a Marc cuando me llamó para ofrecerme currar con Selene.

–Es una buena oportunidad, Nil.

Yo no lo veía así. Mi plan era conseguir un papel en otro musical. En una serie. Incluso en un corto. No convertirme en un bailarín más en medio de una canción que ni siquiera sería del estilo de las que me gustan.

–¿Para quién? ¿Para mí?

–Que te conozcan en Bronce es bueno.

–¿Es que ahora quieres que saque un disco con ellos o qué?

Marc torció el gesto y esperó a que yo me calmase.

En realidad, tenía razón.

Que Bronce, una de las pocas discográficas que había crecido en los últimos años, quisiera contar conmigo era una buena noticia. No porque yo tenga ninguna intención de cantar, pero sí que los Bronce, que habían bautizado con su apellido a la que empezó siendo una empresa familiar, podrían contratarme en vídeos, conciertos y cualquier otra movida donde necesitaran un bailarín. O, mejor aún, un coreógrafo.

–No van a decir ni mi nombre...

–Pero te van a ver. Y ya se encargarán de buscarte en redes. Tú espera a que esto empiece para que se multiplique tu número de seguidores.

–Genial. Un montón de salidos babeándome y mandando DMs de mierda. Justo lo que necesito.

–Igual que ahora, ¿no? –Marc me dejó claro con su sarcasmo que no estaba dispuesto a aceptar una negativa: o decía que sí o me arriesgaba a quedarme sin repre–. Con tanta foto enseñando abdominales seguro que tus privados son una fiesta.

Me mordí la lengua para no interrumpir a Marc con su tono asquerosamente paternalista.

–Mira, Nil, llevas dos años con publi, covers, algún evento... Así no podemos seguir. O llamamos ya la atención o tu carrera se va a hundir antes de comenzar. Y el Benidorm Fest© no será un protagonista en *Hamilton*, pero es más de lo que has tenido últimamente.

Últimamente es desde que cumplí los dieciséis.

Dieciséis.

A veces creo que mi vida se podría resumir en los números que la han marcado.

Hasta entonces iba bien, porque a las productoras les costaba encontrar niños con mis rasgos. Alto, despierto, espontáneo, con dotes para el baile y una cara lo bastante fotogénica como para dar bien en el escenario y en cámara.

Hasta que mi cuerpo exigió más espacio y el baile y el deporte me convirtieron en alguien a quien, según dice Marc, rechazan en los castings porque, si miran mis músculos, parezco mayor para mi edad, y si miran mi cara, les resulto demasiado joven. Así que ahí ando, en tierra de nadie, haciendo pruebas para series juveniles en las que, después de hacer todos sus *call backs*, acabo llevándome un no, esperando que me den la oportunidad de demostrar todo de lo que soy capaz. Todo lo que he aprendido desde que dejé un pueblo que paso de recordar y, con solo diez años, me instalé en Madrid para ser uno de los protas infantiles de *Sonrisas y lágrimas*.

Como no tenía familia aquí y mis padres tampoco se podían trasladar, los de la productora me pusieron una tutora y un piso con otros tres actores más o menos de mi edad. Los cuatro interpretábamos a distintos hermanos de la familia Von Trapp y, entre ensayos y funciones, compartimos todas las primeras veces que fueron surgiendo. Así fue como apareció Marc, que entonces era el repre de la actriz que hacía de María –menuda cursi: la actriz y el personaje –y quiso serlo también mío. Ahora creo que se arrepiente un poco.

–¿Entonces le digo que sí?

–¿Pagan bien, Marc?

–Pagan...

–Tío, son los Bronce. ¿No les podemos sacar más?

–No estás en situación de exigir mucho.

Gracias: puñalada recibida.

–¿Y quién es la cantante?

–Selene.

–¿La que ganó el *Voice Talent*?

–¿Te gusta?

–¿Esa imitación barata de Niki Minaj?

–No seas tan *bitchy*.

–Va de estrella y no tiene más que un par de discos con singles facilones y dieciséis remixes.

–Serán facilones, pero son un éxito.

No como tú, Nil, que no has tenido ninguno.

Marc no lo llegó a decir, pero casi pude oír esas palabras al otro lado del teléfono.

–Según las casas de apuestas, es la favorita.

–¿Y mi papel sería...?

–El dos.

–¿Qué dos?

–El cuerpo de baile son seis chicos. Y tú serías el dos.

–El dos. Superapetecible, sí.

–Tengo que responder hoy, Nil, tú dirás.

Quería decir que no. Que ni soy ni voy a ser nunca el dos. Que no estoy dispuesto a que me conviertan en un cuerpo anónimo, en un físico del que luego harán capturas en redes diciendo que «a ese se lo tirarían», porque «ese» no tiene nombre, «ese» no es más que alguien que una diva quiere usar para que su espectáculo triunfe entre el público mayoritariamente LGTBIQ+ de un festival en el que la G amenaza con devorarlo todo. La G que siempre parece querer anular al resto del colectivo, como si las demás letras no existiésemos, como si la B, mi B, ni siquiera fuese posible. Y eso sí que me jodía, me cabreaba tener que aceptar formar parte de un juego que no era el mío, hasta que se me ocurrió el modo de cambiar las normas.

–¿Quién es el coreógrafo?

–Ni idea.

Respiré hondo antes de lanzar mi órdago.

–Pues diles que sí, que me apunto, pero que además de ser el dos de Selene, quiero ser su coreógrafo. A ver si así mejoran un poco la oferta. Total, les voy a salir más barato que contratar a otra persona más.

–También va a ser el doble de curro.

–Ya. Y el doble de visibilidad.

Marc dudó un instante.

–OK, se lo comento y te aviso en cuanto sepa algo.

¿Pero qué estás haciendo?

¿Qué cojones estás haciendo, Nil?

Me quedé un rato inmóvil, con el móvil en la mano, pensando en lo que acababa de suceder.

No solo había dicho que sí a participar en un festival que no me interesaba, sino que había aumentado mi responsabilidad. Si me decían que sí, ocuparía un lugar esencial en el equipo de Selene, en medio de esa vorágine de músicas y focos en la que resulta tan difícil distinguir lo verdadero de lo falso.

Purpurina social,
la vida que te inventas,
las noches que no cuentas,
las ganas de gritar.
Purpurina social,
glitter en los stories
y ese DM que te llega,
ese like que no esperas
y que te hace vibrar.

El DM del que habla Allegra, en mi caso, fue de Selene. Y no se lo curró una mierda.

«Vuelve YA».

Si había alguien que podía convencerme, ese alguien era Ian.

Ninguno de los dos nos habíamos molestado en ocultar que, de vez en cuando, acabábamos enrollándonos después de los ensayos. O que, de repente, había surgido entre nosotros algo que no acababa de estar mal.

Selene lo sabía. Selene siempre lo sabe todo. Así que lo envió a buscarme para ejercer a través de él su mejor arma: la manipulación.

Ian no dudaría dónde buscarme. En cuanto viese que me había llevado todas mis cosas, iría directo a la estación de autobuses. No había otro modo de abandonar Benidorm a esas horas.

«Te veo ahora».

Me escribió Selene después de que Ian me encontrara, en un mensaje que se podía leer como una confirmación o como una amenaza.

Pero ella solo se asomó desde lejos, y, en cuanto Ian entró en la estación, se retiró al coche que la sacaría de allí. Quería dejar constancia de su poder de diva, no mancharse las manos con quienes estábamos a su servicio.

Me hizo gracia ver entrar a Ian medio pedo y con la marca del muerdo que yo mismo le había hecho en el cuello unas horas antes.

–Nil, vamos a hablar.

–¿Hablar de qué?

–No nos puedes hacer esto, joder.

–Díselo a ella.

–Espera al domingo.

–Hay cosas que no sabes.

Pero Ian asintió para dejarme claro que sí sabía. O que intuía. Solo que no podía pararse a pensar en ello. No el día antes de la actuación. Lo que yo había descubierto podía acabar con la carrera de Selene. Y si no éramos cuidadosos, también con la de quienes la rodeábamos.

–Más cosas –le insistí.

–Por favor, Nil, solo un día más. Nos merecemos estar en la final.

–No lo entiendes, joder.

–Pues explícamelo.

–No quiero ser su cómplice.

–Un día, ¿no te das cuenta? Si te largas ahora, todo lo de estos meses se va a la mierda.

–Eso es lo que quiero, mandarlo todo a la mierda, ¿no lo ves?

–Hazlo por nosotros. Por los seis.

Tenía que haberle dicho que no. Tenía que haber sido fuerte y no haber permitido que Ian me convenciera.

Pero mencionó a los seis y a mí se me cayó el mundo encima.

Juntos habíamos logrado crear algo especial durante los ensayos. A los seis nos había unido la certeza de no ser nadie y la ambición de querer ser alguien. Compartíamos las agujetas tras las horas de entrenamiento mal pagadas, la precariedad en la que sobrevivimos y que justificamos porque hacemos lo que amamos, aunque lo que amamos nos obligue a dejarnos la piel a cambio de sueldos miserables.

Los seis nos apoyábamos. Nos ayudábamos. Y en solo tres meses, desde que en noviembre dijimos que sí a Selene, nos convertimos en algo más que un cuerpo de baile. Algo que no sé si llamaría amistad, pero que se le parecía mucho.

–Nil...

Tenía que ser amistad, sí, por eso Ian y yo pasamos de estar a punto de darnos de hostias a un abrazo tímido que frené enseguida. No quería venirme abajo. Era importante no bajar la guardia. Y evitar, ante todo, que ella sospechara. Solo así podría decidir lo que haría con lo que había averiguado en cuanto acabase el festival. Después de esos tres minutos de la final donde, según decían los eurofans, con la descalificación de Keylo ya solo había dos favoritas: Selene y Allegra.

Una putada lo de Keylo. En cuanto se hizo viral su vídeo morreándose con Ágredas, uno de los del jurado, el festival se deshizo de ellos en tiempo récord y Keylo se quedó sin festival y sin carrera: el *hate* lo convirtió en veneno para la industria.

–Venga, tío, vamos a por la última –intentó animarme Ian.

No sé si era su manera de agradecerme que no me hubiera rajado o si fue lo único que se le ocurrió para asegurarse de que me quedaba. Lo miré aún indeciso y él, dispuesto a salirse con la suya, me dio un pico que, incluso en medio de toda esa movida, me puso un poco cachondo.

–¡Que sí! ¡Que nos vamos a Penélope! –insistió.

–¿Vais a Penélope?

Nos giramos hacia la chica que acababa de preguntarlo.

Debía de tener mi edad y estaba junto a otro chico que era el primer cishetero –mi *gaydar* nunca falla –que veía en la última semana. Era obvio que acababan de llegar a Benidorm y andaban buscando plan para acabar una noche que, para ellos, tan solo había empezado.

–Nosotros también queremos ir –se adelantó ella y me miró con una expresión en la que, no sé por qué, pude reconocerme.

Se me da bien leer a la gente. No es un don ni un talento natural ni ninguna rayada de esas. Es solo que cuando te has acostumbrado a buscarte la vida, acabas adivinando pronto a las personas que te rodean. Por eso, en cuanto conocí a Selene supe que ocultaba algo. Igual que cuando conocí a Ras estuve seguro de que nos íbamos a entender.

–Podemos pillar un taxi –nos propuso a la vez que invitaba a su amigo a que la siguiese–. Por cierto, me llamo Ras. Y este es Erik.

–Con k.

Me hizo gracia que nos aclarase su ortografía, como si fuera un dato superimportante.

–Venga, va, pillamos uno los cuatro.

–No es necesario, Ian –Selene interrumpió de pronto–. Cabemos todos en la furgo de la discográfica. Venga, ya vamos tarde.

–Genial –Ras, una vez más, tomó la iniciativa.

–¿Y si no nos dejan entrar? –dudó Erik, sin dejar de mirar a Selene.

–¿Qué dices, chaval? Somos las estrellas, claro que os dejan –le contestó Ian.

–Decid que son del equipo –ordenó Selene.

Ya no escuchó nada más. Se puso los cascos y pasó de todo el mundo.

–Percusionista, ¿os vale? –Ras se señaló a sí misma mirándonos a Ian y a mí.

Los dos nos reímos y asentimos dándole la razón.

–Y tú, ¿Erik con k? –bromeó Ian.

–¿Yo?

–¿Quién decimos que eres?

Erik se encogió de hombros.

–Su asistente personal.

Lo dijo como si en realidad lo estuviera deseando, y nos volvimos a reír.

Nada más llegar, Selene salió sin mirar atrás. Para cuando llegamos a la puerta, ya había desaparecido dentro de Penélope.

–¿Y esos? –nos preguntó a Ian y a mí el tipo que vigilaba la puerta, después de pedir nuestras acreditaciones.

–Vienen con nosotros.

–Si no están en lista, no pasan.

Erik miró a Ras con ganas de soltar un «te lo dije», pero Ras se adelantó.

–Somos del equipo. Nuestros nombres tienen que estar ahí.

–Pues yo no os veo...

–No quiero ser un capullo –intervino Erik–, pero preferiría no tener que hablar con Selene.

–Haznos caso –lo secundó Ras–, tú tampoco quieres que hablemos con ella.

El encargado de la puerta miró de nuevo en el listado y, tras hacer un poco de teatro para mantener a salvo su orgullo, fingió haberlos encontrado.

–Cerramos en dos horas –nos advirtió.

–Suficiente –respondió Ras, como si hubiera trazado un plan de acción para el que le bastaban con los ciento veinte minutos que nos acababan de ofrecer.

Ciento veinte.

Dieciséis.

Seis.

Cuatro.

¡Joder!

¿Cómo se olvida un número?

–¡Nil!

De nuevo apareció Selene. Aunque ya no llevaba su abrigo de plumas, sino un top negro a juego con las enormes gafas de sol que le cubrían media cara.

–Te dije que lo convencería –le sonrió Ian, esperando que la diva entre las divas le agradeciese el esfuerzo.

Ella ni siquiera se dignó a mirarlo. Estaba ocupada observándome. Retándome. Dejando claro que se había impuesto a todos una vez más. Y era verdad: estaba allí. Aunque no fuera por ella, sino por mis compañeros. Por los Seis. Pero eso daba igual. Los motivos no cambiaban el resultado. Me encontraba en el mismo lugar donde había estado desde que la conocí: a sus pies. Dispuesto a participar en el último número. En esa final en la que, según Twitter, teníamos más posibilidades que el resto.

> *Allegra ha compuesto un temazo y lo vamos a bailar hasta morir, pero #PurpurinaSocial es una canción poco eurovisiva.*
>
> **@better_than_you**

> *Este #BenidormFest© ya tiene ganadora y se llama Selene. Ah, y su coreógrafo, al que mañana entrevistamos junto a nuestra favorita, está mamadísimo: puede pisarme la cara si quiere.*
>
> **@anyonesmith**

Nunca sé si dar *like* en comentarios como el de @anyonesmith, un tío que es experto en crear *hate* desde su pódcast y que se ha convertido en el rey del fándom de Selene.

Cuando me escriben mensajes como el suyo, dudo qué hacer. Porque si doy el *like* que esperan, le estoy diciendo que no me importa que guarden mis fotos, que no me asquea que tíos de treinta, de cuarenta o de cincuenta me manden *nudes* que no he pedido solo porque me han visto bailando y han ido a buscarme a Instagram. Tíos que se parecen a los cuarentones que a esas horas, cuando quedaba poco para cerrar el local, nos miraban a Ian, a Erik y a mí como si fuéramos la última remesa de carne fresca de la noche.

–Mañana nos toca currar fuerte, así que no os metáis mucho.

Selene subrayó el verbo *meter*, por si no nos habíamos dado cuenta del juego de palabras con su canción. Ian forzó una sonrisa y ella sacó con discreción una bolsita de M para ofrecernos una chupadita. Dije que no sacudiendo ligeramente la cabeza y la miré a los ojos, tratando de atravesarlos a pesar de sus ridículas gafas de sol.

–¿No deberías estar durmiendo?

No me habría atrevido a preguntárselo si a esas alturas no me hubiera hecho ya con tanta información sobre Selene como para hundirla... Pero el Nil que había llegado a Benidorm no era el mismo Nil que se iba a marchar de allí.

–Que duerma la Intensa –dijo Selene riendo.

No me extrañó que Allegra –«la Intensa», como la había bautizado @anyonesmith– no estuviera ahí. Tenía la impresión de que era una artista profesional y responsable. Alguien que había aprovechado el festival para reinventarse y salir del bucle de baladas pastelosas en el que habían intentado encerrarla. Había algo en su salto mortal que me hacía admirarla y hasta desear acercarme a ella.

–¿Os venís?

Ras señaló hacia la pista, decidida a encontrar un lugar cerca del escenario frontal donde ubicarnos y hacernos fuertes entre los grupos que atestaban la discoteca.

–¿Dónde? –preguntó Erik, que seguía mirando a Selene con cara de embobado.

–A bailar. Hemos venido a eso, ¿o no?

–Pasadlo bien –se despidió Selene y, con un gesto, ordenó a Ian que la acompañase hasta el extremo donde estaba la zona VIP.

–Ya puedes cerrar la boca, Erik –bromeó Ras.

–Tienes que presentármela. Nil, por favor, tienes que presentármela.

–Hoy no es un buen día.

–Pues cuando sea. Pero yo tengo que conocerla.

–Ya la conoces. Has ido con ella en la furgoneta. Lo que quieres es que te conozca ella a ti.

Ni Erik ni Ras pudieron oírme. Acababan de pinchar el tema de Selene y toda la pista lo cantaba a coro.

Harta de que me digas,
harta de que me digan,
harta de hartarme.
Lo que te me me meeeeeee-to,
lo que me me me meeeeeeee-to.

Animada por sus fans, Selene saltó al escenario e improvisó un playback junto con Ian, sin molestarse en buscarme para que me sumase a ellos.

–¿Tú no te animas, Nil?

La pregunta de Ras era más un guiño que un interrogante. No sé por qué, pero sentí que aquella chica era capaz de interpretarme. Había algo en su búsqueda que tenía que ver con la mía, con saber que no estás donde te gustaría pero que vas a hacer lo que haga falta con tal de llegar a ese lugar.

–Yo solo bailo si hay cámaras.

Ras sacó su móvil y me apuntó con él.

–Aquí tienes una.

Pude haberlo evitado.

Pude haberme limitado a ser lo que siempre han querido que sea.

El dos.

Pero la energía de Ras era contagiosa. Y a mí esa madrugada me quemaba el cuerpo, y la conciencia, y la rabia por todo lo que había descubierto de Selene.

Cuando dudo, bailo. Cuando las sombras me amenazan, escojo el cuerpo. La acción evita que me devore el pensamiento. Y esa noche, también.

Comencé a ejecutar los pasos más difíciles de la coreografía que yo mismo había diseñado. Poco a poco, me fui haciendo con el espacio en la pista al mismo tiempo que la gente que nos rodeaba se abría y se giraba hacia mí, cambiando la dirección de sus móviles, que hasta ese momento habían apuntado a Selene. Al cabo de unos cuantos acordes, dejaron de atender a lo que pasaba en el escenario para grabarme a mí.

De ese momento recuerdo el aplauso al terminar. El gesto de admiración sincera de Erik. La euforia de Ras (¿por qué no podía dejar de mirarla?). Y los primeros compases de la canción de Allegra sonando bajo el eco de los aplausos.

No recuerdo cuándo se bajaron Selene e Ian del escenario. Ni cuándo se marcharon. Recuerdo lo que pasó justo después de que el dos le robara su momento en Penélope a la estrella más votada de la segunda semifinal. Y ese aplauso.

Ese aplauso en la pista tan fuerte como el estallido que hizo arder una nube de aire a nuestro lado minutos después.

4.
ALLEGRA

No sé cómo sonó ese aplauso. Tampoco cómo fue el estallido.

No dudo que, de haber estado ahí, me saltara una notificación de: «Se ha expuesto a niveles de sonido que han alcanzado los 100 decibelios. Exponerse a este nivel tan solo unos minutos al día puede provocar una pérdida temporal de la audición».

No tengo padre, pero tengo un reloj que me vigila.

No estuve en la discoteca para escuchar todo eso, pero algo sé seguro: no pudo sonar más fuerte que la bomba que estalló en mi cabeza aquella misma noche. Fue poco después de las doce.

A esa hora, Erik y Ras estarían en Madrid, en la estación, a punto de coger el autobús. Erik aún no había visto a Ras. No sé si Ras habría fichado ya a Erik. Me la imagino paseando por la dársena comisqueando una barrita de avellanas mientras hacía su casting particular de futuros compañeros de guardia. Vaya ojo, Ras. Cuando te sentaste a su lado, ¿respetaste escrupulosamente el espacio del asiento? ¿Apoyaste, descolgada por el sueño, tu cabeza en él?

Ojalá yo hubiera tenido la cabeza apoyada en alguien, aunque fuera en Eric. Perdón, se escribe Erik, ¿no?

Pero no. Yo estaba sola, en la cama, una cama supergrande para mí sola, una cama donde hacer la croqueta de lado a lado. Tan pancha en Don Pancho (juro que el hotel se llamaba así).

Me había acostado pronto porque, sí, Nil, me leíste bien, soy una chica responsable y quería descansar todas las horas necesarias para estar fresca como una lechuga.

¡Pero si me acosté antes de las once!

Lo malo es que no es fácil dormir cuando cada pelo, cada poro, cada neurona de tu cuerpo saben que todo se decidirá al día siguiente. Cómo confiarse a esa nada que es el sueño. Cómo pasar de estar tan frenéticamente acompañada (el equipo técnico, la organización, mi madre, Ricky, los de la discográfica, la prensa, los fans, ¡los fans!)
a estar
tan
sola.

No hay soledad como la de la cama doble de una habitación de hotel, y yo acababa de descubrirlo esa semana.

Las sábanas estaban frías, como yo cuando me pongo nerviosa.

A veces tirito.

Ahora no. Había puesto la calefacción a tope.

Di vueltas y más vueltas.

Oía en mi cabeza mi propia canción.

Purpurina social.
Y bailar y bailar.
Aunque por dentro mueres,
como un animal.
Sufrimiento bestial.
Hay que sacrificar
porque todos esperan
purpurina social.

BASTA.

¿Cómo se olvida una letra? Aunque sea un ratito. Necesitaba encontrar un botón para apagarla. Pero era imposible.

Probé a sobrescribirla. Necesitaba otra canción.

En mi cerebro apareció la canción de Selene.

Todo lo que te meto,
todo lo que me meto,
todo lo que merezco.
Lo-que-te-me-me-me-to,
lo-que-me-me-me-me-to.

Me estaba taladrando el cerebro.

El ruido de la calefacción tampoco ayudaba.

Cuanto más quería dormir, más me agobiaba por no estar durmiendo y más lejos estaba de dormirme.

Cogí el móvil, esquivé todas las notificaciones, «ese DM que te llega, ese *like* que no esperas...»

BASTA.

y miré la hora. Ya las 23:42.

Me levanté a bajar la temperatura del termostato.

Necesitaba aire.

Abrí la puerta del balcón. A lo lejos, el mar. Al lado, en el balcón contiguo, risas. Sabía perfectamente de quiénes eran.

Maldita coincidencia. En realidad, no era tanta. Le habían asignado otra habitación, pero como no funcionaba la calefacción, había pedido cambiar. Y ahora, estaba en la habitación de al lado. Mejor no pensarlo.

La chica responsable que hay en mí le dijo a la chica cotilla que hay en mí que no hacía falta escuchar lo que pasaba al otro lado del cristal que me separaba de su balcón. Lo que yo tenía que hacer era dormir.

Cerré la puerta del balcón y volví a la cama.

Empecé a hacer ejercicios de respiración.

Pensé en el mar. Pensé en correr. Pensé en correr junto al mar.

> Una ola, otra ola.
> Una pierna, otra pierna.
> Una pierna, otra ola,
> otra pierna, una ola
> ...

Estaba a punto de quedarme dormida.

Ya casi dormida.

otra ola

Dormida.

Profundamente dormida.

Y de repente...

¡¡¡¡¡¡BUUUUUUUUMMMMMMMM!!!!!!!

Me explotó la cabeza.

Así: 🤯.

Sé qué cuesta creerlo y no sé cómo explicarlo, pero fue exactamente eso: la sensación de que una bomba ha explotado dentro de tu cabeza.

Lo primero que pensé es que me había quedado sorda.

Seguía pensando, así que no me había explotado el cerebro. Tenía que haber sido otra cosa: el tímpano o la trompa de Eustaquio o algo parecido. No sé mucho de eso.

Sorda, seguro. Sorda como Beethoven. Dicen que empezó a quedarse sordo a los 25. A los 35 estaba como una tapia. ¿Te imaginas? ¿Te imaginas no poder escuchar tu propia música fuera de tu cabeza?

Beethoven tuvo una vida de mierda, literalmente. Tenía constantes diarreas, dolores de cabeza, asma, sordera y tristeza incurable. Tenía diecisiete años, como yo, cuando escribió: «Además está la melancolía, que es una calamidad tan grande para mí como mi enfermedad».

Cuando estalló la bomba en mi cabeza, pensé que ya solo me faltaba el asma para ser como Beethoven.

A la mierda el conservatorio,
a la mierda el Benidorm Fest©,
a la mierda Eurovisión,
a la mierda mi vida.

Una vida sin música no era vida.

Me duró unos segundos la idea.

De repente, oí como un golpe en la habitación de al lado. ¡No estaba sorda!

Aún seguía a dos pasos de Beethoven.

Otro BUM en la 1407.

Y luego, pam, un portazo prácticamente insonoro.

Y entonces pensé: «Estás loca, Allegra. Cómo va a estallar una bomba en tu cabeza. Ese primer ruido que has oído también ha tenido que venir de fuera. Pero ha tenido que ser cerca, muy cerca, pared con pared, porque sonaba como dentro de tu cabeza».

Y luego vi la imagen que cabe esperar después de una detonación brutal. No era lo que veía en mi habitación. Mi habitación estaba en calma. Tenía que haber sido en la de al lado. Y lo que imaginaba eran:

cristales rotos,
cortinas desgarradas al viento,
sangre, mucha sangre
y trocitos de Selene –una mano con un anillo, una oreja llena de pendientes, el ombligo con su piercing, carnicería y ferretería– esparcidos por todo el cuarto. La deconstrucción de sus tatuajes como piezas de un puzle que montar. Por muy destrozado que quedara, iba a ser fácil identificar su cadáver.

Y salí en pijama al pasillo a enfrentarme al horror en la 1407.

–Selene –susurré ante su puerta.

Nada.

Llamé más fuerte.

–¡Pom, pom!

Qué suave sonaba comparado con aquel estallido atronador. Acababa de oírlo perfectamente, pero en mi recuerdo ya casi parecía irreal. No podía ser verdad. El oído humano no estaba preparado para un ruido semejante. Sentí pánico.

Aporreé la puerta.

–¡¡Selene!!

Debo reconocer que en ese momento sí debí de sonar un poco «intensa».

Por fin abrió la puerta.

Selene.

Estaba entera, de una sola pieza.

Iba descalza. Con un top negro.

Llevaba purpurina por toda la cara.

Tenía un ojo pintado y otro no.

Sujetaba la puerta con las dos manos, para que no se cerrara. Y para que no se abriera del todo.

Las manos le quedaban a la altura de la cara y sus anillos asomaban entre los mechones azules junto al ojo sin pintar.

–Qué mona –me dijo mirando de arriba abajo mi pijama de tréboles–. ¿Tu pijama de la suerte?

Lo malo es que tenía razón.

–¿Vas a ir así? –volvió a preguntar.

Aún no sabía dónde iba a ir ella, pero desde luego no era a la cama.

–¿¡Lo has oído!? –No pude esperar a preguntar–. ¿¡Has oído el ruido!? Como una bomba... Me ha despertado. Estaba durmiendo y...

No sabía cómo explicarlo. Era imposible explicarlo.

–¿Y?

–Un ruido bestial.

–¿Como tu sufrimiento? –dijo, y empezó a tararear flojito, con voz aflautada–. «Sufrimiento bestial. Hay que sacrificar...».

Me entraron ganas de llorar.

–En serio –insistí–. Era como una bomba. O un disparo. Y después, otro golpe, más flojito.

Selene entrecerró los ojos.

Luego me puso una mano sobre el hombro y dijo muy despacio:

–No te preocupes. Ha sido solo una cosa del experimento.

Yo abrí la boca para decir algo, pero no supe qué.

Selene me miró fijamente.

Sentí miedo. Miedo y frío.

Me miré los pies. También yo iba descalza.

Había salido de la habitación corriendo, sin pensar, sin nada.

Selene giró un poco la cabeza hacia el interior de la habitación.

Luego me miró a los ojos.

–¿Quieres...? –empezó a decir.

La pregunta quedó flotando en el aire.

Bajé la mirada y me encontré otros ojos, los del tatuaje de su brazo.

Al lado de Selene, yo era una niña de tres años.

«¿Qué me va a ofrecer?», pensé. «¿Droga? Ay, madre, seguro que es droga. Y no voy a saber si se bebe, se chupa, se mete por la nariz o por algún otro orificio. ¿Qué hago?

¿Qué hago? Yo solo quiero dormir. Tendría que estar durmiendo hace más de una hora. Pero ese ruido...».

Entonces oí otro ruido. Una tos.

Tenía que salir de ahí sin contagiarme, sin drogarme, y largarme a dormir.

Otra vez la tos. Estaba claro que había alguien más en la habitación. Con Selene. Y, aunque yo había oído una bomba, o un estallido, o un disparo, ese alguien estaba vivo. Tosía. Bueno, podía ser como la típica tos de los últimos estertores, cuando el cuerpo está ahí tirado, medio muerto y escupe sangre antes de palmarla definitivamente. Aunque tampoco sé si eso pasa así.

Entonces todavía no había visto un muerto fuera de una pantalla.

Otra tos. Estaba tardando en morirse, al parecer.

¿Y si era él?

Aunque...

¡Espera! ¿Y si Selene no me iba a ofrecer droga? Me acordé de sus anillos.

SEXO. NEXO.

«Todo lo que te meto».

¿Y si era: quieres... ¡hacer un trío!?

Eso, además de sexo, sería un nexo, ¿o no?

Ay, madre. ¿Puede ser que el dueño de la tos estuviera esposado en la cama? ¿Tiene eso sentido? No sé mucho de eso. ¿Habría sido aquella explosión parte de una práctica sadomasoquista?

Aunque...

¿Y si la frase era simplemente: «¿Quieres... hablar?»?

«Todo lo que merezco».

¿No merecía Selene, no merecía todo el mundo, un poco de atención?

La gente me cuenta cosas.

Tengo ese don.

La gente habla conmigo, pero no espera que yo les hable. Solo quieren contarme cosas, secretos. Y estaba claro que Selene guardaba un secreto.

Se me estaban congelando los pies. No tengo padre, pero tengo un abuelo. Mi abuelo dice que los catarros se cogen por los pies, las muñecas o la nuca. No podía resfriarme. No ahora.

Y entonces fue Selene quien se descongeló. Después de todo ese rato en el que se había quedado quieta, con aquel «¿Quieres...» suspendido en el aire, mirándome pensar, acabó diciendo:

–Nada, nada.

Y cerró la puerta.

Pam, un portazo prácticamente insonoro.

–Buenas noches –dije a la puerta cerrada.

Me giré y di los pocos pasos que me separaban de la puerta de mi habitación.

Estaba
cerrada.
Pam.

La puerta de mi habitación se había cerrado.

No me lo podía creer.

No había cogido llave ni móvil ni nada.

Ahora sí que tenía ganas de llorar.

Yo solo quería dormir. TENÍA que estar durmiendo.

Mañana era el día más importante de mi vida.

Peor. No era mañana. Seguro que eran las doce pasadas. Ya era hoy.

Por un momento, pensé en volver a llamar a la habitación de Selene. Pero ¿y si parecía que era una excusa para entrar y unirme a la fiesta, «el experimento», el ritual satánico o lo que fuera que estaban haciendo? Sexo, drogas y rock and roll. Todo lo que te meto, todo lo que me meto, todo lo que merezco.

Me fui corriendo al ascensor, rezando para no encontrarme con nadie.

Con mi pijama de tréboles, descalza.

El ascensor tardó una eternidad, pero al menos llegó vacío y no paró en ningún piso intermedio.

Me eché el pelo sobre la cara ante el espejo del ascensor.

Ojalá ser irreconocible.

Se abrieron las puertas.

«*Allegro*, Allegra», pensé. «Más bien *vivace*. *Presto*. *Prestissimo*. Cuanto menos tiempo estés aquí, menos posibilidades de encontrarte con alguien».

Lo malo no es que yo no llevara el móvil encima. Lo malo es que TODO EL MUNDO llevaba un móvil encima, una cámara con la que fotografiar, por ejemplo, a una cantante vestida con un absurdo pijama de tréboles.

Pero entonces vi a un par de personas avanzando por el hall del hotel.

Parecían extranjeros.

Eran extranjeros.

¡Los conocía! Eran dos miembros del jurado.

Me quedé junto al ascensor, escondida tras una maceta. Era la espía más ridícula de la historia. «La espía en pijama de tréboles».

Por suerte, no fueron hacia el ascensor. Cruzaron el hall camino del bar del hotel.

Esperé un poco más por si, detrás de ellos, venían más.

Era lo que me faltaba esa noche: cruzarme con el jurado.

Pasaron unos segundos y decidí arriesgarme. Salí corriendo hacia el mostrador con los brazos como un escudo sobre el pecho.

–Lo siento –susurré al llegar–. Se me ha cerrado la puerta y la llave está dentro y...

Sentía el mármol congelado del suelo bajo mis pies y la maldición de mi abuelo: «Los catarros se cogen por los pies, las muñecas o la nuca».

El chico de recepción me sonrió.

Era aquella sonrisa de: «Sé quién eres».

Fue amable. Fue rápido.

–¿Se ha oído un ruido muy fuerte, muy fuerte aquí? –susurré.

–¿Un ruido muy fuerte? –repitió extrañado el chico de recepción mientras me alargaba la nueva llave.

–Nada, nada.

Y volé hacia el ascensor como un burro con anteojeras. Prefería no mirar a los lados.

No sé si alguien, además del recepcionista, me vio.

Pero sí sé lo que yo vi, oí y olí al llegar a la planta 14.

Cuando salí de mi ascensor, se estaban empezando a cerrar las puertas del ascensor de al lado.

Pero me dio tiempo a
ver un abrigo de plumas,
oír una tos
y oler un rastro de pesado perfume que –luego lo comprobé– llegaba hasta la 1407.

El ascensor bajaba.

Increíble.

¿No debería estar prohibido? ¿A quién se le ocurre salir la noche antes de la gala?

Pero yo no era así.

Yo tendría que estar durmiendo. Yo tendría que estar durmiendo.

Me metí directa en la cama. No quise mirar el móvil. No quería ver las notificaciones, ni la hora, ni que la luz azul del móvil me quitara el sueño.

Me habían insistido: «Es muy importante que tengas una buena higiene de sueño».

La luz azul es fatal para la melancolía. La luz azul te vuelve más *blue*.

Cerré los ojos y oí la bomba en mi cabeza.

No era un ruido real, esta vez no. Era solo el recuerdo de aquella bomba.

Tenía que dormir. Tenía que dormir.

Cerré los ojos.

Harta de que me digan.

BASTA

Hay que sacrificar.

BASTA

El mar. Respirar.
Una ola, otra ola.
Inhala, otra ola.
Agua metiéndose por la nariz.
El agua salada haciendo cosquillas al cerebro.

BASTA

El mar. Respirar.
Inhala, exhala.
Una ola, otra ola,
otra ola...

Me da miedo el mar,
no saber
su profun
didad.

Me dormí.
Profundamente.

5.
ALLEGRA

Y en el fondo
del mar,
restos de un naufragio:
algas,
un castillo,
una moneda
y un anillo.

Me desperté con ese sueño en la cabeza y la sensación de que esa imagen submarina era más real que lo sucedido la noche anterior: la bomba en mi cabeza, el BUM en el cuarto de Selene, su invitación a no sé qué («¿Quieres...»), mi carrera descalza en pijama hacia recepción, el abrigo de plumas en el ascensor...

Me quedé esperando a ver si oía algún ruido de la habitación de al lado. Nada. Ni una bomba ni un disparo ni una tos.

Aún no entraba luz por la ventana. Pero sentía que había dormido mucho.

Había dormido bien. Había dormido lo suficiente.

Hoy era el día.

Bienvenida, luz azul.

Bienvenido «ese DM que te llega, ese *like* que no esperas».

Aunque yo esperaba un *like* o un DM o un wasap que no llegaba. Nunca, nunca, nunca. Ni siquiera ahora que me llegaban tantos mensajes, mensajes increíbles de gente a la que admiraba, mensajes de gente que decía admirarme... Pero aquel otro mensaje no llegaba. Ni siquiera hoy.

Si hubiera llegado, podría haberle respondido: «Me ha explotado la cabeza».

Habría sido algo digno de contar.

Lo dije en voz alta. «Me ha explotado la cabeza». Para oírme. Para comprobar una vez más cuántos males aún me separaban de Beethoven.

Me oí.

No estaba sorda.

Ni me había explotado el cerebro. Era capaz de pensar. De recordar.

Busqué en Google –tenía que haber una explicación–: «sensación bomba dentro de la cabeza».

A los pocos segundos, tenía ante mí la respuesta al misterio.

Sé que cuesta creerlo y no sé cómo explicarlo, así que copiaré y pegaré lo que dice la Wikipedia:

> «El **síndrome de la cabeza explosiva** (en inglés, *exploding head syndrome*) es un raro trastorno del sueño registrado por primera vez por un médico británico en 1981[1] en el que el paciente siente ocasionalmente un sonido extremadamente fuerte, generalmente descrito como un zumbido o estruendo, como si procediera de su propia cabeza. A pesar de

> ser percibido como un sonido tremendamente potente, muy rara vez es acompañado por dolor. Los ataques con frecuencia ocurren mientras se trata de conciliar el sueño. (...)
>
> »La causa del síndrome de la cabeza explosiva es desconocido, aunque algunos médicos han reportado una relación con el estrés o la fatiga extrema. La condición puede desarrollarse en cualquier momento de la vida y son las mujeres quienes tienen más probabilidad de padecerlo. Los ataques pueden ser eventos únicos o ser recurrentes».

Yo no daba crédito. ¿Existía eso, el síndrome de la cabeza explosiva? Pero, entonces, ¿qué era eso del experimento de Selene?

¿Cuántas cosas más pueden pasar dentro de la cabeza de la gente, cosas de las que no tenemos ni idea? ¿Cuántas bombas explotan y nadie sabe nada?

Y hoy iba a ser yo una bomba en la cabeza de la gente.

Iba a hacerlo estallar todo.

Solo me hacía falta reunir el valor.

Y estar fresca como una lechuga, aunque fuera una lechuga a la que le había explotado la cabeza.

«Higiene de sueño y ejercicio», era parte de la receta.

Eran las 7:07. Me había despertado casi dos horas antes de que sonara la alarma, pero ya las recuperaría luego en la siesta. Además, era inútil intentar dormir.

«¿Y tú alguna vez te diviertes?», me había preguntado hace poco un periodista.

Me divierto así.

Iba a salir a correr y me iba a dar un subidón de endorfinas, serotonina, dopamina y oxitocina, que era justo lo que necesitaba para hacer la canción bailable. Todo lo que rimaba con purpurina.

Porque la otra capa de la canción, la capa submarina, no tenía que trabajármela. Esa capa bajo la purpurina social, la del sufrimiento y las ganas de gritar, la que calaba en tristes incurables, esa capa arropaba mis huesos.

Yo solo quería que alguien escuchara mi canción sin bailar.

Como si no hubiera cámaras.

En el baño, escribí por wasap a mi madre:

> *Me he desvelado*
> *Bajo a correr*
> *Nos vemos en el desayuno.*
> *Es HOY!!!!!!!!* 😃🤪😱😨😵💫🙏💥💫👩🎤🌗
> *Ah!*
> *Me ha explotado la cabeza esta noche*
> 🤯
> *luego te cuento*
> *stoy bien.*

Me vestí rápido –mallas, sujetador de deporte, camiseta, calcetines, zapatillas, chaqueta con capucha, cascos–. Cogí la llave de la habitación, esta vez sí, y el móvil, y salí.

Antes de llegar al ascensor, pegué la oreja en la puerta de la 1407. Nada.

En cuanto se abrieron las puertas del ascensor, inicié la marcha.

Una pierna, otra pierna,

Ni me atreví a mirar hacia recepción.

Salí hacia la derecha.

Llevaba la capucha puesta, los cascos.

Si cantaba una sola vez más mi canción, iba a explotarme la cabeza de verdad. Pero ahí estaba, la base instrumental, entrando a mi cerebro a través del nervio auditivo mientras,

una pierna, otra pierna,
corría,
corría.

Y yo *allegraba* la letra. Cambiaba las palabras, que me llegaban tontamente a la carrera, como cuando de pequeña inventaba un cuento con las cosas que iba viendo:

Endorfina integral,
la carrera que te echas,
las noches que no cuentas,
una bomba a detonar.
Dopamina esencial,
ahora no puedo cruzar.
El semáforo está en rojo
y ahora tengo que girar.

«Avenida Europa», leí en el cartel.

Era una señal. Iba corriendo, directa a Eurovisión.

Purpurina en los pies.
Y correr y correr.
Aunque te entre el flato
y te apriete el zapato.
Bueno, la zapatilla,
pero eso no rima.
Mierda, en rojo otra vez.
No esperar. Giraré.

Eran rimas tontísimas. Pero encajarlas me hacía sentir bien. Como cuando levantas la segunda tarjeta en el juego de *memory* y resulta ser igual que la primera. Esa pequeña sensación de control en el caos del universo.

Hoy va a ser mi gran día.
Dame serotonina,
que de melancolía,
ya voy yo bien servida.

Los semáforos en rojo me habían llevado, de rotonda en rotonda, de avenida en avenida, en sentido contrario al mar.

Corría por el carril bici.

Después de una gasolinera, los rascacielos habían
dado paso a
un descampado,
una pierna, otra pierna,
un puente,
una pierna, otra pierna,
casas bajas,
una pierna, otra pierna,
un aparcamiento...

Aún no había amanecido.

Esta otra avenida estaba medio muerta.

Cada vez había menos luces.

Estaba oscuro.

Era como adentrarse en el mar.

Me da miedo el mar,
no saber
su profun
didad.

A lo lejos, vi pequeños destellos verdes y azules.

Eran taxis. Y policía.

Y justo enfrente, la mole gigantesca de ese lugar del que todo el mundo hablaba: la discoteca Penélope.

Bajé el volumen de los cascos y desaceleré el ritmo.

En el exterior de la discoteca, se veía gente.

Era como un accidente.

Quería y no quería saber qué estaba pasando ahí, antes del amanecer.

Y entonces alguien gritó.

Y eras tú, Ras.

6.
RAS

Cristales. Sangre. Fuego.

Parece que te sabes el guion. Lo has visto en mil pantallas.

No te lo sabes. Alguien se está quemando a tu lado.

A mi lado.

Menos mal que hacía frío.

Menos mal que había cazadoras de cuero.

Pero también había plumas, nailon, poliéster.

Un chico pide ayuda, su brazo está ardiendo.

Me quito la cazadora, abrazo su brazo con ella. El fuego se para, el chico gime.

Lo arrastro a la salida como puedo.

Yo no grito.

He visto una escolopendra negra a dos centímetros de mis pies descalzos.

He visto un escarabajo volador aterrizar en mi taza de café solo.

Me he metido en el agua helada del mar el 1 de enero.

Y no he gritado porque no me da por ahí.

Soy a la que buscan en las fiestas cuando alguien no reacciona por todo lo que ha bebido.

Porque no me precipito.

Primero voy a por un cubo o un barreño. O pido que lo traigan.

Si no da tiempo, a veces soy el cubo, mi sudadera es el cubo.

Lo sostengo, lo sacudo hasta que me mira, pota, anda un poco, ya está.

Montamos un equipo para fregar. Alguien me presta su sudadera limpia.

Una vez sí hubo que llamar a una ambulancia.

La llamamos. Sin perder la calma.

No pierdo la calma.

Excepto si al chico que está conmigo se le ha quedado el plumas carbonizado pegado a su brazo.

Los de la ambulancia acaban de llegar.

No se orientan en medio de la confusión.

«¡Aquí!», claro que grité, «¡venid aquí!».

Dijeron que había sido un accidente.

Pero no dijeron si alguien lo había provocado o no.

Solo hubo heridos leves, dijeron.

Pero «heridos leves» significa David. Diecinueve años. Eurofán. Enamorado de todos.

Un plumas rojo que se volvió negro.

No había hablado con él antes.

Yo estaba mirando a Nil. Comprobé la grabación, quedó perfecta. Seguimos bailando.

Estoy aquí, Nil. Tú no me ves, pero yo sí te veo.

Eso pensaba yo. Que Nil no me veía.

Siempre pienso que nadie me ve, aunque me miren porque no les queda otra, porque me hago notar.

Entonces: ¡bum!

En un segundo, ya no bailas.

En un segundo, hospital, injerto, drama.

Buscar familiares, complicación, orfandad, miedo.

Pero internet dice que solo ha habido heridos leves.

Que alguien dejó unos espráis de insecticida cerca de una fuente de calor.

Después, la chispa, el fuego.

... A ver, yo no dije que Penélope «es lo más». Es que no hablo así.

Ya sé que es poco importante.

Pero qué puto raro es cómo te ven los otros.

Da vértigo. A veces pienso que no sabemos cómo es nadie de verdad.

Y luego pienso que somos también como nos ven. Somos una mezcla. Siempre.

Qué más da ahora la forma de hablar. Diría: «es la hostia».

O diría: «es el sitio, Erik, *el* sitio».

Supongo que las cosas son como son, y también son como las vives.

A veces imaginas que alguien ha dicho lo que esperas que diga.

A veces dices «hace calor» y a tu lado alguien se acaba de poner la sudadera.

Y luego está lo irrebatible,

lo que sabes que es verdad porque sabes

que alguien está sabiéndolo a la vez que tú.

Como cuando zarpa el puto amor de Camela, pero no es amor, o es otro amor.

Sabes y sientes que los cuatro hemos zarpado, aunque no sepamos adónde.

Alguien huye en una serie, se mete en el único local abierto de un

callejón.

Y, de pronto, está en un sitio que le renta mazo,

que es distinto,

que no se esperaba.

Esta vez el sitio no era una nave industrial

ni una mansión

ni una discoteca de moda llamada Penélope.

El sitio éramos nosotros.

¿Cómo había acabado yo aquí, si no era una eurofán, si cuando decidí venir ni siquiera sabía quién era Selene, ni Allegra ni ninguno más?

Innombrable, así le llamaba al principio, pero es muy largo.

Noname, imbecililillo, luego empecé a llamarlo Edamame.

La verdad es que las habas verdes japonesas no se merecen estar asociadas a un bobo; no importa, habas, dejadme.

Digo imbecililillo, bobo, porque de alguna manera hay que llamar a alguien que, en teoría, te ha querido; alguien a quien, en la práctica, has querido, y que, cuando ya te ha dejado, decide quedar contigo un día para explicarte todo lo que no le gusta de ti.

¿Perverso? No, que hasta puede sonar interesante.

La mayoría de los perversos son imbecilillos, lo que pasa es que los libros y las series les dan mucha importancia, y se lo terminan creyendo.

Supongo que Edamame cambiará.

Gerardo, el novio de mi madre, dice que hasta los veintipocos tenemos la corteza frontal enana, que es lo último que nos crece.

La de Edamame debe de ser especialmente enana, pero al final crecerá. La corteza del cerebro, eh, los chistes sobre el tamaño son de dinosaurios. No me van. Sigo: lo que no voy a hacer es convertirme en la típica chica que se cree que va a cambiar al chico. Porque, mientras tanto, ¿qué? ¿Y si no cambia, o si la corteza le crece poco, o en la misma dirección?

Es que dale que dale con esa historia. Y no digo que yo no me haya arrastrado por las esquinas, que no haya llamado a amigas mientras iba llorando por la calle y mis lágrimas mojaban el móvil.

Ahora sé que es más fácil: si alguien te hace la vida imposible, hay otras personas. Si alguien es desagradable, hay otras personas.

Y si encuentras a alguien que es una mezcla de lo bueno y lo regular, y también un poco desastre como cualquiera, entonces, bueno, vale, las personas aprendemos de las personas, así que tendría sentido intentarlo.

Qué fuerte, ¿eh? Haberme empeñado en querer a unas habas japonesas que no me hacían volar.

El caso es que mi madre me vio arrastrarme por las esquinas.

Y conocía a alguien que conocía a alguien que, no sé bien cómo, le consiguió una entrada para el Benidorm Fest©.

Fue mi superregalo de cumpleaños adelantado. Dentro de una semana cumpliré dieciocho.

Si el festival llega a ser en Madrid y me pilla en un mal día, igual hasta me hago un Edamame y le tiro a mi madre la entrada a la cara. A veces he hecho cosas así, mi corteza también está creciendo.

Pero era lejos.

Viajar sola, por fin.

Ir en bus al pueblo de mi madre o ir a ver a mi padre a Murcia no cuentan. Viajar sola es ir a donde no te esperan.

¿Y el Benidorm Fest©? Yo cuando hago algo, lo hago. Me escuché todas las canciones a todas horas.

Miré mil vídeos.

Encontré a Nil.

Creo que le stalkeé.

Me gustaba.

No para enamorarme, que una cosa es ser extrovertida y otra alucinar.

Puede que Nil sea bi, pero sé que no estoy en su mundo. Y él tampoco en el mío.

No importa. Quería liarme con él.

A lo mejor así podría contarle que yo también tengo un armario.

Y entrar en el suyo. Un rato.

Porque de los armarios sales. Pero se suelen quedar ahí.

Como los monstruos de al lado de la cama cuando teníamos seis años. De vez en cuando vuelven.

También quería bailar con Nil.

No soy bailarina. ¿Y qué? Nunca dejes que te digan que no tienes ritmo.

El ritmo no se tiene. El ritmo está.

Es como la caja de la batería. El redoblante, dicen en México. Suena bien. Y en inglés: *snare drum*. El tambor cepo. Te atrapa.

Estás haciendo cualquier otra cosa, de repente lo oyes y tienes que bailar, aunque sea con un pie, los dedos, la cabeza. Y de pronto desaparece, como si se hubiera ido. Pero siempre vuelve.

La guitarra y la voz marcan el estilo, hacen reconocible una canción. La batería y el bajo, en cambio, siempre están ahí.

El bajo tiene más prestigio. Es sutil.

La batería es más obvia, eso dicen. A veces pienso que me gustaría ser el bajo. Pero soy la batería. No me importa.

Estoy siempre ahí.

Y aunque me vaya en algunos tramos de la canción, no te engaño, no juego, vuelvo para que puedas seguir bailando.

Todo el mundo tiene su redoblante. No es el corazón. Es diferente.

Es tu ritmo. Algunos días lo pierdes. Pero siempre vuelve. Te permite conectar con los demás.

Me gustaba Selene.

Iba de diva, sí. Supongo que una diva es una extrovertida a lo bestia.

Me gustaba. También iba de provocadora. Y bueno, qué. Si no provocas, a veces nada se mueve.

Bastante perra, Selene. Y quién no lleva una perra dentro.

Allegra era lo opuesto y también me gustaba. Es que somos así.

Allegra era buena gente. Seguro que trataba bien a su equipo.

Una amiga de mi madre trabajó en la tele en una época. Dice que cuando llega un entrevistado puedes saber si es o no alguien que vale la pena solo por cómo trata a las personas de maquillaje.

Estoy segurísima de que Allegra las trata bien.

Allegra llegó a la vez que las ambulancias.

Me oyó gritar y se acercó. Le dio un terrón de azúcar a David. Le acarició un poco el pelo. Yo se lo agradecí porque llevaba diez minutos apretando su mano, y pude soltársela un momento para frotarme los ojos. Era real.

Luego se lo llevaron.

Allegra se puso a hablar conmigo como si no fuera una estrella. Como si no llevara purpurina en los párpados. Una purpurina interna, propia, no la social de su canción.

Entonces apareció Erik. Empezó a hablar sin parar.

–Me ha parecido que ha sido Selene... Ha sido bestial. Como un experimento. La actuación... Y luego el fuego...

Tarde. Pero fuego. Me he quedado inconsciente. Por el estallido, creo. Habrá sido la onda expansiva. He notado que alguien me tumbaba en uno de los asientos. Me ha parecido que ha sido ella, pero no estoy seguro, ¿eh? Es flipante, Ras.

Hablaba sin darse cuenta de que la chica con mallas granates y sudadera blanca con capucha era Allegra.

Luego la miró un momento a los ojos y se quedó mudo.

Tuve que empujarlo porque nos estaban echando. Empezamos a andar los tres.

Allegra hizo un movimiento para dejar de estar en medio.

Como si no quisiera estar al lado de Erik. Porque no le gustaba. O porque le gustaba demasiado.

Los dos iban callados. Yo tenía que hablar.

Es lo que pasa con la extroversión.

Erik era tímido. Y Allegra también. Seguro que ellos necesitaban silencio y estar solos para colocar lo que estaba pasando. Sacan la energía de ahí.

La gente tímida es nuestro otro lado.

Yo cuando me quedo sin energía tengo que salir, si me encierro es como si fuera difuminándome. Y cuando quiero recuperar fuerzas, es que ni me encuentro.

Tengo que hablar. Compartirlo. No hacerme bicho bola. Que entre aire.

Así que dije unas cuantas chorradas:

–Vaya movida, ¿eh? ¿Entonces no creéis que haya sido un accidente?

Silencio.

–Jo, Erik, lo siento, siento haberte llevado a Penélope. Esto no era lo que esperábamos.

Silencio.

Íbamos por una cuesta de lo más desangelada. A un lado, la carretera; al otro, grandes edificios. Ni un bar, ni un café. Por lo menos, al fondo, se veía el mar.

Iba a decir mi tercera frase brillante de la mañana cuando oímos una voz:

–¡Eh, vosotros! –Era Nil sacando la cabeza por la ventanilla de un coche negro a diez metros de distancia–. ¿Os llevamos?

Silencio de Allegra. Silencio de Erik. Por lo menos podían decir que no. Hacía frío, pero la verdad es que yo tampoco quería que nos llevaran a ninguna parte, necesitaba andar.

–No, Nil. Muchas gracias –dije bien alto, para que me oyera.

Nil metió la cabeza dentro, aunque el coche seguía quieto. Nosotros seguimos andando.

–Y vosotros, ¿tenéis sitio? –dijo Nil sin esperar a que le contestáramos. Había abierto la puerta y miraba para cruzar la carretera.

Me hizo gracia. ¿Tenéis sitio? ¿Cómo no íbamos a tener sitio, si íbamos andando? Pero sé lo que quería decir. Seguro que en ese momento ir en ese coche con quien quiera que fuese el conductor era estar a cielo raso, a la intemperie.

En cambio, nosotros éramos una cabaña. Una cabaña con piernas y nada solitaria.

Seguimos bajando la cuesta. Quizá fue el frío, o el sueño, o la compañía, el caso es Nil y yo también nos callamos. Al rato vimos una gasolinera.

–¿Habrá café? –dijo Nil.

Silencio.

–Un café molaría –dije.

–El café seca las cuerdas vocales –dijo Allegra.

–Por eso dan un vaso de agua siempre con el café –dijo Erik.

Nil y yo nos miramos, los miramos, nos miramos y nos fuimos a la gasolinera. Había tienda, pero no café. Compramos cuatro barritas energéticas y una botella grande de agua.

Cuando volvimos, Allegra y Erik seguían igual, como si estuvieran jugando al juego de las estatuas. De pie. Sin tocarse. Callados.

Nil se puso a mirar el móvil:

–Si apuramos el paso, al fondo del todo está el hotel Cimbel. Venga, no me digáis que no os hace tomar algo caliente delante del mar.

Y nos puso la foto delante: sillas blancas, playa, horizonte.

–Pero será carísimo –dije.

–Yo os invito –dijo Allegra–. ¡Esperad, tengo que llamar a mi madre!

Creo que Erik y yo pensamos lo mismo. Él no tenía que llamar porque no estaba en Benidorm. Y yo no tenía que llamar porque no había ido a Penélope a las seis de la mañana. A pesar de todo, los dos mandamos un wasap de buenos días, por si acaso.

Nil se dio la vuelta. Como si no quisiera que le viéramos la cara. Cuando estábamos acabando, se puso a hacer ejercicios de cuello. Y su cuello se acercó a mí.

–Hueles a fuego –dijo.

–Es la cazadora –contesté–. Ha apagado un incendio en un brazo. No puedo olvidarlo. Qué fuerte. ¿Dónde estabas tú cuando la explosión?

–A tu lado.

–¿Viste a Selene? –preguntó Erik.

Uf, por fin hablábamos.

–¿Cuándo? –preguntó Nil.

–Tienes que presentármela. Tengo que hablar con ella...

–Oye, Erik, nadie es como parece en el escenario. Mira a Allegra. Aquí parece vuestra hermana pequeña. Y, cuando sale al escenario, los focos se quedan cortos. Es tu intensidad –dijo mirando a Allegra–. Sí, yo también he leído a @anyonesmith. Y he oído su pódcast de mierda. Apropiate de los insultos de tus enemigos. Te juro que sé que hay que hacerlo.

–Yo creo que Selene también tiene luz –dijo Erik.

–¿Por qué no corremos hasta el hotel? –dijo Allegra–. Hace demasiado frío.

Y echamos a correr.

Ni de coña pensé que íbamos a hacerlo, pero lo hicimos.

Me puse a hacer la zagruda, ese sonido de las mujeres árabes y africanas, como lo que hacen los apaches en las películas, pero sin ponerse y quitarse la mano de la boca. Haces sonar el tambor que hay en tu garganta. Es un grito, sí, pero uno de fuerza y alegría, una pasada.

No sé si sería bueno para la voz de Allegra. El caso es que todos me acompañaron. Hasta Erik con k lo hizo.

Las zancadas ligeras de Erik. El ritmo constante, seguro, de Allegra. Nil cogiéndome la mano para correr conmigo. Y el aire, la cuesta abajo, la velocidad, el mar cada vez más cerca.

El bar estaba cerrado. Pero el mar estaba abierto.

Bajamos a la arena. Nos sentamos con la espalda apoyada en el pequeño muro de cemento que separaba la playa del paseo. Nos apretamos los cuatro para darnos calor.

Debíamos de estar hambrientos porque cada uno abrió su barrita energética como si no hubiera un mañana. Nos pasábamos la botella de agua, un botellón de litro y medio que Erik amablemente había aceptado guardar en su mochila.

–¿Creéis que ha sido un accidente? –preguntó Erik.

–¿Y si no?

–Yo ayer... yo ayer oí algo fuera de mi cabeza –dijo Allegra–. Bueno, primero oí algo dentro, pero eso os lo cuento otro día. Oí algo en la habitación de al lado. La de Selene. Un ruido muy fuerte. Como una explosión. O un disparo. Llamé para ver si le había pasado algo. Me abrió. Estaba bien. Dijo que habían sido «cosas del experimento». O algo así.

Y sí, volví a decir qué fuerte, pero es que *eso* era muy fuerte.

–¿De verdad crees que Selene...? –Erik ni llegó a terminar la pregunta.

–A lo mejor ha sido de verdad un accidente –dije a ver si bajaba la tensión–. Los espráis explotan. Si los calientas. A lo mejor alguien los movió sin querer...

–O queriendo –dijo Nil.

–No sé por qué odiáis a Selene –saltó Erik–. ¿Fuego? ¿Que la gente se queme de verdad? Ella nunca haría eso. ¡Y podría haberse quemado ella!

–Yo no he dicho que lo hiciera Selene –lo corrigió Nil.

–¿Ah, no? Pues tu colega Ian estaba también ahí. ¿Por qué no lo acusas a él?

–¿Y tú por qué la defiendes a ella? Ni siquiera la conoces.

–¿Cómo voy a conocerla si no me la presentas? Nil, tú bailas con ella y no la defiendes. Me parece bastante peor. Y si no ha sido un accidente ¿qué crees que ha sido? Venga, di. ¿Qué está pasando? –Erik se iba poniendo cada vez más enfadado.

–¡Apuestas! –dije ya a lo loco, cualquier cosa para que no estalláramos separándonos–. Ya sabéis, alguien ha apostado por Allegra y no quiere que gane Selene. O al revés.

–Pero van muy igualadas –dijo Nil–. Apostar por las ganadoras no da beneficios. Tendrían que caer las dos y que ganara el último.

Allegra doblaba cuidadosamente el envoltorio de su barrita terminada. Lo guardó en el bolsillo de su sudadera, dio un trago de agua y dijo:

–Si hoy me ha explotado la cabeza, también puedo decir lo que pienso. Voy a decirlo.

Entonces se levantó. Se puso enfrente de todos. Respiró como se respira cuando te dicen que te calmes, todo eso de coger aire despacio para que te llene los pulmones enteros y soltarlo todavía más despacio. Ella sola, mirándonos, de espaldas al mar:

–Mira, Erik, yo seré la niña buena, pero a lo mejor Selene podía haberse pensado un poco mejor su imagen, y su talento. Este festival no es solo para el *lobby* gay eurofán, de más de veinte casi todos. También lo ven adolescentes y pre, algunos se meten cosas y están hechos polvo. Y es que todas las charlas de drogas de la ESO y de Bachillerato empiezan al revés. No te metas esto porque tiene estos efectos: que si los porros dan brotes psicóticos, que si el alcohol hace que no controles y hasta puede dar cáncer, que si las adicciones te impiden ser tú. Pero nunca dicen de qué somos el efecto, por qué querríamos meternos algo. Tienes razón, Nil, me pondré lo intensa que me dé la gana. Popper, vibradores, hasta el sexo tiene que ser consumido. Muy guay, y luego qué. No sé, a veces me parece que estamos vendiendo la música, como sea, a costa de lo que sea. Y cuando nos la terminen de comprar, desaparecerá.

Buah, eso sí que no me lo esperaba. No nos lo esperábamos. Allegra se volvió a sentar, las piernas cruzadas en postura de yoga, como si no hubiera dicho nada.

Yo tenía ganas de contar una cosa, pero me callé. Porque sí que me gusta hablar, pero también me gusta escuchar. Esperé. El mar tenía un azul cereza, en serio, el azul que tendrían las cerezas si hubiera cerezas azules.

Erik siguió con lo suyo.

–Nadie está vendiendo nada, Allegra. Cada una tenéis vuestra canción y habláis de lo que os importa.

–Supongo que Allegra se refiere a lo que haya que pagar para votar –dijo Nil–, y al voto demoscópico, que nadie sabe lo que es. Y al jurado, la imagen, la promoción. No dirás que no se está tratando la música como un producto.

–Ah, entonces no se puede opinar, ¿no? –contestó Erik–. No se puede decir que algo es mejor y que algo es peor.

¿Pero qué le estaba pasando a Erik? ¿Dónde estaba el chico amable del autobús?

¿Sería el puto amor romántico? ¿Las ganas horribles de no saber, de que nadie le dijera que Selene podía no ser más que un puñado de habas japonesas? No, no parecía que fuera solo eso.

Además, las personas pueden ser muchas cosas a la vez. Se convierten en habas japonesas cuando se portan de pena contigo. Que yo supiera, Selene no se había portado mal con Erik.

–Mira, Erik, no tengo ganas de discutir –dijo Nil–. Tengo que irme a ensayar y antes a ver si duermo algo.

Nil se levantó, y Allegra también.

Al final nunca me guardo nada. Debe de ser guay lo de ser reservado, tener ahí cosas ocultas que estás esperando que los demás descubran. O a lo mejor no es guay.

No quería que nos despidiéramos así, y les di lo que tenía.

–Esperad un minuto. Yo no canto, Allegra. Pero a veces hago música. ¿Puedo regalarte una canción?

Me puse a cantar. Bajito, ¿eh? Sentada. Como quien no quiere la cosa. Nil y Allegra volvieron a sentarse.

Por dentro, decías
mi corazón se rompe
pero el show debe
continuar.

Solo que a veces
el dentro es fuera
y el fuera es dentro
callen los jueces
el show no debe
continuar.

Paradlo todo
parad los móviles,
que no se muevan
parad el tiempo
y que se pueda.
El show no debe
continuar.

He mirado el camino.
Ya no me inclino.
He mirado la fila
y no hay guarida,
burlas, acoso,
miedo a la vida
TCA, TND,
siglas de mierda,
otra partida,
ansiedad, depresión,
qué está pasando.

Lo que no brilla
no me hace daño
y lo que brilla
me está matando.

Las noches son
cada vez más largas
de día nos falta
luz natural.

Mirad ahora,
¿no lo estáis viendo?
Hemos parado,
no suena el viento,
la sonrisa
se aligera.
Las estrellas
están fuera.

Necesito los sueños,
pero no siempre.
Dame una tregua.
No tiembles.
Quién ha inventado el juego
de tener miedo.
Cambiadlo todo.
O casi todo.
Quemad el miedo.
Algo tiene que acabar.

Uf, el silencio. El silencio es igual que una pared vacía. Las mías siempre están llenas de cosas. Pero supongo que a veces hay que dejar sitio, que eso también es parar. Pasaron unos segundos, dije:

–*Para que algo empiece*. Es el título.

–¿De verdad me la regalas? –dijo Allegra.

–Claro, yo no canto.

–Me voy –dijo Erik–. Y a mí eso del show, claro que debe continuar, quiero que continúe. Yo que tú, Allegra, me olvidaría de esa canción. Bueno, si te parece bien.

Ahí estaba el chico amable del autobús, pero el otro le dio un codazo y Erik se fue con sus zancadas de grulla ligera.

–Gracias, Ras. Ahora tengo que volver al hotel –dijo Allegra.

–Yo también voy a descansar –dije y me puse de pie superrápido.

Todo era muy confuso. No quería que Nil me dijera nada, en ese momento no.

Nos besamos en la mejilla.

Dijo:

–No es la cazadora. Hueles a fuego.

Luego abracé a Allegra, Allegra abrazó a Nil.

Erik estaba lejos. Los demás nos fuimos cada uno en una dirección.

Nos habíamos dispersado, pero seguíamos juntos. Aunque no nos diéramos cuenta.

7.
ALLEGRA

Sí, seguíamos juntos.

Alana y Elena, las que actuaban justo antes, habrían podido jurar que esa mañana, a esa hora, yo estaba en aquel comedor, tres mesas más allá, sentada delante de mi madre y de un plato con tres kiwis, un plátano y una napolitana de chocolate.

Pero yo estaba y no estaba con mi madre.

En mi cabeza, esa cabeza que explota, estaba en la playa, apoyada en aquel muro de cemento. En silencio. Intentando colocar lo que había pasado. Pero algo no encajaba, algo no encajaba.

Mientras tanto, mi madre hablaba sin espacios.

–Qué-día-más-bonito-ha-salido-Imagínate-que-llueve-Que-también-sería-bonito-Me-encanta-la-lluvia-en-la-playa-Y-la-playa-en-invierno-Y-el-invierno-en...

No sé cómo siguió esa retahíla.

Era como tener una radio de fondo.

Pero yo oía otro rumor: el mar. Y las olas me traían vuestras voces.

«¿De verdad creéis que ha sido un accidente?».

«Nadie es como parece en el escenario».

«Nunca dicen por qué querríamos meternos algo» (¿cómo pude decir eso?).

«Quemad el miedo».

«Y yo que tú, Allegra, me olvidaría de esa canción».

Pero yo no quería olvidarme.

No quería olvidarme, pero no era capaz de acordarme de la letra entera. Imposible.

Cuando llegué al hotel, mientras me iba desnudando para meterme en la ducha, me grabé una nota de voz con los fragmentos que recordaba. Para no olvidarla.

Y ahora, en el desayuno, intentaba rescatar del olvido más frases mientras mi madre hablaba y hablaba.

¿Cuáles eran esas siglas de mierda? Una era TCA seguro.

Pero hubo un momento en que mi madre se calló.

Me miró con el cruasán sobre el café con leche, a punto de mojarlo, y volvió a dejarlo en el plato. Intacto.

Esa mirada me hizo volver.

Ya no podía seguir en la playa, recordando aquella letra, intentando encajar las piezas, porque mi madre me reclamaba con aquella mirada y me decía, precisamente:

–Mira, cariño.

Y la miré.

–No pensaba decirte nada. No quería que te pusieras nerviosa ahora, justo ahora. Pero te vas a enterar de todas maneras. No se habla de otra cosa...

Mi madre paró para beber un poco de café.

Me di cuenta de que la estaba escuchando sin respirar. Qué más podía estar pasando.

De verdad que no podía con más explosiones.

Pero mi madre tenía algo que contarme y, a juzgar por lo mucho que le estaba costando soltarlo, era algo gordo. O, al menos, gordo para ella. Quienes me llaman a mí «Intensa» no conocen a mi madre.

–Ha pasado algo horrible –dijo.

–¿Horrible en plan se te ha manchado el vestido o han detectado que se aproxima un meteorito?

Y entonces lo soltó:

–Ha habido un accidente. En Penélope. Aún no saben bien qué pasó...

Mi madre dejó de hablar.

Normal. Habría sido inútil. Yo ya no podía oírla ni aunque gritara. Mis carcajadas sonaban más fuertes.

Me había entrado un estúpido ataque de risa.

JAJAJAJAJAJAJA.

Desde las mesas de al lado, nos lanzaban miraditas.

Mi madre me miró extrañada.

–No sé dónde le ves la gracia. ¡Hay heridos!

–¿Graves? –dije sin poder parar de reír–. JAJAJAJAJA.

–Leves. Creo.

Hacía tanto que no me reía así... No podía parar. Era absurdo. No tenía ningún sentido reír en ese momento. Pero fue así. No todas las cosas tienen un sentido, aunque nos empeñamos en buscárselo, y decimos que lo «encontramos» cuando nos lo estamos inventando.

la vida que te inventas,
las noches que no cuentas,
las ganas de gritar.

BASTA.

Yo misma intenté encontrar una justificación para mi risa. Intenté recomponerme.

–Perdona, mamá. Son los nervios. Creo que lo mismo podría haberme echado a llorar.

Y era verdad.

–¿Ves? Si es que no te lo tenía que haber contado...

–Mamá...

Mi madre no es una cabaña. Mi madre es un búnker de hormigón.

Pero hay explosiones capaces de resquebrajar el hormigón armado.

–Mamá, no puedes...

–Pero es que...

Nuestros puntos suspensivos quedaron flotando en el aire. Cayeron sobre mi kiwi abierto y me los comí.

Mi madre siguió comentando los rumores que circulaban por el hotel y por Twitter.

–Pero tú no te metas en Twitter, no te metas en Instagram –me advirtió–. Acuérdate de lo que dijo Macarena.

Además, ya estaba mi madre para hacerme el dosier de prensa. Y el resumen consistía en que algo había explotado en la fiesta de EuroClubES, en Penélope: unos decían que una bomba, otros que un espray, otros que el ego de Selene.

–Debió de ser hace poco. Una o dos horas como mucho. Dicen que Selene estaba en la fiesta. ¡Hace nada! ¿Te lo puedes creer? ¡A horas de su actuación! Me parece de un irresponsable... En fin, allá cada cual. Pero vamos, que hoy tiene que estar hecha polvo. O no. Esa chica es incombustible.

«Incombustible», dijo de la mujer que se incendia sobre el escenario.

Estuvo a punto de darme la risa otra vez.

Pero no era el momento. Mi madre ya hablaba cariacontecida de los heridos: un chico había sufrido quemaduras («David», pensé para mí), y había más con contusiones leves.

–Hay otro más en el hospital, además del de las quemaduras, pero al final parece que es por algo de drogas. ¡Ah! Y otro con pérdida de audición...

Beethoven en Penélope.

–Aunque parece que es temporal. Se recuperará. ¿Te imaginas que os pasa a alguno de vosotros? Tú no la has visto esta mañana, ¿verdad? –preguntó mi madre mirando hacia los lados.

–¿A quién?

–A Selene –dijo bajando la voz.

–No.

Lo que no le conté es que cuando volví al hotel de la playa y, más tarde, hacía unos minutos, cuando salí de la habitación para nuestro encuentro en el desayuno, me paré ante la 1407. Comprobé que no había nadie en el pasillo y pegué la oreja para escuchar.

No oí nada.

Nada dentro de la habitación. Nada en la puerta.

Las puertas no son como las caracolas de mar, no traen el rumor del bosque.

Mi madre seguía preocupada por Selene, en concreto, por su ingesta equilibrada de nutrientes.

–Pues como no espabile, van a cerrar el comedor y no va a poder desayunar. Y el desayuno es la comida más importante del día.

Si un día hubiera una invasión alienígena, mi madre se preocuparía de si me he lavado los dientes.

A veces pienso que mi madre es un NPC, un personaje puesto ahí exclusivamente para hacer de madre (y de padre) cada vez que me aproximo a ella.

–¡Oye, cariño! –exclamó de pronto–. ¿Y eso que me dijiste? ¿Aquello de que te había explotado la cabeza?

Aún no se lo había contado. Pero ¿cómo iba a hacerlo?

El búnker se convertiría en ambulancia y acabaríamos en urgencias y...

Capaz era de intentar impedir que actuara. Precisamente hoy. Ya la veía diciendo: «Lo primero es lo primero», y lo primero es la salud, lo primero es no morir. Aunque por dentro mueres
como un animal.

BASTA.

No, esa explosión había sucedido dentro de mi cabeza y allí iba a quedarse por lo menos hasta después de la gala.

«Solo que a veces
el dentro es fuera
y el fuera es dentro».
Eso también era de la canción de Ras.

Pero es que yo sencillamente no podía manejar tantos frentes o me pasaría como cuando tenía examen de Matemáticas y de Lengua y empezaba a tiritar y a vomitar y...

El vómito sí que daña las cuerdas vocales. Es peor que el café. Es por el ácido. Lo contó Lady Gaga. Tuvo anorexia y bulimia. El *pack* clásico de los TCA (Trastornos de la Conducta Alimentaria). Siglas de mierda.

En fin, yo no tendría que estar pensando en jugos gástricos quemando cuerdas vocales. Yo tendría que estar pensando en
Purpurina social.
Y bailar y bailar...

Y mi madre seguía esperando una respuesta. «¿Aquello de que te había explotado la cabeza?».

–Aaaah –disimulé–. Nada, mamá, una tontería. Un vídeo que vi. Luego te lo enseño. Te va a explotar la cabeza.

La gente –ahora me doy cuenta– emplea con mucha ligereza esa expresión.

–Sí, ya me lo enseñarás. Cuanto menos estés con el móvil hoy, mejor. Ahora, tranquilidad hasta la hora del ensayo.

Qué más habría querido yo. Yo tenía que estar serena y concentrada, pensando en la actuación de esta noche. Era el día más importante de mi vida. Pero, en vez de eso, en mi cabeza tenía un *pinball* que rebotaba frenético chocando contra «explosión», «SEXO», «jurado», «David», «cabeza explosiva», «Nil», «experimento», «NEXO», «algo tiene que morir», «Ras», «Purpurina social», «El show no debe continuar», «voto», «Erik», «Selene», «Erik», «Selene», «Erik»...

–¿Te traigo otro de vaso de zumo? ¿Más agua? –me ofreció mi madre.

Mientras la veía alejarse (no esperó a que respondiera), recordé claramente la voz de Erik diciendo: «Por eso dan un vaso de agua con el café».

Yo no había estado dentro de la discoteca, pero sabía con toda seguridad qué estaría haciendo Erik allí dentro.

Como si lo viera.

Constantemente.

Todo el rato.

Y lo que estaba haciendo era... mirar a Selene.

Lo podía ver perfectamente: Erik dentro de Penélope. Un pulpo en un garaje, el único hetero entre miles de gais eurofans. Ajeno a la música, ajeno a todo lo que lo rodeaba. Él solo tenía dos ojos y los dos eran para Selene.

Erik, registrando cada minúsculo gesto que ella hiciera, intentando leer sus labios, apostándolo todo a la fe absurda de que en algún momento ella se toparía con esos dos ojos, se daría cuenta de su existencia, caminaría hacia él y...

Como si tuviera alguna posibilidad. Como si uno mismo pudiera decidir qué es todo lo que se merece, como en un anuncio de El Corte Inglés o de L'Oréal. Como si Selene fuera a fijarse en alguien que no era más que otro de sus fans. Otro NPC con la única misión de ampliar su corte y asegurar su reinado de diva.

Pero eso a Erik no le importaba. Erik seguiría mirándola, en todo momento. Hasta cuando todos se giraron para ver bailar a Nil. Todos menos Erik. Erik seguiría abducido por Selene, cantando a voz en cuello: «Todo lo que te quiero», «Todo lo que merezco»... Bueno, quizá también «Todo lo que te meto». No sé mucho de eso.

Y el resto de la discoteca, mirando a Nil, grabando a Nil.

–Toma –mi madre–. Hidrátate.

Hidratación integral,
el zumo que me bebo,
el vaso medio lleno,
las ganas de mear.

BASTA.

No me puedo despistar ahora. Lo estoy viendo. Porque es justo eso, es como ese momento de despiste cuando un mago hace un truco mientras te obliga a mirar a otro lado o cuando dos se compinchan para que uno distraiga y otro robe. Y Nil bailaba mientras Selene... Solo Erik podía saber qué hacía Selene, y también unos minutos después. Solo él no le quitaba la mirada.

¿Que cómo lo sé? He estado ahí. He sido fan. He estado enamorada, obsesionada, edamamizada. Llámalo como quieras.

Me he volcado por entero en mis ojos y luego he clavado esos ojos como un arpón en un cachalote blanco. Sí, yo al mío podría llamarlo Moby Dick.

–La abuela me ha reenviado un montón de mensajes de ánimo para ti. Hasta les ha escrito Pedro. ¿Te acuerdas de Pedro? Le compró el Seat a tu abuelo cuando...

Yo qué iba a acordarme de Pedro. Pero sí me acordaba de Moby Dick y de cuando me quedé vacía, como una cáscara, una cáscara vacía que daba tumbos arrastrada por un cachalote que no sintió ni cosquillas al clavarle mi mirada arpón. En ningún momento se giró para verme. Ni siquiera se agitó para librarse de mí. Moby Dick no sabía que existía, igual que Selene no sabía que Erik existía.

Y mira, Erik, cuando pensé en todo esto, cuando te imaginé ahí en Penélope como una cáscara vacía, sentí pena por ti. Pena de verdad.

Y en ese momento tuve la certeza de que «Me ha parecido que ha sido Selene» significaba: «Ha sido Selene». Pero no solo: «Ha sido Selene quien me ha tumbado», sino «Ha sido Selene quien ha provocado la explosión». Porque, lo que fuera, Erik tenía que haberlo visto. Aunque luego lo negara con la furia de quien no quiere creerlo.

Y ahora, ¿qué debería hacer con esa sospecha? ¿Hablar con Nil? ¿Avisar a la policía? ¿Buscar a Erik?

Buscar a Erik.

Sentí un escalofrío al pensar en esa posibilidad.

Habíamos estado ¿cuántos minutos juntos? Pero ya éramos algo; fuimos uno cuando bajamos corriendo y gritando hacia la playa. Y ahora me aterraba pensar si sabría reconocerlos entre la multitud. ¿Puede ser que no nos viéramos nunca más?

A Nil, sí. A Nil podía verlo, iba a verlo, en los ensayos. Ensayaban justo después de mí, igual que en la actuación. Yo era la penúltima. Selene cerraba la gala.

Pero parecía que Nil ya conocía a Ras y a Erik. ¿Tendría su Insta? ¿Su teléfono?

Ni siquiera nos habíamos hecho una foto juntos.

Estaba olvidando la letra de Ras. Temía estar olvidando su cara. Y la cara de Erik.

Me concentré. Intenté hacer una foto mental de los cuatro en la playa, la foto que debimos hacernos.

Podía ver claramente a Nil. Y si no, era fácil buscarlo en redes.

Podía oír más que ver a Ras. Su cadencia rota, su tono descendente, su voz como de paja y metal, un nido en una grúa.

Y podía oler claramente a Erik. No olía a fuego.

Olía a miedo.

Dicen que los perros pueden oler el miedo. Igual yo también llevo una perra dentro. O igual es que es fácil reconocer una colonia cuando es la misma que llevas tú: yo también tengo miedo.

Mi madre seguía mirándome, calibrando mi estado de ánimo, mostrándose extraordinariamente comprensiva con ese silencio mío exterior. (Pero por dentro mis pensamientos eran estruendosos). «Está nerviosa. Normal», me la imaginaba diciéndose.

Dejé la servilleta encima de la mesa dando por terminado el desayuno.

Mi madre también dejó la suya.

–Bueno, ¿qué quieres hacer antes del ensayo? ¿Qué te apetece?

–Luz natural –me salió sin pensar.

Eso también era de «Para que algo empiece». Me acababa de acordar.

–Me parece fenomenal –aprobó mi madre–. Es que luego nos metemos en el palacio de deportes y es como meterse en Ikea. Pierdes la noción del tiempo. Y todo tan oscuro. Bueno, oscuro o con todas esas luces. Es como para volverse loca. ¿Vamos a la playa un ratito?

No tuve fuerzas para decirle que prefería ir sola.

–Llevas la gorra, ¿verdad?

Por respuesta, me la puse. Con eso, las gafas de sol, un jersey gris y unos vaqueros era casi invisible.

–Solo un ratito –dije–. Luego quiero volver al hotel.

–Como quieras –dijo ese NPC que hacía el papel de mi madre.

Bajamos hacia el mar y giramos hacia la derecha, hacia el Balcón del Mediterráneo.

Era pronto para los eurofans. El paseo estaba lleno de palmeras y jubilados.

–¿Crees que las palmeras también vinieron aquí a jubilarse? –pregunté a mi madre.

–Las palmeras no son árboles, ¿lo sabías? Son plantas. El tronco no es tronco. Es un tallo. Si lo cortas, no tiene anillos.

–Esta noche he soñado con un anillo en el fondo del mar. Algas, un castillo, una moneda y un anillo.

Mi madre me cogió del hombro y me estrujó un poco.

–Eres poeta.

–Pues súbete la bragueta.

–Eres imposible, hija.

–Imposible e intensa.

–Eso también.

Casi enfrente del hotel Cimbel, debajo de una estructura con toldos estaban colocando unas sillas y unas mesas al mismo tiempo que un par de técnicos montaba un plató frente al mar.

–Vamos por la arena –propuse, y empecé a andar en el mismo sentido pegada al paseo, dejando atrás el montaje aquel.

Ahora hacía calor al sol.

–¡Vitamina D! –anunció mi madre satisfecha.

Cuando llegué al trozo de muro donde habíamos estado apoyados los cuatro, me senté.

Yo solo quería seguir un ratito más con vosotros, sentada sobre la arena en silencio, apoyada en aquel muro, escuchando una ola, otra ola con los ojos cerrados. Fingiendo que estabais.

Pero no estabais.

Al menos tuve suerte porque durante un tiempo tampoco estuvo mi madre. Acababa de llamarla la abuela y se echó a andar por la arena para hablar tranquilamente. De mí, me temo.

Cerré los ojos y me sentí escaneada por los rayos del sol.

Soy un código de barras.

Léeme. Bip.

¿Cuánto valgo? ¿Cuánto valgo?

¿Cuántos van a votar hoy por mí?

De repente, algo tapó el sol. Una nube, pensé.

Pero al momento sentí calor a mi lado. Calor humano. Podría decir que olí a fuego, pero no sería verdad. No sé bien cómo huele el fuego. Hasta ahora he procurado evitarlo.

Abrí los ojos.

A mi lado había una estrella.

La estrella de Nil en la sien.

–¡Nil! –lo abracé. Estaba tan contenta de encontrármelo ahí.

Se había sentado a mi lado. Probablemente, en ese tiempo intermedio, nadie se habría sentado allí. Esa almohada viscoelástica que es la arena guardaba la memoria de nuestros cuerpos. Estábamos recuperando nuestro espacio.

Nil sonreía con los ojos.

–Pensaba que te habrías ido a descansar –le dije.

–Esa era la idea, sí. Pero no podía dormir. Lo intentaré luego.

–Y has venido aquí.

–He venido aquí, sí –repitió él antes de señalar la estructura que los técnicos ya habían terminado de montar–. Me toca grabar una entrevista con Selene en media hora... Con @anyonesmith.

–Ya.

–¿Tú también estás aquí por eso?

«Yo solo quería seguir un ratito más con vosotros», habría sido la respuesta correcta, pero solo dije:

–Mi hotel no está lejos.

–Ya, ya. Ni el mío.

–Lo sé.

Los dos sonreímos.

Mi madre nos miraba desde lejos. Yo le hice un gesto de que siguiera hablando, que no se preocupara.

–¿Sabes...? –Yo sabía qué quería preguntar a Nil, pero no sabía cómo. Solo se me ocurrió hilarlo con lo del hotel–. ¿Sabes dónde se alojan Ras y Erik? Tú... ¿los conocías? De antes, digo.

Nil giró todo el cuerpo hacia mí. Estaba claro que no era yo la única interesada en hablar del tema.

–Venían juntos. De Madrid –me contó.

–Ah. De Madrid.

–Los conocí en la estación. Bueno, es que anoche tuvimos movida con Selene...

–Parece fácil.

–¿Quién? ¿¿Selene??

–No. Tener movidas con Selene.

Nil se echó a reír, aunque me dio la impresión de que mientras lo hacía no dejaba de buscarla con la mirada, como si tuviera miedo a que pudiera sorprendernos. Tampoco me dio muchos detalles de lo que había pasado con Selene, pero me habló de Erik y Ras.

–Qué energía tan especial tiene esa chica, ¿verdad?

Yo asentí con la cabeza.

Iba a preguntarle sobre Erik cuando nos interrumpieron.

–Perdona, tú eres...

Me bajé las gafas de sol.

–¡Allegra! ¡Os lo dije!

Eran cuatro. Eurofans.

Yo sonreí. Es un acto reflejo.

–¿Te importa...? Jo, es que me encantas. ¿Podemos? ¿Podemos hacernos una foto?

–Claro –dije, cogiendo del brazo a Nil–. Etiquetadlo a él también.

El chico me miró con cara de no entender.

–Es Nil –le expliqué–. Baila con Selene.

–¡Ay, sí! ¡Perdona, tío! –dijo uno de los cuatro, y le dio una palmada en el hombro–. ¡Me encanta! Tú hiciste la coreografía, ¿no?

Nil sonrió de oreja a oreja.

Nos juntamos los seis para salir en un selfi. Yo me aseguré de colocarme al lado de Nil. Solo quería ir componiendo la foto que no nos habíamos hecho. Con esta, ya teníamos la mitad. Solo nos faltaban Erik y Ras.

Cuando se fueron, le pregunté a Nil.

–¿Por qué no le presentaste a Erik a Selene? Se moría de ganas de conocerla. Y ahora es imposible. ¿Qué va a hacer? ¿Mandarle un DM?

Nil esbozó una media sonrisa.

–Bueno, se pueden hacer muchas cosas para darte a conocer. Mírate tú. ¿Qué has hecho para que te reconozcan ahora mismo?

En eso Nil tenía razón. Antes he dicho que Moby Dick no sabía que yo existía y lo he dicho en pasado porque era así. Antes.

Ya no. Ahora yo salía en la tele, me entrevistaban en los pódcasts que yo oía (bueno, yo y todo el mundo), me reconocían por la calle, me odiaban y querían en redes... Quienes me insultaban en el instituto, me etiquetaban en viejas fotos de grupo. Ahora Moby Dick, y no solo él, se había enterado de mi existencia.

Y lo mismo podía pasarle a Erik.

–Claro –dije–. Todo el mundo puede hacerse famoso. Bastaría con que hiciera algo gordo.

–Exacto, da igual si es bueno o malo. En realidad, casi más fácil si es malo –reflexionó Nil–. Las redes están llenas de *hate*, y los telediarios, de malas noticias.

–¿Malas noticias? –preguntó mi madre alarmada. No me había dado cuenta de que se había acercado mientras hablábamos–. ¿Qué malas noticias?

8.
@anyonesmith

«... desde la preselección os avisé de que este festival iba a ser explosivo. Aunque no imaginaba que lo sería *tanto*... Si lo pensamos ahora, la primera bomba hasta parece un chiste: el autotune de Kelly Rader. La segunda ya fue algo más seria: el *Keylogate*. Pero esta noche ha estallado la tercera. Solo que la de hoy ha sido literal... Muy fuerte lo de Penélope, ¿no, Selene?

–Mucho, sí.

–Por lo menos solo ha habido heridos leves.

–Según lo que entiendas por leves, Smith...

–Es lo que dice el informe policial.

–Ya, pero en ese informe no te hablan de David, por ejemplo, y te juro que no voy a olvidar su nombre en la vida... Estaba a mi lado... Aterrado y tirado en el suelo... Y tuve que ayudar a quitarle el plumas que se le había quedado pegado al cuerpo.

–Qué duro, ¿no?

–En momentos así también se crece, ¿sabes? Sale la persona que de verdad eres.

–Nil, ¿tú estabas con ella?

–Estaba en Penélope, sí.

–Por si alguien no lo sabe, que como sois tan vagas seguro que no lo habéis buscado y estáis esperando a que os lo aclare yo, Nil es el coreógrafo de Selene. El culpable de que su actuación sea la más *hot* del Benidorm Fest©.

–[*Risa incómoda.*] Gracias.

–Un poco más y se cancela la final. Menudo bajonazo, ¿no?

–Quizá era lo que pretendían.

[*Murmullo del público.*]

–A ver, a ver, a ver, Selene... Desarrolla.

–[*Risas.*] ¿El qué?

–Tú sabes algo más...

–[*Más risas.*] ¿Yo?

–Estabas allí...

–Y me podía haber pasado cualquier cosa.

–Para quienes nos oís desde casa: cero *worries* que a Selene no le ha pasado nada. Al revés, está tan divina como siempre.

[*Voces del público coreando el nombre de Selene.*]

–Te adoran...

–Ya tienen que adorarnos para venir aquí a estas horas de la mañana. Y con la noche tan intensa que nos espera.

[*Aplausos.*]

–¿Entonces no fue un accidente?

–Según la policía, sí.

–¿Y según Selene? La gente que te adora es tanta como la gente que te odia...

–No entiendo por qué, la verdad.

–¿Qué no entiendes? ¿Por qué te adoran o por qué te odian?

–Las dos.

[*Risas.*]

–Ya en serio, tengo entendido que has recibido amenazas... Y la explosión ocurrió muy cerca de donde estabas...

–Cuando alguien brilla tanto como yo y no pide perdón por ello, siempre hay *haters* dispuestos a atacar. No es nada nuevo.

[*Aplausos.*]

–¿Entonces crees que fue intencionado...? ¿O que hasta pueda repetirse?

–Ni idea. Pero es un poco raro que pasara justo ayer. Y justo allí.

–Pues igual de raro que todo en esta edición, *my dear*. Porque tampoco es muy normal que Keylo se lo montara con un jurado. Y oye, que Ágredas está tremendo, también te digo, pero un profesional debería saber dónde no le conviene meter la lengua. A ver, Nil, ¿tú qué crees que le pudo pasar a Keylo para cagarla así?

–No sé... No lo conozco.

–Pero si quisieras que te comieran la boca en Benidorm, ¿no te buscarías a alguien fuera de la organización? Un *streamer* de éxito, por ejemplo.

–Soy poco de buscar. Prefiero que las cosas surjan.

–O que estallen.

[*Risas.*]

–La explosión de anoche fue muy seria.

[*Silencio tenso.*]

–Venga, Nil, relaja. ¿O es que le vas a quitar el puesto a la Intensa?

–Con mis chicos no te metas, Smith. Además, con una Intensa ya tenemos de sobra.

[*Risas.*]

–No, en serio, es que mi Nil lleva razón. Pudo haber sido aún más grave.

–Y había otro de tus bailarines contigo...

–Ian, sí, acabábamos de actuar cuando eso estalló. Y tan cerca que... Perdona, es que lo revivo todo y... Bueno, es duro.

–¿Pasaste miedo, Selene?

–Pero no por mí, sino por la gente que estaba conmigo. Mis bailarines, mis fans... En ese momento no me preocupaba la Selene artista. Solo quería ayudar. Hay ocasiones en las que hay que saber quitarse la purpurina.

[*Aplauso.*]

–Yo diría que la gente madrugadora que nos acompaña hoy en nuestro set, o no tan madrugadora, que lo mismo os habéis venido todas de empalmada [*risas*], está de acuerdo contigo.

–Hice lo que cualquiera en mi lugar.

–Con la de veces que se te ha acusado de superficial... Que si una letra prodroga, que si exhibicionismo gratuito, que si demasiado bailarín buenorro sin camiseta...

–La gente habla sin conocerme. Y el *hate* es fácil. Se dispara rápido.

–¡Bum!

–Pero antes que artistas, somos personas.

–¿Incluso las divas?

–[*Risas.*] Incluso las divas.

–Que conste que en este pódcast, además de estar a favor de ser personas, estamos muy a favor de las divas y de sus bailarines buenorros. Así que, Nil, muchas gracias también a ti. Y no solo por ese pantalón corto y esa camiseta sin mangas, que parece que te hubieras escapado de una promo de Pornhub, sino también por el baile-orgía que nos has preparado. Porque mira que os tocáis los seis durante la canción...

–Bueno... Es difícil hacer una torre humana sin tocarse.

–Ya, cari, pero nadie te obligaba a montar un número de pornocastellets. Podías haber coreografiado algo más *light*, como las bailarinas de Alana y Elena, que ni se rozan.

–La torre nos permite expresar físicamente lo que dice la canción.

–¿Y qué se supone que dice? A ver si nos lo aclaráis por fin...

–Que deberíamos aspirar a todo.

–O meternoslo.

[*Risas.*]

–«Todo lo que quiero», «todo lo que merezco»... De eso habla. De no conformarnos.

–Pues nada, Nil, cuando quieras, me enseñas unos pasos y te cuento con qué me conformaría yo...

–[*Risa forzada.*] Son complicados. Íbamos a necesitar mucho tiempo.

–Tengo todo el del mundo.

–[*Risa incómoda.*] Lo hablamos luego.

–¿En mi hotel o en el tuyo?

[*Uuuuuuhhhhh.*]

–En el Palau, que a mi Nil me lo tengo que llevar para preparar el general.

–Eres una egoísta, Selene. Los quieres a todos para ti...

–Envidioso. [*Risas.*] ¿A que me rodeo bien?

–¿Tanto como para ganar el festival?

–Por supuesto.

[*Aplausos y algún abucheo que los interrumpe.*]

–Pues ya ves que los votos siguen divididos...

[*Voces coreando «Allegra, Allegra» frente a otras gritando «Selene, Selene».*]

–Allegra y tú. Tú y Allegra. ¿A quién ves en el mirador con el micrófono de bronce?

–¿Y si se lo preguntamos a ella?

–¡Pero si tenemos a Mrs. Intensa camuflada entre el público!

[*Murmullo de sorpresa.*]

–¡Allegra! Por favor, ven aquí, que te hacemos un sitio ahora mismo. Equipo, que alguien le traiga una silla y un micro.

[*Aplauso.*]

–¿Cómo estás? ¿Muchos nervios?

–Muchos, no sé, pero *intensos*, bastante.

[*Risas.*]

–*Touché.*

–Con ganas de disfrutar de esta noche.

–Venga ya, Allegra, ¿ahora es cuando nos sueltas que lo importante es participar?

–No, Smith, ahora es cuando os suelto que lo importante es hacer que esta experiencia merezca la pena. Son cosas distintas.

–Nadie lo admite. Nadie dice que quiera ganar. Yo sí. Por eso hay gente que ama a Selene y gente que la odia. Porque Selene no miente: es tal y como la ves. Selene es Selene cuando está llena de purpurina, pero también cuando se quita el maquillaje y atiende heridos después de una explosión. Las dos son Selene. Y las dos son verdad. Lo de que da lo mismo ganar y toda esa mierda es solo una pose.

–Pero es que todo es una pose, Selene, y tú lo sabes mejor que nadie. Incluso la verdad. La sinceridad también es una máscara.

[*Aplauso. Los* allegres *corean el nombre de Allegra.*]

–Precioso, Allegra. Me encantaría seguir recopilando tus perlas filosóficas para hacerme una taza, pero nos hemos quedado sin tiempo. Mucha suerte a las dos esta noche. Y esperemos que en la final no haya más explosiones... A no ser, Nil, que te quieras pasar por mi hotel para que improvisemos una.

–Mejor nos vemos en el Palau.

–No lo dudes».

9.
NIL

Más que malas noticias, fue una confirmación.

Esperé a que Allegra y yo nos hubiéramos alejado de la playa para contárselo, aunque en el momento en que lo hice no noté que se sorprendiera demasiado.

No recuerdo bien cómo nos deshicimos de nuestras acompañantes. Habíamos terminado de grabar el pódcast y solo queríamos huir, como si nos pesara una vergüenza pegajosa imposible de ocultar.

Creo que Allegra convenció a su madre de que necesitaba caminar sola para calmar los nervios, y yo aproveché que Selene esperaba la llamada de una radio local para decirle que nos veríamos más tarde. Nuestras excusas eran débiles, pero lo bastante verosímiles como para escabullirnos entre los grupos de gente que a Allegra le pedían selfis y que a mí me miraban sin reconocerme. Ni siquiera después de escucharme, si es que me habían escuchado, me había ganado un nombre.

La maldición del dos.

«Mis chicos».

«Mis bailarines».

«Mi Nil».

Cómo la odio cuando me nombra en posesivo. Y Selene lo sabe. Por eso lo hizo, porque no podía soportar que @anyonesmith me hubiera querido entrevistar también a mí. Que uno de sus bailarines pretendiese tener un nombre propio.

A Ian tampoco le gustó. Fingió que no le importaba, pero le jodió que Smith quisiera llevar al dos en vez de al uno, como si le estuviera robando su momento. Ya me lo cobraré, me dijo en plan de coña. Pero yo sabía que no bromeaba. Que en algún momento sí me lo haría pagar.

Allegra y yo solo redujimos el ritmo cuando estuvimos a un par de manzanas de distancia, a las espaldas del paseo en el que los eurofans empezaban a mezclarse con los jubilados británicos y desde el que el mar nos hacía creer más libres de lo que de verdad éramos. Como si los ecos de la madrugada anterior se empeñaran en ofrecernos un refugio que apenas acabábamos de inventar y al que, sin embargo, necesitábamos volver.

Pero faltaban dos.

Para empezar a ser ese cuatro que, por algún motivo, sentía que estábamos destinados a sumar, faltaban dos.

No sé por qué sucede eso.

En qué momento se sabe que un nuevo número acaba de entrar en tu vida.

Cuatro.

Qué te hace saber que un camino que no esperabas recorrer te pertenece.

Lo que sé es que esa mañana no quería alejarme de la lucidez irónica de Allegra.

Que estaba impaciente por recuperar el olor a fuego de Ras.

Hasta por ofrecerle a Erik la ocasión de hablar con su idolatrada Selene para demostrarle que se equivocaba.

A mí también me ha pasado lo mismo. Con otra gente.

Gente a la que había idealizado y que solo me enseñó a abrazar la desconfianza. A sospechar de quien se me acerca demasiado. De quien respira muy cerca de mí y ocupa mi espacio aproximando su cuerpo como si el mío también le perteneciese. Gente que no huele a fuego ni me ofrece un incendio en su mirada.

Conocer a quien se admira solo sirve para decepcionarse y Erik no iba a tardar mucho en comprobarlo... Nadie resiste esa mirada tan de cerca.

Eso es parte de lo que, según Ian, me paraliza. Insiste en que soy el dos porque me acojona la visibilidad del uno. Me saboteo. Para ser invisible y no afrontar entrevistas de mierda como la de @anyonesmith.

Algo me decía que podía ocurrir.

Que editarían un vídeo con los momentos más babosos.

Con los comentarios que daban más cringe.

Y claro: ocurrió.

El vídeo empezó a acumular reproducciones y @anyonesmith se hizo TT. Los eurofans hablaban de lo que había pasado con «el bailarín» (no pusieron mi nombre en ningún tuit), comentando tanto lo que él había dicho como lo que yo no le había respondido.

«A ese chico le falta experiencia».

«Se lo ha comido vivo».

«Obvio: no es más que un gogó».

No sé qué me dio más asco. Si su clasismo, su paternalismo o su condescendencia.

A mis supuestos defensores, les habría vomitado encima su prepotencia, sus juicios de valor, sus opiniones sobre lo que habrían hecho en mi lugar, como si tuvieran alguna idea de lo que es estar en mi puto lugar, con un micro delante, sabiendo que lo que hagas puede marcar tu futuro, porque de lo que digas y hasta de lo que calles también depende que te llamen más o que no te llamen, que tu repre te mantenga en su cartera o te mande a la mierda, que haya más castings y más *call backs* o que tengas que dejar el piso que compartes porque no puedes pagártelo y debas volverte al pueblo y admitir que has fracasado, que la vida que soñabas ya no va a ser, porque has escogido el camino del arte y ese viaje solo les está permitido a los *nepobabies*, a los hijos de, a los nietos de, a los que saben que sus pasos los han dado otros mucho antes que ellos y cuentan con el apellido y con la pasta que yo no tengo, con todo lo que a mí me toca ganarme currando si quiero permitirme el lujo de «seguir inténtandolo».

Sus acusaciones contra @anyonesmith solo me hicieron sentir peor.

Débil.

Inexperto.

Víctima.

Y yo no soy nada de eso.

Yo no soy una víctima.

Sé manejar a los capullos como él. Llevo desde los quince apartándolos mientras me abrazan para restregarse en alguna entrega de premios. O en algún ensayo. A Smith podía haberlo parado yo antes de que santa Selene de Benidorm interviniera.

Pero intervino.

Santa Selene, la salvadora del chico de la discoteca al que, aunque su relato acabó imponiéndose, los cuatro sabíamos que había atendido Ras.

Santa Selene, la defensora de «su bailarín» frente al presentador *creepy*.

Santa Selene, la diva que se quita la purpurina cuando «le toca ser persona».

Tampoco Allegra estaba satisfecha con su intervención. La habían invitado a incorporarse al programa para nada y, mientras caminábamos juntos hacia el hotel, ambos compartíamos la sensación de habernos ofrecido como rehenes en un espacio hostil.

–Siento la encerrona.

–No ha sido culpa tuya.

–Un poco sí. No te habrías acercado al set si no fuera para escucharme. Y ya ves las gilipolleces que he dicho...

–Las gilipolleces las ha dicho él. Tú solo has respondido.

–Las entrevistas se me dan de pena. No soy tan rápido con las réplicas como tú, Allegra... Tú sí tienes cosas que decir.

–¿Tú no?

Me encogí de hombros. Hacía mucho que alguien no insinuaba lo contrario.

–Hablo más con el cuerpo.

–Si me enseñas a llevarme mejor con el mío, te ayudo a ponerle letra al tuyo.

Le sonreí –Allegra es de esas personas que, cuando te miran, te hacen creer que podrías sobrevivir al próximo naufragio– y noté cómo mi móvil vibraba un par de veces.

Dos nuevos *likes*.

Me sorprendió encontrarlos en dos de las pocas fotos donde apenas se me ve y que mi repre considera que no crean fándom. Porque no marco músculos. Ni sonrío a cámara. Ni me las he sacado frente al espejo del gimnasio donde, exigencias del baile, entreno seis veces por semana. A veces, siete.

Eran dos autorretratos borrosos que había subido justo cuando me contrataron para el Benidorm Fest© y con los que trataba de contar que esa niebla también soy yo. Pero para fijarte en ellos tienes que saber leer a alguien que finge ser otro alguien. Alguien que intenta averiguar quién es de verdad cada vez que baila y que solo una mirada como la de Ras, como acababa de demostrarme con esos dos *likes*, podía entender.

La seguí de vuelta y, aunque temía ser demasiado directo, le envié por privado un mensaje con dos emojis: el del mar y el de la llama. No sé qué esperaba que me respondiera, pero necesitaba decirle que nuestra madrugada no había terminado. Ni en mi memoria ni en mi piel, donde la promesa del mar y de su fuego aún seguía pendiente.

–Es Ras.

Le enseñé a Allegra su cuenta de Instagram: llena de imágenes poéticas, videocreaciones y textos breves tan fascinantes y, a ratos, ambiguos como ella. En su *feed* no había rastro de la prosa –*reels* bailando en mi dormitorio, sobredosis de postureo en el gym– que sí llenaba el mío.

Allegra sacó su móvil, feliz por el reencuentro virtual.

–A lo mejor entre sus *followers* podemos encontrar a Erik.

–O entre los de Selene.

–Entre los cien mil de Mrs. TambiénSoyPersona nos va a llevar más tiempo... Imagino que Ras no tendrá tantos.

Treinta y seis mil.

Treinta

y seis

mil.

Hay números que sí me gustan. Y el suyo me flipó.

Me pone pensar que alguien como Ras puede acumular esas cifras siendo diferente. Que se puede despertar interés contando la vida de otro modo porque hay quien quiere que se la cuenten desde la poesía que ella inventa con sus imágenes. Que no todo es tan simple como opina mi repre. Ni tan falso como lo que finge Selene. Ni tan cobarde como (¿y si Ian tiene razón?) lo que no me atrevo a ser yo.

–Aquí estás.

Allegra descubrió en su *feed* el vídeo de mi baile en Penélope y nos quedamos mirándolo como un par de idiotas.

Ras lo había editado de modo que parecía que estuviera volando, como si mis piernas hubieran despegado de ese suelo en el que me hundo desde que el futuro se me hace improbable y pequeño, obligándome a moverme entre músicas que nunca son la mía.

Cuando el vídeo acabó, retomamos el camino en silencio. Conscientes de que en esas imágenes –apenas treinta segundos– se podía acariciar la noche anterior. El encuentro. El desencuentro. La carrera hacia el bar del hotel. El mar abierto. Ese chico sin miedo que Ras supo retratar con la cámara de su móvil. O ese otro al que Allegra, que durante todo el paseo me miraba como si tuviera algo interesante que decirle –aunque ni lo tuviese ni crea serlo–, estaba dispuesta a ver en mí.

–Ras podría avisar a Erik. Están en el mismo hotel, ¿no?

–Creía que te había caído regular...

–No le di ninguna oportunidad de caerme bien –me arrepentí–. Ayer no era un buen día para conocer a un fan de Selene.

–A lo mejor ya no es tan fan...

–¿Ah, no?

Me pregunto si hice bien. Si no debí callarme después de que Allegra me desvelara el «ha sido Selene» que le había escuchado decir a Erik.

La verdad es que yo también lo había pensado, pero prefería negármelo, porque eso implicaba dudar de Ian. Si Selene había sido la responsable de la explosión, era muy probable que le hubiera pedido ayuda a su número uno.

Y lo peor es que tenía sentido.

La explosión.

La diva acorralada por las llamas.

La favorita atacada por sus enemigos.

Y la heroína que revive ante los ojos de los demás.

Los ojos de quienes no estaban allí, pero hablan de ello como si lo hubieran visto.

Selene ha salvado a un chico.

Selene ha dado una lección de lo que es ser persona además de ser estrella.

Selene le dedica su actuación en la final a David.

Santa Selene de Benidorm, ruega por nosotros, tus bailarines buenorros. Amén.

¿Cuántos puntos sumaría eso en el televoto?

¿O en el jurado de expertos?

Todo tenía sentido.

Por eso no pude callarme y empecé a hablar de la mochila, y del móvil, y de parte de lo que me quemaba desde que lo había descubierto.

Pero no tenía que haberlo soltado en ese momento. Ni tampoco así.

Las malas noticias no se pueden decir de cualquier modo.

Ese regreso al hotel debía de haber sido nuestro. No de Selene. Ni de mis demonios. Sin embargo, mis dudas me estaban haciendo tanto daño que necesitaba sacármelas antes de que provocaran en mí otra explosión. Un estallido tan fuerte como para acabar al borde de ese abismo al que ya me he asomado antes. Intento, ingreso, terapia, vértigo. Un precipicio que se vuelve a abrir bajo mis pies cada vez que me cuesta respirar y las náuseas me impiden creer que aún puedo encontrar algo, tal vez a alguien, que me convenza de que vale la pena no saltar.

De repente, frente a ese vacío, tenía la intuición de haber encontrado una cuerda a la que agarrarme.

Solo debía apretarla con fuerza y recorrerla hasta dejar atrás las miradas que me desnudaban. Las risas que me infantilizaban. Las erecciones que me cosificaban. La hipocresía que me hacía cómplice.

Al otro lado de esa cuerda estaba Allegra, con su escucha y su sonrisa cómplice e inteligente. Y Erik, con su impaciencia y su ilusión por conocer a Selene. Y Ras, con su poesía en la piel y su mirada de música y fuego.

Por eso hablé.

Sin respirar. Sin pausas. Como una confesión.

SeleneVídeoKeyloTikTokChantajeÁgredasPruebasDescalificaciónMóvilprepagoMochilaEscándalo.

–¿Cómo? –Allegra no había entendido o, más bien, no había querido entender ni una palabra.

Inspiré, me esforcé por dividir los fantasmas en sílabas, y probé a contárselo de nuevo.

–Fue Selene... Fue ella la que viralizó el vídeo de Keylo.

Allegra no parecía sorprendida. La idea de que Selene se hubiera ocupado de pisotear a uno de sus mayores rivales le resultaba tan natural como para mí lo era imaginármela a ella y a su número uno –joder, Ian, ¿por qué?– manipulando el espray que habían provocado la explosión en Penélope.

–¿Tienes pruebas, Nil?

Asentí.

–Encontré uno de los móviles prepago que Selene usó para chantajearlo. Si Keylo se retiraba, Selene destruiría el vídeo... Eso le dijo. Pero Keylo no se retiró.

–¿Y cómo es que tú...?

–Eso da igual. El caso es que lo tengo. Es uno de los teléfonos desechables que usa para estas mierdas. Así no deja rastro.

–¿«Estas mierdas»? ¿Hay más?

Claro que sí.

Claro que había más.

Muchísimo más.

–No puedo, Allegra... No debo... Te lo he contado solo para advertirte de que Selene está dispuesta a todo. Y no tengo ni idea de por qué me importa tanto que lo sepas, porque lo que debería estar pensando es que somos rivales... No sé. A lo mejor estoy harto de tanto juego sucio, o a lo mejor es que esta noche con vosotras sentí que estaba en un lugar en el que podía quedarme sin que doliera, y eso de estar en lugares que no duelan no me pasa mucho, sabes, a mí eso no me pasa casi nunca.

Solo quería ayudar, Allegra, pero tiré con tanta fuerza de la cuerda que, en lugar de ascender juntos, temí haberte arrastrado conmigo hasta el fondo.

Hasta mi oscuridad.

Hasta esta otra niebla que no tiene que ver con la indefinición de lo que queremos que suceda, sino con el horror de lo que ha sucedido.

Lo siento, Allegra. Al menos esa mañana no te hablé de lo que había pasado en la 1407 antes de que tú llamaras y Selene te abriera la puerta fingiendo que todo estaba bien.

Siento mucho haberte cargado con la responsabilidad de decidir qué hacíamos. Si alzábamos la voz o seguíamos callando.

Encubriéndola.

Tú no dijiste nada más. Aunque sí me miraste justo antes de despedirnos. Con esa mirada en la que parece que, aunque no sepamos cómo, todo acabará saliendo bien. Y agarraste mi brazo con un gesto con el que me dijiste que ya no estaba solo. Que pasara lo que pasara, lo afrontaríamos juntos. Que acababa de nacer una alianza a la que no le pusimos palabras porque ya las había dicho todas en el mar.

Yo tampoco respondí con un gracias, aunque sé que te lo grité con la mirada.

Y es que cuando llegamos al hotel ya no éramos solo compañeros de festival.

Ahora, por mi culpa, también éramos cómplices.

10.
ERIK

La busqué.

Había ido a Benidorm para eso.

Por ella.

Cuatrocientos sesenta kilómetros y un puñado de mentiras.

Para verla de cerca, para oírla de cerca.

En cuanto me enteré de que @anyonesmith iba a entrevistarla en la playa, salí disparado.

Ya dormiría.

Ya haría lo que se suponía que tenía que hacer, lo que alguien, tal vez el imbécil de Tomás Gallo, esperaba que yo hiciera.

A esas horas de la mañana del sábado, mi cabeza iba a mil.

Después de la explosión, de todo lo que había pasado en Penélope, después del viaje en autobús con Ras, de conocer a Nil y a Allegra, después de todo eso... ya nada era igual.

Yo no era el mismo que había salido de mi casa unas horas antes.

Pero no podía evitarlo.

Selene seguía siendo... Selene.

Según atravesaba el paseo marítimo, me decía a mí mismo: es una heroína, me salvó en la explosión, cuando perdí el sentido...

También me decía: es una manipuladora, esa madrugada en la discoteca, lo que había hecho, lo que yo la había visto hacer, o lo que me había parecido ver...

Qué más daba.

Yo no era nadie.

No soy nadie.

Vislumbré el toldo, con el mar al fondo, estaba a rebosar de eurofans que hacían fotos y grababan. La entrevista ya había comenzado.

Saqué mi móvil. Quería documentar el viaje.

Allí estaba Selene, con una sonrisa que lo inundaba todo, y a su lado Nil, intentando aparentar que estaba encantado.

El único que parecía estar divirtiéndose era @anyonesmith.

–Que conste que, en este pódcast, además de estar a favor de ser personas, estamos muy a favor de las divas y de sus bailarines buenorros...

Entré en la arena, intentando buscar un ángulo de visión desde el otro lado, donde parecía haber algo menos de gente. Se agolpaban fans auténticos mezclados con curiosos que se habían topado con aquel show en mitad del paseo.

Comencé a grabar.

Acerqué el plano con los dedos, haciendo zoom.

La voz me llegaba algo entrecortada por el ruido de las olas.

–... parece que te hubieras escapado de una promo de Pornhub, sino también por el baile-orgía que nos has preparado –siguió @anayonesmith, mirando en tono burlón a Nil–. Porque mira que os tocáis los seis durante la canción...

La vibración de mi móvil me sobresaltó.

Llamada entrante de... Julia.

Me giré, avergonzado, y contesté.

–¿Mamá? –dije.

Vale, soy un pringado, a mi madre la tenía guardada por su nombre de pila, me llamaba a todas horas y me daba vergüenza que en el instituto me vacilaran.

–¿Estás bien, Erik? –dijo ella–. No respondes a los mensajes...

–Estoy fenomenal –dije–, intentando pasarlo bien como me dijisteis, no ando pendiente del móvil...

–Tu padre y yo estamos muy contentos –aseguró mi madre–, es genial que hayas recuperado la relación con Tomás, es un chico muy majo, de pequeños erais inseparables...

Majísimo.

Aunque no lo decían abiertamente, a mis padres lo que les preocupaba es que pasara tantas horas solo en mi cuarto, que apenas tuviera amigos. Les daba igual que saliera con Tomás o con cualquier otro.

–¿Hace buen día en la sierra? –me preguntó.

Contemplé el mar azul, el sol en lo alto. Había un par de chicos metiéndose en el agua, parecían guiris, por el tono rosáceo de su piel. Se empujaban y se reían mientras introducían sus cuerpos en el agua fría. Una ola los cubrió y ambos gritaron al mismo tiempo.

–Hace un día espectacular, mamá –contesté.

–¿Estás comiendo bien? ¿Habéis dormido? ¿Tenéis planes para hoy?

–Mogollón de planes, ya sabes cómo es Tomás –dije–. Ya hablaremos, hasta luego, mamá...

–Se oye mucho ruido, Erik –dijo ella, aferrándose a la conversación, no quería cortar tan rápido–. ¿Dónde estás?

Contemplé el *skyline* de los rascacielos, reflejando el sol, entrecortado contra el horizonte.

Respiré hondo.

Tenía a Selene a unos metros de mí.

Y esa noche estaría en primera fila, bailando mientras ella cantaba.

–En el mejor sitio del mundo –respondí–. Adiós, mamá.

–Te quiero, Erik.

Colgué.

Inmediatamente, me di la vuelta.

Algo había ocurrido en la carpa.

Además de Selene y Nil, había otra invitada...

Allegra.

@anyonesmith había conseguido reunir en su pódcast a las dos grandes favoritas de esa noche.

Se podían oír aplausos y vítores de algunos espontáneos coreando el nombre de Allegra.

Como respuesta, muchos otros vitorearon a Selene.

No tenía ni idea de qué habían dicho, me lo había perdido.

El presentador estaba encantado con aquella polémica. Hizo gestos con las manos pidiendo silencio para poder continuar...

–Precioso, Allegra. Me encantaría seguir recopilando tus perlas filosóficas para hacerme una taza, pero nos hemos quedado sin tiempo. Mucha suerte a las dos esta noche. Y esperemos que en la final no haya más explosiones... A no ser, Nil, que te quieras pasar por mi hotel para que improvisemos una.

–Mejor nos vemos en el Palau –dijo Nil, algo seco.

–No lo dudes –zanjó @anyonesmith.

Por los altavoces, como colofón de la entrevista, sonó un mix con los estribillos de las dos canciones favoritas...

Purpurina social,
la vida que te inventas,
las noches que no cuentas,
las ganas de gritar...

Todo lo que me quiero.
Todo lo que te meto,
todo lo que me meto,
todo lo que merezco.

Purpurina social,
glitter en los stories
y ese DM que te llega,
ese like que no esperas
y que te hace vibrar...
Lo-que-te-me-me-meee-to,
Lo-que-me-me-me-meeeee-to.

Tanto como Selene como Allegra, cada una a su manera, trataron de huir de aquel esperpento, horrorizadas, pero manteniendo el tipo y la sonrisa. La amabilidad con los fans de Allegra, la inaccesibilidad de Selene con todos...

Nil y Allegra se escabullían juntos.

No pude acercarme, había hordas de gente por todas partes, dispuestos a lo que fuera por un selfi con las estrellas.

Antes de que me diera cuenta, aturdido por los empujones y las carreras, con la música aún atronando en la playa, una voz me envolvió.

–Chico rarito de Penélope, ven conmigo.

–¿Eh?

–No te sueltes o te perderás...

Era ella.

Selene.

Me había agarrado de la mano.

Tiraba de mí.

O sea, no es que yo la persiguiera o corriera detrás de ella...

¡Selene me había agarrado y me arrastraba!

Corrimos.

Corrí.

Selene nunca iba sola.

Tenía un séquito, una especie de enjambre que la protegía, zumbaba a su alrededor permanentemente.

Como el tipo gigante y rapado con pinta de guardaespaldas que iba siempre un par de metros por delante o la chica con gafas de sol que no dejaba de teclear en su móvil mientras seguíamos corriendo por Benidorm.

No sabía quiénes eran.

Me daba igual.

Me habría dejado llevar al infierno.

–¿Dónde vamos? –pregunté, sin dejar de correr.

–¿Eso importa? –dijo Selene.

–No –admití.

Tal vez huíamos de los fans, o simplemente corríamos porque era sábado y esa noche era la final del festival y estábamos en Benidorm y todo era una carrera hacia ninguna parte, el primero en llegar se lo lleva todo, el último se queda fuera...

En el paseo, nos esperaba la misma furgoneta con los cristales tintados que nos había llevado a Penélope esa madrugada. La portezuela lateral se abrió.

Íbamos directos al interior.

Entonces la vi.

Salió de la nada, entre la multitud.

–¡Viene conmigo! –exclamé, señalándola.

–¿Eh?

–¡Ella viene conmigo! –repetí.

Ras estaba allí plantada, con cara de pero qué pero qué pero qué...

Si iba a irme con el séquito de Selene sin hacer preguntas, al menos necesitaba una aliada, o una testigo, o lo que fuera. No conocía apenas a Ras, pero pertenecía a mi mundo, el mundo de los anónimos.

–Por favor –le supliqué.

Ras no entendía.

–Ella no viene, chico de Penélope –zanjó Selene.

–Si ella no viene, yo no voy –insistí.

Una no quería venir.

La otra no quería que la una viniera.

Supliqué a las dos.

Me planté con un pie dentro de la furgoneta y otro fuera.

Extendí la palma de mi mano.

Por favor.

Ras asintió, dijo «qué pelma eres». No lo dijo, pero lo pensó.

–Vosotros veréis –accedió Selene.

De un salto, todos nos colamos en el interior.

La puerta lateral se cerró de golpe.

La furgoneta arrancó.

Durante unos segundos, nadie abrió la boca.

Selene.

Su séquito.

Nos miraban como si fuéramos dos ratones de laboratorio.

–¿De qué va esto, Erik con k? –preguntó Ras.

–No tengo ni idea –suspiré.

11.
ERIK

Las puertas del garaje, de la furgoneta, del ascensor y de la habitación se fueron abriendo una detrás de otra, como si fueran haciendo reverencias a Selene según ella las cruzaba.

Y no solo las puertas.

En el pasillo del hall del hotel, un guarda de seguridad se apartó e inclinó la cabeza a su paso. No era solo cosa mía. El mundo entero la reverenciaba.

Nos precipitamos en el interior de aquella habitación enorme barra suite tremebunda barra pero esto qué es.

–Ven conmigo –me ordenó Selene.

Dejé a Ras y el resto del séquito en el salón barra dormitorio barra terraza con vistas al mar espectaculares.

Era gigantesca.

–¿Dónde vamos ahora? –pregunté, un poco agobiado.

Selene me condujo a una cocina barra cuarto de la televisión barra otra terraza con vistas al mar aún más espectaculares.

Cerró la puerta detrás de nosotros.

–No sabía que las habitaciones de hotel podían tener cocina –musité.

–Hay muchas cosas que no sabes –sonrió ella.

–Pero alguna cosa sé –me atreví a decir.

Selene se acercó mucho a mí.

–Te salvé la vida –me soltó de golpe.

–Gracias... yo no... o sea, no lo recuerdo muy bien... –balbuceé.

–Eso me parecía –dijo.

–Me desmayé –seguí–. Si mi madre se hubiera enterado, le da algo.

–Qué mono –dijo Selene, y se acercó aún más–. Tengo que preguntártelo, chico raro, ¿qué es eso que crees que sabes?

–Vi algo... Antes de la explosión. O sea... no... no sé... todo pasó muy rápido... no recuerdo... te lo prometo –contesté atropelladamente.

Se me quedó mirando.

Muy fijamente.

Tan cerca que por un momento pensé que me iba a desmayar otra vez.

Los dos sabíamos a qué se refería.

Pero ella no lo iba a decir.

Yo tampoco.

Aquel espray de insecticida.

El mechero.

Ian muy cerca de ella.

No estaba seguro.

Sonreí como un bobo.

–Eres un encanto, chico raro –dijo–. Confío en ti.

–Me llamo Erik –dije, bajando el tono de voz–. Con k.

–La gente es muy envidiosa, están deseando inventarse historias para hacerme daño –dijo–. No lo podemos permitir.

–No lo podemos permitir –repetí.

Sus mechones azules estaban muy cerca.

Casi rozaban mi rostro.

Apoyó las dos manos sobre la encimera, a ambos lados de mi cintura.

Las miré. Miré sus manos.

Llevaba sus míticos anillos.

NEXO.

SEXO.

Ya sé que no.

Pero por un momento.

Por un instante fugaz, pensé...

Me da vergüenza decirlo.

Seguramente solo estuvo en mi cabeza.

Pero pensé que Selene... que ella... que... me iba a besar.

–Confío en ti –repitió.

La puerta de la cocina se abrió de golpe.

Apareció Ian.

–Mira a quién me he encontrado espiando en la puerta de tu habitación –soltó.

–Ian –dijo ella, pasando los brazos por su nunca, dándole un pico–, ¿qué haría yo sin ti? Eres mi perra favorita...

–Estaba con Nil. Los dos en el pasillo, con la oreja pegada a la puerta –aseguró Ian, tirando de Selene.

Los seguí hasta el salón barra dormitorio barra terraza con vistas descomunales.

Allí, en medio del cuarto, aparecieron...

Nil.

Allegra.

Parecían dos prisioneros de guerra.

El séquito los tenía rodeados.

Desde una esquina, Ras me hizo un gesto, una señal, apenas imperceptible, como preguntándome: ¿qué hacemos?

Yo qué sé, Ras.

Se suponía que Nil era del equipo de Selene.

No pasaría nada.

No les iban a hacer nada.

Selene y los suyos no eran la mafia.

Solo era una cantante.

Y un grupo de amigos.

No había por qué asustarse.

Joder.

Estaba cagado de miedo.

–No sabía que la Intensa y tú erais tan amigos –dijo Selene, dirigiéndose a Nil.

–¿Te importa mucho? –replicó él.

–Perdona si hemos dado esa impresión, no estábamos espiando –se adelantó Allegra–. De verdad, lo siento.

–Si queríais entrar, solo teníais que llamar a la puerta, me encanta recibir, más a una compañera –dijo Selene–. Rivales en el escenario. Amigas en la vida. Y todo eso.

Selene aflojó y se mostró vulnerable.

–Desde la explosión... tengo miedo –confesó–. Me da miedo que pase algo malo... ¿A ti no te pasa también, Ian?

El bailarín esta vez no respondió. Estaba mirando fijamente a Nil, no sé si provocándolo o intentando decirle algo.

La energía en aquella habitación era muy rara, no sabría cómo describirla.

Selene ocupaba el centro, como si todo dependiera de sus palabras, de sus decisiones, de su estado de ánimo cambiante.

Ian y los otros del séquito se mostraban expectantes, encantados de su papel en el coro, de formar parte de aquella escena.

Juraría que cualquiera de ellos haría cualquier cosa que Selene les pidiera.

Puede que yo también.

Ya lo estaba haciendo.

Había cambiado mis recuerdos de esa madrugada según la versión que a ella le convenía.

Algo así.

Ras volvió a interrogarme con la mirada.

Yo crucé la mía con Allegra.

Ella buscó apoyo en Nil.

Y Nil miró fijamente a Ras.

Esa línea invisible que se creó entre los cuatro se mantuvo unos segundos en el aire, en silencio.

–Es muy tarde –dijo Allegra–, tengo que prepararme para los ensayos.

–Pero si solo es la una y media –dijo Selene–, y los ensayos no son hasta las seis de la tarde... Tú y yo somos las últimas en actuar... Somos las favoritas... Mira, una cosa te digo, y te lo digo muy en serio, si no gano yo, me encantaría que fueras tú la que se llevara el micrófono de bronce... de verdad...

Se acercó a Allegra y entrecruzó sus manos con las de ella.

Las dos se quedaron allí un momento a contraluz, sujetándose la una a la otra, como si fueran íntimas.

–Aunque no me explico cómo alguien podría elegir a Allegra pudiendo elegirme a mí –dijo soltando una carcajada.

Nil emitió algo parecido a un gruñido.

–¿Hacemos algo? –preguntó Ian después de mirar a Nil de reojo–. ¿Piscina? ¿Siesta?

–Ya lo tengo, mucho mejor –soltó de repente Selene, con un entusiasmo que no le pegaba nada–. Vamos a jugar... al mejor juego del mundo... ¡Verdad o consecuencia!

Y se puso a dar brincos sobre el sofá.

Sus cambios de humor eran tan bruscos que daban miedo.

–Mola, pero... –exclamó Ian.

–¿Pero? –lo retó ella con la misma seguridad con que nos dominaba a todos los que estábamos en esa habitación.

–No, nada.

–Yo paso –dijo Nil.

–¿Qué tenemos ahora, trece años? –dijo Ras.

–Otro día, ahora me tengo que ir, de verdad –aseguró Allegra.

–Vaaaaaaaaaaaaaaaa –insistió Selene–, una ronda rápida, para calentar... motores... Janis Joplin y Amy Winehouse jugaban siempre a verdad o consecuencia antes de los conciertos...

–Esto te lo acabas de inventar –dijo Ian.

–Calla, *bitch* –dijo Selene, riendo–. Y ya sabes lo que tienes que hacer.

En pocos segundos, habían apartado la mesita del salón y todos se habían sentado en la alfombra de pelo, formando un círculo.

Como por arte de magia, habían aparecido algunas copas y chupitos.

Y justo en el medio, Ian colocó una botella medio vacía de vodka.

–*Thank you.* Ahora sí que lo tenemos todo. Solo nos faltan los jugadores.

Tratando de pasar desapercibido, me senté en el suelo, usando de respaldo la pata de un sofá.

Ras se encogió de hombros como si aquello le pareciera una estupidez, pero no quisiera perdérselo.

Los únicos que permanecían fuera del círculo eran Nil y Allegra.

Se miraban el uno al otro, como diciendo «vámonos», pero no terminaban de irse.

–¿Chupito? –le ofreció Selene.

Allegra arrugó la nariz, espantada con la idea.

–Antes de una actuación no tomo alcohol, por la voz y por... todo –se excusó–. Bueno, después tampoco suelo tomar...

–No es alcohol –dijo Selene sonriendo–, no se me ocurriría. Mi cuerpo es mi templo, esta noche tenemos que dar lo mejor. Es té con limón, jengibre y miel...

Allegra cogió el chupito, desconfiada, sorprendida.

Selene se lo llenó hasta arriba y le empujó ligeramente el codo para que lo apurara.

Según iba bebiendo, el rostro de Allegra se fue transformando.

–Pues es verdad –dijo, saboreando–, jengibre... Lo mejor del mundo para las cuerdas vocales...

–¡PAM! –bramó Selene–. El juego está a punto de empezar...

Agarró la botella y la hizo girar sobre la alfombra.

Todos observamos la botella dar vueltas sobre sí misma, como si nos estuviera hipnotizando.

12.
ERIK

El hotel Don Pancho.

La sede oficial para artistas y jurados del Benidorm Fest©.

La planta 14.

Aquella suite llena de gente que apenas conocía.

–Solo quiero recordaros la regla más importante del juego –dijo Selene–: al que no cumpla, una maldición lo perseguirá para siempre.

La botella giró, giró, giró...

Parecía que tuviera un motor dentro.

Era un juego estúpido para críos.

Alguna vez había visto a los de la ESO jugando en el patio. En mi instituto lo llamaban verdad o atrevimiento.

Me moví inquieto, tratando de no llamar la atención.

Aparentemente a todos nos daba igual.

Menuda chorrada.

Solo era un juego absurdo...

¡Yo estaba atacado!

Por favor, por favor, por favor, que no me toque.

Aunque en el fondo..., si me tocaba..., o sea..., no, no, no... Bueno, pero eso de consecuencia solía ser un beso, ¿no...? Un beso, ¿con quién...?

Seguramente eran imaginaciones mías, pero podía percibir el roce del vidrio con la alfombra.

Hasta que poco a poco...

Se fue deteniendo.

La boca de la botella pasó muy despacio por delante de mí..., dejó atrás a Ian... y se detuvo.

Apuntaba directamente a...

–¡La amiga del chico raro! –exclamó Selene, divertida. Tú decides, ¿verdad o consecuencia?

–Hum –respondió Ras.

Ian parecía que iba a decir algo, pero Ras lo cortó:

–«Verdad o consecuencia», qué dramáticos. Cuando era pequeña jugábamos a prueba o verdad. Prueba, elijo prueba.

Varios de los presentes murmuraron, un rumor de expectación flotó por la habitación.

–Muy bien –dijo Selene–. Consecuencia... Tienes que...

–¿Por qué decides tú? –intervino Nil.

–Yo me he inventado el juego, esta es mi habitación y yo decido –zanjó Selene–. Creía que no querías jugar.

Nil seguía siendo el único que no se había sentado en el círculo.

Seguía de pie, cerca de la puerta.

–Vamos a empezar con un clásico –dijo Selene, mirando a Ras–. Tienes que darle un beso con lengua de diez segundos a quien tú quieras de los que están aquí.

–Queremos morreo –la secundó el que tenía pinta de guardaespaldas y dio un trago a un chupito que contenía un líquido azul.

–Yo cronometro –dijo la chica que no se había quitado las gafas de sol.

Ras resopló.

–Venga, amiga del chico raro, dale –insistió Selene.

Ras se puso en pie, decidida.

Dio la espalda al círculo.

Avanzó dos pasos.

Y se plantó delante de Nil.

–¿Te importa? –le preguntó.

Nil parecía sorprendido. «No, no me importa», dijo después de un segundo.

Ras lo agarró de la nuca y le plantó un beso en la boca.

–¡Lengua! ¡Lengua! ¡Lengua! –exclamaron el falso guardaespaldas y la chica de las gafas de sol.

Ian, sin embargo, no decía nada. Como si le hubiera jodido que Ras hubiera elegido a Nil.

–Nueve..., ocho..., siete..., seis...

No podía apartar la vista de aquel beso.

Nil agarró a Ras de la cintura, ella puso sus manos en el rostro de él.

Era como si ambos supieran perfectamente qué y cómo.

Si me tocara a mí, no sabría ni por dónde empezar.

–..., tres..., dos..., uno...

–¡PAM!

Aunque el tiempo había acabado, siguieron besándose un par de segundos más.

–Si queréis montároslo, ahí tenéis la cama –dijo Selene.

Ras y Nil se separaron.

–¡El juego continúa, *ladies and gentlemen*! –anunció Ian, saliendo tan bruscamente de su silencio como si estuviera sobreactuando, y volvió a hacer girar la botella–. ¡Ocupen sus puestos y hagan sus apuestas!

Ras regresó a su sitio.

Parecía un poco ida.

La botella dio vueltas y más vueltas.

–¿Seguro que el jengibre no llevaba nada más? –preguntó Allegra–. Me estoy mareando.

Selene soltó una carcajada.

–¿Quieres Biodramina?

La botella se fue deteniendo... muy despacio...

Selene me miró muy fijamente.

–¿Verdad o consecuencia? –me preguntó.

El corazón me iba a salir disparado del pecho.

La botella me estaba apuntando.

Qué mierda significaba eso.

Vale, sé lo que significaba, pero... uf...

–Yo... o sea... –empecé a decir.

–El chico raro elige consecuencia –sentenció Selene.

–Vale –acepté–. Consecuencia.

Los demás me observaron divertidos.

Yo no sabía muy bien si echar a correr o ponerme a llorar o...

–Doblamos las apuestas –dijo Selene–. Tienes que dar un beso de veinte segundos con lengua a alguien..., pero, pero, pero... no puedes elegir... yo decido a quién...

Un calor terrible me subió por todo el cuerpo.

Un morreo delante de todos.

A quién.

Soy un pringado, me dije.

Miré con el rabillo del ojo a Allegra.

Se me escapó aquella mirada.

Ojalá que no se hubiera dado cuenta.

¿Quería que me tocara con ella?

Creo que me puse rojo.

–Te iba a decir que me pegaras a mí un morreo, chico raro –dijo Selene–, pero acabo de tener una idea mucho mejor...

Dilo ya, dilo de una vez, me va a estallar la cabeza, y el corazón...

–Tienes que besar a... –dijo Selene–, a... ¡Nil!

¿¡Qué!?

¿¡A Nil!?

¿¡Yo!?

¿¡Por qué!?

–Pero... –dije.

–Recuerda que, si no cumples con el juego, una maldición te perseguirá el resto de tu vida –dijo Selene.

–¿Tienes algún problema en besar a un chico? –me preguntó Ian sin apenas mirarme. Sus ojos, llenos de rabia, iban de Selene a Nil.

Negué con la cabeza.

No sabía muy bien qué estaba haciendo.

Solo era un beso.

Vale.

Un beso con lengua.

Vale.

Un morreo.

Y ya está.

¿Por qué estaba histérico?

Me puse en pie y caminé como un zombi.

Me planté delante de Nil.

Él me sujetó con firmeza de un brazo.

–A mí me da igual, pero no tienes por qué hacerlo si no quieres –me dijo–. Ella no manda.

–Lo sé –contesté.

Cerré los ojos y sin esperar más, lo besé.

Con torpeza.

Nil me ayudó.

Lo hizo fácil.

Me sujetó.

Noté nuestras lenguas enroscándose.

Podía oír la cuenta atrás como un eco lejano.

No sé cuánto tiempo estuvimos así, unidos por aquel beso.

Fue muy extraño. No me gustó. Ni me disgustó. En el fondo, creo que habría sido igual con cualquier otro.

O con cualquier otra. Estaba tan nervioso que era imposible saber qué me estaba pasando.

Tal vez ese era el verdadero objetivo del juego.

Que nadie pensara ni sintiera, que todos hiciéramos sin más.

–¡..., tres..., dos..., uno! –corearon.

Al separarnos, le di las gracias a Nil con los ojos.

No sé por qué, pero le di las gracias.

Él hizo un gesto serio, imperceptible, como tranquilizándome, como haciéndome ver que todo estaba bien.

–Te estás poniendo las botas, Nil, y eso que no querías jugar –dijo Selene.

–¡La botella busca una nueva presa, *bitches*! –anunció Ian, exagerando de nuevo su entusiasmo y haciéndola girar.

Ocupé mi sitio.

Todos me miraban, o eso me parecía.

No me atrevía a hacer ni decir nada, por miedo a que cualquier cosa se pudiera malinterpretar.

La botella volvió a girar.

Solo habían pasado dos rondas y yo ya estaba agotado, como si lleváramos jugando toda la vida.

Miré a Selene.

Ojalá le toque a ella, pensé de repente.

Ojalá elija verdad.

Ojalá preguntarle qué había pasado en Penélope esa madrugada.

LA VERDAD.

Con mayúsculas.

Ojalá...

Selene torció el gesto.

No le gustó la expresión de mi rostro.

Quizá podía leerme el pensamiento.

La botella comenzó a detenerse...

Selene alargó el pie sobre la alfombra.

Tocó el cuello de la botella con su bota.

Apenas un golpe mínimo.

Suficiente para que la botella se frenara.

–Ups, lo siento –dijo Selene, falsa, riéndose.

–Hay que hacer girar la botella otra vez –propuso Ras.

–De eso nada, monada –la cortó Selene–. Pase lo que pase, la botella ha dictado sentencia. El juego es así.

La botella, sí, eso es...

Me apuntaba a mí.

Otra vez.

–Bueno, bueno, bueno, chico raro, qué casualidad, eh.

Sentí un escalofrío subiendo por la espalda.

Luego el calor.

En las mejillas, en las sienes.

Muy intenso.

–No sé, me da que esta vez el chico raro va a elegir verdad –suspiró Selene.

Todos me observaban.

Verdad.

Qué viste en Penélope antes de perder el sentido.

Qué ocurrió.

El espray.

El mechero.

–No, no –dije, atropelladamente–. Consecuencia. Elijo consecuencia.

–¿En serio? –saltó Nil, que no sé si sonaba decepcionado o sorprendido.

–Erik el valiente –dijo Selene, que por primera vez me había llamado por mi nombre–. Genial. Pero que sepas que la tercera ronda siempre es muy especial... Se acabaron los besos y las lenguas, *darling*.

Busqué ayuda con la mirada.

Nil parecía molesto. Con Selene. Con Ian. Con la situación. Con todo.

Allegra estaba atónita, como si todo aquello estuviera ocurriendo en otra dimensión.

Y Ras..., ella..., no sé explicarlo..., tenía el cuello estirado, estaba atenta, como preparada para participar si era necesario.

–Espero que estés a la altura, chico raro –dijo Selene, súbitamente muy seria–. Tienes que robar una cosa... Tienes que salir ahí fuera... y robarle la pistola al vigilante de seguridad.

¿QUÉ?

Robar.

Pistola.

Vigilante.

–Eso no es posible... –supliqué.

–No tienes por qué hacerlo –dijo Nil.

–Claro que tiene que hacerlo –replicó Selene, aproximándose a mí–. Si no lo haces, ya sabes lo que te espera.

La maldición, sí, vale.

Y lo peor, su desprecio infinito.

Todos me miraban.

Sentí una ligera presión en el pecho.

–Confío en ti –murmuró Selene.

Cuando dijo esas tres palabras, supe que lo haría.

Que cumpliría con la prueba.

Que, al igual que casi todos los que estábamos allí, haría eso y cualquier otra cosa que ella ordenara.

Porque había aceptado participar.

Porque las reglas se cumplen.

Porque sí.

Porque era mi carácter.

Porque ella era Selene.

Y yo no era nadie.

Pero esta noche sí.

Esta noche sí estaba siendo alguien para ella.

Y no podía volver a ser nadie por culpa del miedo.

Lo haría.

–Para que no te sientas tan solito, puedes ir con alguien más –dijo Selene–. Una sola persona. Puedes elegirnos a cualquiera. Ah, y tienes... diez minutos para hacerlo. Si no estás de vuelta en diez minutos con la pistola, no regreses. Nunca. Huye, porque quedarás desterrado y la maldición habrá comenzado.

–Yo cronometro –dijo una vez más la chica de las gafas de sol, que parecía haber nacido para medir el tiempo.

Me puse en pie.

–¿A quién eliges? –preguntó Selene mirándome fijamente.

¿Era cosa mía o se estaba ofreciendo voluntaria para acompañarme?

–No sé –miré a mi alrededor, aturdido.

Se me pasaron varias opciones por la cabeza.

Nil sería lo más razonable. Era fuerte. Era rápido. Era listo.

Ras también era una buenísima opción. Parecía capaz de cualquier cosa.

Selene..., ¿robar una pistola con ella? Era un sueño ir con Selene. No dejaba de mirarme, como diciendo: elígeme, chico raro. Elígeme.

Sin embargo, dije:

–Allegra.

Ella dio un respingo.

–¿Te vendrías conmigo... a robar una pistola? –le pregunté.

Allegra se quedó tiesa, muda.

Selene también estaba seria.

–De verdad... No me explico cómo alguien elige a Allegra pudiendo elegirme a mí. –Y esta vez no soltó ninguna carcajada–. Tú verás, chico raro.

La verdad: no escogí a Selene porque no me atreví.

Era demasiado evidente.

O a lo mejor me daba miedo no lograrlo y hacer el ridículo delante de ella.

No lo sé.

Por un instante, me pareció que Allegra iba a mandar a la mierda a Selene.

Puede que a mí también.

Pero Allegra se puso en pie, decidida.

–Vamos –fue todo lo que dijo.

–El tiempo empieza a contar... ya –anunció la chica de las gafas de sol, dándole al cronómetro de su teléfono móvil.

Caminamos hacia la puerta de la habitación.

Antes de salir, nos miramos de reojo.

Allegra sonrió.

Y esa sonrisa me hizo respirar.

Como si en ese momento supiera que todo era posible.

–Gracias –dije.

Es una cosa que me pasa mucho. Dar las gracias. Por un beso. Por acompañarme. Por una sonrisa.

Sin más, abrí la puerta y salimos.

Echamos a correr por el pasillo de la planta 14.

No teníamos ningún plan.

Buscar al vigilante.

Quitarle su pistola.

No sabíamos dónde estaría.

Tal vez en el vestíbulo.

Allegra llamó al ascensor.

Aquello era un disparate.

Puede que ese fuera el asunto.

La locura.

Justo antes de entrar en el ascensor, la vi.

Alguien salía de la habitación 1407.

Se suponía que nadie podía salir hasta que regresáramos.

Pero ella lo hizo.

Ras.

¿Adónde ibas?

13.
RAS

A veces me cuesta creerme las flores, quiero decir, lo bonito.

Los colorines, los cuidados, el vamos todos a querernos y a tratarnos bien.

No es que piense que la gente es mala, no, de todo habrá, pero no es eso.

Son los colmillos.

El mundo está lleno de colmillos de velocirraptores que te persiguen cuando menos lo esperas y te clavan los dientes en la nuca.

A veces son mala gente, personas que se aprovechan, o personas que tienen miedo y te hacen daño porque a ellas les hacen daño.

O las dichosas habas japonesas, el cerebro empanado.

Y veces es la casualidad, la mala casualidad, alguien que se pone enfermo y un buen día ya no está y qué haces con todo lo que lo has querido.

Eso me pasó con mi abuela.

Todavía sueño con el velocirraptor que se la llevó.

Cuidarse está bien, y quererse está muy bien.

Pero no es nada fácil cuando te persigue un velocirraptor.

Ya, me ha dado por hablar cuando hay tanto que contar.

Es que necesito calma.

Y hablar me calma.

Empezaré por el momento en que volví a la playa.

Dejé las cosas en nuestro hostal.

Mi habitación tenía seis plazas, una litera y cuatro camas de noventa.

Y taquillas al lado de cada cama.

Me dijeron que de momento solo había dos camas ocupadas. Que podía elegir la que quisiera del resto.

Pensé que el hostal estaría a tope, pero quizá la gente que puede pagarse una entrada en el Benidorm Fest© también puede pagarse algo mejor.

O ha gastado todo su dinero en la entrada y va con tienda de campaña.

Metí mi mochila en la taquilla, me lavé la cara, los dientes, y a dormir.

Me despertaron los dos chicos de mi habitación. Habían entrado para coger algo de sus taquillas.

Los oí hablar del programa de radio con Selene.

Les pregunté dónde era.

No lo dudé, quería verlo.

Cuando llegué, estaba a punto de empezar y a tope de público.

Me puse la capucha, me apoyé en una columna.

Y el caso es que, al principio, el mal rollo de @anyonesmith no me pareció mal.

Porque si piensas que todo es de color de rosa, luego te vienen los hachazos. O los colmillos. O las dos cosas.

Y porque estábamos en un concurso, ¿no?

En plan, miles de personas, no sé ni cuántas, enviaron sus canciones y fueron rechazadas.

Y luego quedaron dieciocho, y de esas dieciocho se cargaron a diez.

Y de las ocho últimas iban a cargarse a siete.

De manera que buen rollo, lo que se dice buen rollo. Que no.

Sí, ya, podías tratar bien a la gente de tu equipo o tratarla de pena.

Podías jugar limpio con los contrincantes o no tan limpio.

Pero te pusieras como te pusieras, siete iban a caer, por muy amable que hubieras sido. Y todo el mundo lo había aceptado.

He dicho que al principio no me pareció mal.

Luego, @anyonesmith se puso insoportable.

Me refiero a la crueldad gratuita.

Creo que a veces se puede pelear.

Si te gusta tu música, y si la música de otra persona te parece barata, blanda, te parece que vende sentimientos cutres, si te parece que nos hace más débiles, más ñoños, o más imbéciles, tienes derecho a decirlo.

La crueldad gratuita no es pelear.

Es gratuita.

O todavía peor: es comprar atención y fama y dinero con tu crueldad.

Cuando @anyonesmith empezó con la burla humillante, di un portazo imaginario.

Con Selene me pasó lo mismo.

Que dijera que había sido ella quien había atendido a David, me daba igual.

Lo sentí por Allegra, pero tampoco me parecía que Allegra fuera a ir pregonando por ahí nuestra historia.

Me gustó que le diera a entender que lo sabíamos y que podíamos decirlo.

Lo hizo sin dejar de ser ella, Allegra nunca entraría en el juego de Selene de quién es la más heroica para autopromocionarse, he visto sus redes sociales, ella no es así.

En cambio, la manera que tenía Selene de tratar a Nil: no hacía falta y sí hacía daño.

Me fui.

Me quedé en la parte de arriba del paseo, vi cómo desmontaban el set del programa.

En mi fantasía iba a abordar a @anyonesmith.

Porque ya sé que a un *hater* no puedes responderle por redes, se alimenta de eso, se hace más grande.

Lo vería pasar, me pondría a su lado.

Fingiría que me encanta lo que hace.

En cuanto a alguien le dices que te encanta lo que hace, baja la guardia, es así.

Luego, para que no me ignorase, le diría que tenía información que darle sobre lo que pasó en Penélope.

Lo obligaría a separarse de su equipo y entonces...

Ahí estaba, avancé hacia él, pero llegó una nube de gente corriendo.

Erik de la mano de Selene, Erik mirándome.

Erik diciendo: viene conmigo. Me lo pidió por favor. Me fui con ellos.

Viajo sola, quiero librarme de Edamame y de un entorno al que le parece normal ser como Edamame, quiero dejar atrás las movidas absurdas del segundo de bachillerato.

La gente está estresada, está mal. Pero nadie afronta eso, nadie dice que ese curso no tiene sentido así, que nos van a volver locos haciéndonos creer que toda nuestra vida depende de una puta nota.

Me voy lejos, quiero cambiar de rollo, y acabo en una habitación de hotel de lujo con una superfamosa rodeada por su séquito jugando a prueba o verdad. Nadie es perfecto.

Yo siempre elijo prueba.

Salvo que esté con las personas a las que más quiero de este mundo.

Pero basta que haya una persona a la que no conozca, o de la que no me fíe, para que elija prueba.

Los actos, bueno, está en tu mano cómo hacerlos.

En cambio, una verdad solo se la doy a quien va conmigo.

Y lo que no doy a nadie es el poder de obligarme a mentir.

Ya, suena guay, luego viene lo que no te esperas.

Pero lo intento, claro que lo intento.

Besé a Nil.

Durante treinta segundos odié a Selene por eso.

No era así como hubiera querido besarlo.

Pero a la mierda las películas y la música de violines.

Le pregunté si le importaba.

Dijo que no.

Bien, nos besamos.

Podría haber sido de otra manera.

El caso es que fue.

En un beso de verdad te haces boca.

Sigues pensando.

Pero cada vez menos.

Fuimos boca.

Fuimos estar al otro lado del humo, los callejones, el metro que no llega, la gente que no llega, la ansiedad que llega demasiado.

Fuimos arena y las olas que están ahí como diciéndote, no te preocupes, mira cómo nos movemos, nunca nos vamos a ir.

Cuando volví a mi sitio, qué fuerte, casi se me saltan las lágrimas.

Porque sin querer me había acordado de otro velocirraptor.

Yo no lloré cuando se separaron mis padres.

Lloré ocho meses después.

Había ido a ver a mi padre a Murcia. Me puse a mirar sus libros. Le pedí uno de poesía que le gustara, me dio uno de un tipo austriaco, Erich Fried.

Empecé a leerlo. Y apareció un poema subrayado. Mi madre no subraya los libros, pone flechas pequeñas a lápiz. El subrayado era de mi padre. Con el rotulador verde que siempre usa.

Lo imposible

Tengo que besar mi almohada
sobre la que te has echado.

Tengo que besar mis dedos
que te han acariciado.

Tengo que besar mi lengua
pero eso no puedo.

«Pero eso no puedo».

Siguió la ronda.

Erik besó a Nil.

Después Selene, con todo el descaro, hizo que le tocara otra vez a Erik.

Salí de la habitación.

Erik y Allegra me preocupaban.

Los introvertidos, no sé, a veces parece que crecen a otro ritmo.

Si te asomas poco al exterior, no siempre sabes qué hacer cuando arrecia el viento o la nieve.

Luego, cuando ya se han asomado bastante, son unos putos sabios.

Pero a veces se alejan y no sabes dónde están.

¿Dos adolescentes robándole una pistola a un guardia de seguridad en un hotel plagado de cámaras?

No salí para para ayudarlos.

Salí para impedir que lo hicieran.

En ese momento no podía discutir con ellos.

Porque se habían «armado de valor».

Es una expresión que me tocó en un comentario de texto. Me gusta. Pero cuando te armas de valor ya no das marcha atrás.

Bajé a recepción, dispuesta a contar que a mi amigo un porro le había sentado fatal, que estaba teniendo una especie de brote, que ya le había pasado otras veces, yo me responsabilizaba, bastaba con que vinieran conmigo y me ayudaran a llevármelo del hotel.

No me dio tiempo.

Lo malo de mis pintas es que en los hoteles de lujo nadie te toma en cuenta.

Cuando iba a empezar a hablar, un americano larguirucho y encorbatado se me coló. En los demás mostradores también había gente esperando.

No sé cómo lo hicieron, ni ellos mismos se aclaraban al contarlo. Parece que Erik llamó al guardia. Le dijo que había una chica que se había quedado encerrada en el baño con un ataque de pánico.

Lo que no acabo de entender es si el ataque era fingido o real.

Si estaban haciendo lo que Selene les había ordenado que hicieran o si todo ocurrió porque una vez que los velocirraptores enseñan sus colmillos, ya no puede ocurrir de otra manera.

–Pero ¿y las cámaras del pasillo?

–Me puse una gorra.

–Allegra, tú eres superconocida.

–Nadie me vio. Estoy segura.

Erik acompañó al guardia hasta el baño. La puerta seguía bloqueada y el guardia tuvo que forzarla hasta que, por fin, consiguió abrirla, aún desconcertado.

Se encontró a Allegra sentada en la taza del váter.

Ella empezó a gritar y a sollozar.

El guardia no entendía nada, se asustó, pero ya no podía retroceder. Erik aprovechó su confusión para empujarlo dentro del cubículo, con tanta fuerza que le hizo perder el equilibrio y caer al suelo. Antes de que su víctima pudiera ponerse en pie y tomar el control de lo que estaba pasando, Erik ya le había quitado la pistola.

Cuando Allegra vio a Erik con el arma en la mano, se calló, cree, aunque también puede que en realidad siguiera llorando, porque en ese momento estaba muerta de miedo y lo único que sabe es que Erik tiró de ella, que cerraron de nuevo la puerta del baño y que salieron corriendo.

Ni siquiera estoy segura de que fuera así.

Todo era un caos.

Lo que había pasado allí dentro y lo que ellos intentaban contarme.

Solo dejaron claro que el guardia era muy torpe y que el robo ocurrió en pocos segundos.

Yo estaba en la recepción. El americano se estaba despidiendo cuando los vi.

Iban los dos muy derechos, andaban como conteniendo la velocidad.

Fui hacia ellos. Sin prisa.

Cuando estuvimos fuera, volvimos a echar a correr. Los tres. Esta vez sin gritar, como si fuéramos *runners*.

–¡Hey!

Por un segundo temimos que fuera alguien del equipo de seguridad.

–¡Esperadme!

Por suerte, no.

Era Nil.

No sabíamos si se había largado o corría detrás de nosotros siguiendo órdenes de Selene. Pero «¡Esperadme!» no es algo que grita un perseguidor.

Volvíamos a ser cuatro.

Cuatro *runners* desafiando a los velocirraptores.

–¿Te manda Selene?

No quería dudar de Nil, pero necesitaba saber que mi confianza tenía motivos para seguir en pie.

–No. Ya no aguantaba más ahí dentro. Prefiero estar aquí.

Y su aquí, otra vez, era ninguna parte. Aquí era ese tenéis sitio mientras caminábamos o este tenemos que marcharnos ahora que huíamos.

–Vámonos –insistió–, venga, larguémonos antes de que os denuncien.

Erik dudó un segundo. En su mirada estaba Selene esperándolo. Selene felicitándolo. Selene convirtiéndolo en alguien que ahora ya forma parte de su mundo. Alguien que se niega a creerse la presa en las garras de su velocirraptor.

–Pero yo tengo que...

–Tú tienes que venirte con nosotros. Ya.

No le di opción.

Cuando alguien está en peligro, no lo hago.

Y ellos lo estaban. O los cuatro lo estábamos.

Acababan de robar una pistola y, en cuanto el guardia diese la voz de alarma, no tardarían en dar con ellos. O Selene se adelantaría y los vendería a los dos.

¿Y si eso era parte del juego?

¿No sería una forma de acabar con su mayor competidora? Allegra, descalificada.

Pero no había tiempo para pensar en eso, lo único que podíamos hacer era correr.

Igual que la noche que nos había unido.

La noche en que dejamos nuestras huellas al borde del mar.

Enseguida llegamos a la playa y seguimos corriendo. Había mucha otra gente que corría, todo parecía normal.

–¿Adónde vamos? –preguntó Erik.

–A nuestro hostal –dije.

Pasamos delante de la habitación de Erik; como se oían voces, fuimos a la mía. De momento no había nadie.

Allegra estaba fuera de sí, se reía, pasaba de una cama a otra, decía que en esa habitación se podía hacer la voltereta lateral.

La adrenalina, supuse.

O algo más.

Sin que viniera a cuento se puso a hablar del móvil que tenía Nil en la mochila y de que Selene había chantajeado a Keylo.

Lo había amenazado con difundir su vídeo besando a un miembro del jurado si no se retiraba.

Como Keylo no se retiró, Selene lo difundió.

–Ahora nosotros somos tan malos como Selene –dijo Allegra y se echó a reír–. Tenemos una pistola.

Allegra extendió los brazos y bailó sobre mi cama, nosotros nos miramos.

–¿El jengibre? –pregunté a Nil.

–Podría ser... A saber lo que habrá puesto Selene.

–El jengibre –cantaba ahora Allegra–, el jengiiibreee me ha hecho libre, el jengibre me ha tocado con su varita negra, ¡soy Maléfica, soy Cruella, soy, soy, soy!

«¿El jengibre?», pensé. ¿Y si solo era que ser buena y responsable y perfeccionista y estar viviendo la presión del Benidorm Fest© era una bomba de relojería, porque no queda ningún sitio para equivocarse? Y joder, ¿quién no se equivoca?

A Erik, la adrenalina ya se le había pasado hacía un buen rato. Estaba muy serio, empezaba a darse cuenta de lo que había hecho.

–Pero ¡qué dices, Allegra! –casi gritó–. ¿De dónde te sacas que ha sido Selene?

–Ha sido Selene –canturreó–, ha sido Selene, ¿a qué sí, Nil?

Miré a Nil a los ojos.

Los dos sabíamos cómo había sido nuestro beso, no necesitábamos explicaciones.

Necesitábamos entender lo que estaba pasando.

Por la cara que puso Nil, comprendí que Allegra no se estaba inventando nada.

–Sí, Erik. Selene envió ese vídeo. Tengo el móvil de prepago con el que lo hizo.

–¿Y cómo sabes que es de Selene? A lo mejor es cosa de tu amigo Ian.

–Erik, lo sé.

–No puedes demostrar nada.

Allegra seguía en su nube, bailaba, hacía gorgoritos. Se había descalzado y se subía a una cama y daba un salto hacía la otra y luego a la otra y vuelta a empezar.

–¡Ya vale!

No grité.

No grito, pero lo dije para que me oyeran, como cuando atacas un *crash* con el cuello de la baqueta, vamos, que das un golpe en el platillo que se usa para acentuar los ritmos. Quiero ser batería. Y una parte importante de nuestro trabajo es sostener la canción.

Como dice un batería buenísimo: intentar estar lo más segura posible para que los demás no se pongan nerviosos, darles seguridad.

Sin embargo, todo se estaba haciendo pedazos.

Allegra dejó de dar saltos.

Se subió a la litera de arriba, se sentó allí con las piernas colgando, movía los brazos como si fueran alas.

Erik y Nil se sentaron cada uno en una cama.

Yo me apoyé en la ventana.

–Nos hemos metido en un lío. Ahora sería bueno pensar cómo salir –dije–. ¿Devolvemos la pistola, aunque sea de forma anónima? Al guardia de seguridad le van a pedir explicaciones. Seguro que lo denuncia a la policía.

–¿Y dejamos que Selene siga haciendo lo que quiera? –preguntó Erik. Creo que se había asustado de verdad, hasta el punto de que su admiración se había transformado en sospecha–. Ha chantajeado a Keylo, ha robado vuestra historia en Penélope, ha provocado una explosión y nos ha obligado a robar una pistola. ¿Para qué quiere una pistola? ¿Eh? ¿Para qué?

–Espera... ¿Dices que ha provocado una explosión? Entonces la viste, Erik. –Allegra se había calmado de golpe.

–Yo qué sé..., no, no, no la vi –se echó para atrás, como si estuviera luchando consigo mismo: la imagen de la Selene a la que adoraba frente a la Selene que había empezado a conocer–, vi algo, pero no sé el qué.

–¿Lo viste o no lo viste? Si la viste, tenemos que denunciarlo.

–Es que no estoy seguro, Allegra.

–¿No estás seguro o estás colgadísmo de ella? –preguntó Nil.

–Las dos cosas –dijo Erik–. Estoy enamorado y no estoy seguro.

–¡Pero Erik! –Allegra volvía a su tono cantarín de jengibre en las alturas–. Piensa en el brazo de David, en todo lo que podía haber pasado. Y ahora tenemos una pistola.

¡Una pistola! Tenemos que parar, salirnos de lío, ¡¡¡bien dicho, Ras!!!

–No podemos parar ahora –dijo Nil–. Selene acabará con nosotros.

–Acabar, ella, ¿cómo? ¿Cómo va a hacerlo? –preguntó Allegra.

–No lo sé. No tenemos pruebas de nada. Dirá que el del móvil de prepago fui yo, por celos o lo que se invente. Que intenté largarme, que la traicioné con una de sus rivales... Ahora tiene mil argumentos para soltar toda la mierda que le dé la gana contra mí. Ella es la estrella, bondadosa, salvadora, fuerte, una mina para su casa de discos. Y vosotros habéis robado una pistola. Porque quisisteis. Nadie os obligó.

–¡Hoy es sáaaaabado! –Allegra volvía otra vez en sí–. Tengo que ensayar. Tengo que llamar a mi madre. Tengo que ducharme. Estoy... un poco... mareada.

Nil se acercó hasta la litera de arriba donde Allegra seguía sentada. Como el bailarín que era, la bajó en volandas hasta el suelo.

–Gracias, Nil. Me voy. Os escribo en cuanto salga del ensayo. O antes, si puedo.

Me impresionaban Allegra y Nil, ¿cómo sería tener que actuar en medio de todo esto, juntar sus nervios con todo lo que estaba pasando?

Cada vez que pensaba en la pistola también pensaba en David, en su brazo, en que ojalá estuviera ya con su familia.

Lo que nos hace falta, me dije, es un café bien cargado.

Y volví a pensar en la pistola.

14.
RAS

No podíamos pasear por Benidorm con un arma. Hasta que supiéramos qué íbamos a hacer con ella, acordamos dejarla en la taquilla. Erik quería que fuera la de su habitación. Lo acompañamos. Ya se había vaciado.

Después de guardarla, dijo que iba a llamar a su madre.

Nil y yo fuimos a un bar cercano y le mandamos a Erik la ubicación.

Había música puesta, por fin no era una canción del Benidorm Fest©. Era una versión del tema *Héroe*, de Enrique Iglesias, cantada por Rosalía.

... Si pudiera ser tu héroe,
si pudiera ser tu dios,
que salvarte a ti mil veces
puede ser mi salvación.

–Es Erik –dije.

–No lo veo –dijo Nil.

–En la canción.

... Y qué más da.
Mira que al final
lo que importa es que te quiero.

Si pudiera ser tu héroe,
si pudiera ser tu dios,
que salvarte a ti mil veces
puede ser mi salvación.

–Somos todos alguna vez, ¿no? –dijo Nil.

Uf, la forma en que nos miramos, allí estaba todo: la preocupación por lo que pasaba, la sensación de que podíamos apoyarnos, la noche en vela, el vértigo compartido, también los cristales rotos sobre el cemento y el peso negro de una pistola, y, a la vez, cerrar los ojos y acercarnos sin miedo. Y Erik, que acababa de entrar.

–He estado pensando: no puede ser.

–¿El qué?

–No puede ser que Selene haya hecho todo lo que decís y lo que yo creo que vi. Por qué iba a hacerlo, ¿eh? ¿Por qué? Hace falta un motivo.

–¿Para ganar?

–Pero Nil, piensa, ¿quién necesita poner una bomba para ganar? Aunque sea una bomba pequeña.

Me pareció que podía leer el silencio de Nil. Que Nil tenía ganas de decirle a Erik que había más mundo fuera de una casa donde se preocupan por ti, nadie te cuestiona por ser como eres, y te haces fan de una cantante y flotas porque te ha dado la mano.

Me pareció que no se lo decía no solo por Erik, sino también por él mismo. Porque estaba cansado de ser más mayor de lo que era, o algo así.

–Razones para ser malo –dije–. Venga, empiezo: adicción, a drogas o lo que sea, cosas o personas que, para tenerlas, te obligan a hacer lo que no quieres hacer.

Nil dijo:

–Ambición, de dinero, de fama, de lo que sea. Mezclado con narcisismo, a Selene le encanta mirarse al espejo. Y otra razón: maltrato, te han tratado tan mal que ya no sabes lo que está bien.

–Egoísmo –dijo Erik–. Tienes algo que seguramente no te mereces y no quieres que te lo quiten.

–Sí, vale, esa encajaría –dijo Nil–. Selene es egoísta de su éxito, del que tiene y del que cree que se merece. Como todos, por otro lado, ¿no? Comprar y vender popularidad al precio que sea.

–No creo que su motivo sea ese –dijo Erik.

–¿Y si es más simple? ¿Torpeza? –seguí yo–. Otras personas te empujan a hacer algo mal y no te atreves a decir que no. ¿Miedo?

–Voto por esa –dijo Erik–. Selene no es cobarde, pero a lo mejor la están chantajeando. O ha hecho una promesa, ¿eh? Las promesas hay que cumplirlas. Yo he estado a punto de romper una promesa y eso no está bien.

–Operación salvemos a Selene –dijo Nil y de pronto parecía muy triste–. No puedes salvar a una persona de ella misma.

–Sí puedes –contesté pensando en que era mucho mejor tener que salvarse de uno mismo que salvarse de un velocirraptor como el que se había llevado a mi abuela. En ese momento no pensaba en Selene para nada, pero Nil saltó.

–Cómo me gustaría vivir en vuestro mundo –dijo Nil, y tenía que saber el daño que me hacía ese «vuestro». Porque había un nuestro, no solo de Nil y mío, sino de los cuatro. También de Nil y mío, quizá, pero eso era otra historia.

Nil siguió:

–¿Qué hacemos, Ras?, ¿convocamos a tus treinta y seis mil seguidores, y a los no sé cuántos mil fans de Allegra, para qué?, ¿para que pongan un hashtag que diga que somos inocentes, y que Selene quiso amañar la competición?

No tengo nada, Nil. Un buen día, algo que había colgado entró en el algoritmo y llegó a mucha gente.

Personas a las que no conozco. A veces me escriben y no me da la vida para decirles algo.

Tú sabes lo que es una pantalla: un trozo de hielo. No puedes entrar, o resbalas o lo rompes.

–Es que yo creo que no ha querido amañarla –dijo Erik–. La están obligando. Es como nosotros. Yo no quería robar la pistola. Me estaban obligando.

Las personas somos volubles, en plan, reaccionamos como esas plantas que cuando las tocas se repliegan.

Erik también se replegaba, cada uno con sus movidas. ¿Nos habían obligado a robar una pistola?

A veces no nos obligan exactamente: nos envuelven, nos hacen creer que somos lo que no somos.

¿Dónde está la batería, Ras? No puedes seguir quejándote. Golpea la caja, tac, tac, directa, segura, es el ritmo, un pulso que siempre vuelve.

–No sé si Erik tiene razón o no, pero tenemos que averiguarlo. Porque, además, ahora resulta que no somos inocentes. Tenemos una pistola.

Nil se puso de pie:

–Tengo que irme ya, chicos. Si no aparezco a tiempo en el general, Selene me va a armar una buena. Y eso es lo último que necesitamos ahora.

Se fue a la barra. Luego supimos que nos había invitado.

Erik miraba cómo vibraba su teléfono.

–Es Selene –dijo–. No tengo su número, pero ella sí tiene el mío. Estoy seguro de que es ella.

–Contesta –dije. Aunque la vida no sea una película, creo que lo dije como cuando en las películas alguien le dice a otro: yo te cubro.

Contestaste, Erik. Pero no era Selene. Era @anyonesmith.

15.
ERIK

–¿Sí?

–¿Eres Erik?

–¿Eh?

–Que si eres Erik.

Esa voz.

No me sonaba de nada.

Desde luego, no era Selene.

Era una voz de hombre, atiplada, seca.

–Erik con k –dije.

No sé por qué dije esa tontería. Cuando no sabía qué decir, solía repetirlo, a la defensiva. La k como arma arrojadiza.

–Escucha, esta llamada es muy importante... para ti –dijo la voz.

–Ah.

–No puedo decirte más por ahora, solo que si me ayudas va a ser muy guay para ti –siguió–. Y cuando digo guay, quiero decir decenas de miles de *likes*, de seguidores, los de tu instituto flipando contigo, esas cosas. Solo tienes que hacer lo que yo te diga.

–Pero ¿quién eres?

Ras me interrogó con la mirada.

Me encogí de hombros.

Salí a la calle.

Hacía calor.

Ese calor pegajoso que hace que se te pegue la ropa.

También hacía frío.

Y calor.

El microclima de Benidorm.

Eso decían.

Ras me siguió hasta un banco de piedra.

Puse el manos libres.

–Si no me dices quién eres, cuelgo –aseguré.

Oí una respiración profunda al otro lado de la línea.

–Soy Jeremías –dijo.

–¿Qué Jeremías? ¿De qué vas? –pregunté–. ¿Te conozco?

–Me conoces –respondió–. Todos me llaman @ anyonesmith.

Ras y yo nos miramos con los ojos muy abiertos.

¿De verdad ese tío era @anyonesmith?

–Sí, soy yo –dijo, como si pudiera leerme el pensamiento–. Necesito que me confirmes un par de cosas, favor por favor.

¿De qué estaba hablando?

¿Favor de qué?

¿Por qué me llamaba a mí?

¿Por qué tenía mi número?

¿Qué estaba pasando?

Empecé a sentir algo parecido a una sensación de irrealidad.

Justo en ese preciso instante.

Esas cosas pasan así, de repente, sin previo aviso.

Estás sentado tranquilamente en una cafetería, suena el teléfono y las cosas empiezan a cambiar.

–Por lo visto, eres el amiguito de las estrellas –siguió @anyonesmith, suponiendo que fuera @anyonesmith, y yo estaba empezando a pensar que sí–. ¿Es verdad que has estado con Selene y Allegra en su suite hace un rato? ¿Habéis bebido? ¿Drogas? ¿Ha habido sexo? ¿Algún tipo de... intercambio?

–Yo... eh... yo... o sea...

Era definitivo.

Estaba histérico.

Ras me hizo gestos para que colgara.

–Perdona... no sé quién eres, voy a colgar –dije.

–Claro que sabes quién soy –insistió él–. Me entero de todo, lo cuento todo, me dedico a eso, no te hagas el estrecho conmigo. Estás en tu día de gloria, disfrútalo. Esto que te estoy preguntando ya lo sé, solo necesito que me confirmes unos pequeños detalles, los periodistas serios como yo siempre confirmamos dos veces las noticias. A cambio te citaré en el pódcast y tus redes se inundarán, todos querrán saber quién eres.

Lo que me faltaba.

¡Que yo estaba en Benidorm de incógnito!

No quería que me citara en ningún pódcast.

No quería que nadie supiera nada de mí.

Lo de periodista serio no sé si lo dijo en plan irónico o qué. Estaba atacado y no me enteré muy bien.

–Yo no... no sé nada –zanjé.

–No me esperaba esto de ti, Erik con k –dijo–. Me han contado que eres supermajo y que le caes casi bien a todos, especialmente a todas. Mira, por las buenas, todo guay. Pero si me obligas a ir de mal rollo, luego todo son lágrimas.

–¿Me estás amenazando?

Ras asintió.

Sí, me estaba amenazando.

Era obvio.

¿De qué vas, pedazo de gilipollas? Tengo una pistola en la taquilla, ahí mismo, te puedo meter un tiro, tú alucinas si crees que me voy a quedar quieto mientras sueltas todas esas chorradas...

Por supuesto, no dije nada de eso.

–No te estoy amenazando, no te flipes –dijo–. Te estoy pidiendo amablemente que colabores con el pódcast. Eres una fuente. Eso es todo.

Entonces, Ras sacó su móvil y empezó a grabarme.

Al principio, no entendí de qué iba aquello.

Ella me hizo un gesto con la mano para que siguiera hablando con él.

Para que le diera cuerda.

¿En qué quedamos?

¿Cuelga?

¿Sigue hablando?

Demasiadas grabaciones.

Keylo y Ágredas morreándose.

Selene en Penélope.

La explosión.

Y ahora...

O sea...

–Yo creo que sí me estás amenazando, Jeremías al que todos llaman @anyonesmith –dije, por decir algo.

Supongo que la idea de Ras era tener pruebas de lo que me dijera.

Por eso dije su nombre en voz alta, para que quedara claro con quién estaba hablando.

Podía ser una prueba, supuse.

«Jeremías al que todos llaman @anyonesmith».

Sonó fatal.

Se notaba que lo había metido con calzador.

Yo qué sé.

–No le digo a nadie mi nombre real, es una prueba de confianza –contestó él–. Erik, no tengo tiempo para tonterías. Solo necesito que me confirmes lo que ha pasado en la suite de Selene y que me des algunos detalles de lo que ha estado ocurriendo justo después...

–¿Lo vas a contar en tu pódcast?

–Pues claro que lo voy a contar, me dedico a eso, la gente está deseando saber cosas de esas crías privilegiadas que van de divas. Escucha, podemos hacer dos cosas. Opción número uno, me empiezas a contar ahora mismo detalles de todo lo que está pasando. En esta opción, de repente tú y yo somos superamigos, y te menciono en el pódcast poniéndote por las nubes. Opción número dos, no me cuentas nada. Es una opción muy triste, porque yo lo voy a largar todo igualmente en el programa, y de paso te pongo como un trepa para que hordas de *haters* te persigan por las redes el resto de tu vida... Tú eliges.

Busqué ayuda con la mirada.

Pero Ras solo grababa.

Me quedé con cara de qué le digo yo ahora a este tío.

No quería que mis padres se enterasen de que les había mentido.

Tampoco quería traicionar a Selene y mucho menos a Allegra.

Ni que la peña empezara a acosarme por Instagram o esas movidas.

¿Quién le había hablado de mí a @anyonesmith?

¿Por qué me había elegido a mí?

¿Por qué no había llamado a Ras, por ejemplo?

Vale, porque soy un pringado, todos me manipulan, hacen conmigo lo que les da la gana y no sé negarme.

–Te recomiendo que elijas la opción número uno –dijo–. Vamos, decídete, no tengo todo el día.

–A la mierda –dije–. Opción uno. Te voy a contar todo. Sí que estuve en la suite. Bailamos un rato. Selene sobre todo.

También bebimos. No mucho. Allegra no tomó nada, estaba a lo suyo. Drogas no vi, si había yo no me enteré. Sexo tampoco. Pero vamos, estuve poco rato.

Suspiré.

¿Habría colado?

–¿Y dónde fuiste luego?

–Por ahí.

–¿Y la Intensa?

–No sé, se iría a su habitación, supongo.

–Dime algo más jugoso, chico, algo que pueda usar, venga, esfuérzate –insistió.

–Es... o sea... está bien... –accedí–. El bailarín de Selene... cómo se llama...

–Nil.

–No, otro... Ian, me parece.

–¿Qué pasa con él?

Los ojos de Ras asomaron por encima de su teléfono.

Hizo algo.

Apagó su móvil.

Dejó de grabar.

Era como si me estuviera dando permiso.

¿Para qué?

¿Para lanzar a Ian a la hoguera?

Ni siquiera lo conocíamos.

Podría decir que creíamos que le había metido algo a Allegra en su bebida. También podría decir que estaba pinchando todo el rato con juegos absurdos. Que nos había pedido que robáramos una pistola...

Pero no era cierto.

Era Selene la que había hecho todo eso.

Era evidente, pero no lo había asumido del todo hasta ese instante.

Selene.

Me puse muy nervioso.

La sensación de irrealidad volvió con más fuerza.

La respiración agitada.

El corazón a mil.

Empecé a notar una presión en el pecho.

Me sentí muy mal.

Colgué.

Zas.

Se acabó.

–¿Le has colgado a @anyonesmith? –me preguntó Ras, con los ojos como platos.

–No sabía qué más decir –me justifiqué–. ¿Selene le puso alguna cosa a Allegra en la bebida?

Lo pregunté así, sin venir a cuento.

–No creo, pero yo qué sé –dijo ella.

El teléfono volvió a iluminarse.

Llamada entrante.

El mismo número.

No quería estar allí.

Debería estar en el chalé de Tomás Gallo.

O mejor: debería estar en mi habitación, encerrado como todos los sábados.

Pulsé el botón rojo.

No responder.

–¿Le has vuelto a colgar? ¿Qué te pasa?

–No lo sé –dije–. Me da igual. Qué me va a hacer. O sea, ya soy impopular, no puede hacerme nada. Creo. Todo esto es una mierda.

Ras me lanzó una mirada como diciendo: claro que puede hacerte, no tienes ni idea de lo que significa que te acosen en las redes, que te pongan de vuelta y media, haz lo que te dé la gana, no mientas, no seas un chivato, pero tampoco vayas de santo.

Era imposible que me dijera todo eso en una sola mirada.

Me fijé en sus labios.

Hasta ahora no me había fijado en los labios de Ras.

¿Qué me estaba pasando?

¿También me habían echado algo en mi bebida?

¿En qué bebida?

¿Había tomado algo?

–Puede que solo sea ansiedad –dije–. Esto que me está pasando. No sería la primera vez.

–¿Puedo hacer algo por ti? –me preguntó Ras.

Llamar a mi madre.

Echarme a llorar.

La presión en el pecho subía por la nuca y las sienes.

Era como si fuera a desmayarme o a salir de mi cuerpo.

Me entró miedo.

El orientador del instituto: respira, Erik.

Mi padre: pero qué coño.

Tomás Gallo: abuelas y maricones.

Allegra: me da miedo.

Nueva llamada entrante.

Otra vez el mismo número.

–Tenemos una pistola en la taquilla de mi habitación –dije–. Y seguro que la están buscando.

Mierda.

Eso, que era evidente para cualquiera que hubiera hecho algo así antes, no me había empezado a obsesionar hasta ahora.

La estaban buscando.

Me estaban buscando.

A ver, Erik, un poco de calma.

Uno, llevaba puesta la capucha.

Dos, de camino al baño no lo miré a los ojos ni una vez.

Tres, cuando lo empujé, él estaba de espaldas.

No pudo verme.

Pero seguro que el guardia lo había contado. Que alguien había intentado dibujar un puto retrato con mi cara.

Aunque no fuera yo. Aunque no tuviera suficientes datos para que fuera yo.

Mierda. Mierda. Mierda.

Si me pillaban, ahora sí que se iban a enterar en casa.

–Erik... ¿te encuentras bien? –me preguntó Ras.

Cada vez la veía más lejos.

Y cada vez tenía más ganas de llorar.

Empecé a compadecerme de mí mismo, que es una cosa que no me gusta, pero que no puedo evitar cuando me pongo así.

Una melodía apareció en mi cabeza...

... no voy a llorar y decir, que no merezco esto, porque, es probable que, lo merezco, pero no lo quiero, por eso me voy...

La primera vez que la oí.

Selene en aquel concurso de versiones en Twitch.

Era ella.

Pero todavía no era ella.

¿Te puedes enamorar de alguien que no conoces?

¿Era eso?

¿Enamorar?

¿Te atreves a robar una pistola, chico raro, bicho raro?

¿Verdad o consecuencia?

¿Estaba teniendo un ataque de pánico por decirle a un guardia de seguridad que una chica estaba teniendo un ataque de pánico?

¿Era el karma?

–A veces, en clase, cuando me daba ansiedad, creía que me iba a caer desplomado y que me iba a morir allí en medio, delante de todos –solté.

Ras me cogió de la mano.

–Nadie se muere de un ataque de ansiedad –me dijo.

Su tacto sobre mi piel.

Tenía la mano fría, era agradable.

–Nunca nadie en la historia se ha muerto de un ataque de ansiedad –repitió.

No me tranquilicé, cuando me daba así de fuerte nada me tranquilizaba, pero me reconfortó: nadie se muere, a ver si se te mete en la cabeza, no te pongas dramático, no te vas a morir.

–¿Tú crees que despedirán al guardia de seguridad? –pregunté–. ¿Nos habrá denunciado a la policía? ¿Reconocería a Allegra?

–Yo qué sé, Erik –dijo Ras–. ¿De quién fue la idea?

Resoplé.

–Mía... Creo.

Ras me miró.

Estaba a punto de tumbarme en el suelo.

A veces eso me funcionaba.

–Allegra ya estaba un poco tocada –continué–. Y muerta de miedo. Que si nos van a pillar, que si hoy es un día superimportante para mí... Cada vez hablaba más deprisa, como si se le hubiera olvidado respirar.

–Ya, eso se olvida fácil.

Era sencillo hablar con Ras. Porque es de esas personas que no quiere juzgar, sino entender.

Tomé aire y traté de explicárselo. Aunque ni yo mismo estuviera seguro.

–Ella quería dejar el juego, pero yo no tenía elección, yo no podía volver a esa habitación siendo un pringado delante de Selene, así que seguía buscando al guardia. Tenía pinta de novato y parecía cansado también. Estaba al fondo de un pasillo y en cuanto Allegra se dio cuenta de que iba a acercarme, empezó a ponerse aún más alterada. Tiró de mí susurrando que allí no, que allí no y corrió hacia el baño.

–¿Entonces la idea de encerrarse allí sí que fue suya?

–Es que no sé si fue una idea de Allegra para que yo no la cagara tanto... O si tuvo un ataque de verdad y fui yo quien tuvo la idea de aprovecharse de eso.

–Con eso no se juega –dijo Ras.

–Tenemos una pistola en mi habitación –suspiré.

–Eso ya lo has dicho.

Una vez más, la pantalla del teléfono se encendió.

Ese tío iba a llamar un millón de veces.

Me iba a hundir la vida.

Eso había dicho.

¿O no lo había dicho así?

A mí qué me vas a hundir, imbécil.

–Creo que ahora sí. Me voy a tumbar –dije.

Solté la mano de Ras.

Y me puse en cuclillas.

Después dejé caer mi cuerpo sobre el asfalto.

Me pareció que un grupo del Imserso pasó por la acera, observándome.

Ras se sentó a mi lado.

–Gracias –dije.

No voy a llorar y decir,
que no merezco esto,
porque,
es probable que,
lo merezco, pero no lo quiero, por eso me voy...
Es todo lo que quiero,
todo lo que te quiero,
todo lo que me quiero.
Todo lo que te meto,
todo lo que me meto,
todo lo que merezco.

–Lo merezco –dije.

–No me asustes, ¿estás delirando?

–Acabo de darme cuenta, Ras. La primera vez que Selene cantó en público era una versión de Julieta Venegas. La de ahora acaba igual: lo que merezco –dije–. No puede ser casualidad.

–Eso de merecer es muy relativo, ¿no? –dijo ella.

–¿Tú por qué has venido a Benidorm? –pregunté.

–Por el festival y eso –dijo Ras, como si le molestara un poco tener que dar explicaciones–. A veces no hay que tener una razón para hacer algo. Lo haces y punto.

–Yo no –intenté decir–. O sea que yo siempre tengo razones para todo. Nunca voy al tuntún. Me molaría ir a ciegas alguna vez. Sin controlar. Hacer lo que sea porque sí.

–No te pongas intenso –sonrió Ras.

Permanecimos allí un buen rato.

Yo tumbado sobre el asfalto.

Ella sentada, con las piernas cruzadas. Con esa forma que tenía Ras de hacer las cosas que me daba tanta envidia: como si en realidad todo fuera improvisado, como si nada tuviera tanta importancia.

El sonido del mar a lo lejos.

O quizá era la autovía de circunvalación.

El suave y lejano y continuo ruido de los coches.

La ansiedad llega de pronto, sin motivo aparente.

No había tenido ansiedad cuando le quité la pistola al guardia.

Me había entrado en aquella cafetería, con Ras. O un minuto después. Al salir a la calle.

¿Había sido por la llamada de @anyonesmith?

¿Por sus amenazas?

Deja de buscar explicaciones.

Lo malo de las explicaciones es que, por muy bien que se den, terminan pareciendo excusas.

–¿Qué hora es? –pregunté.

–Supertarde –dijo Ras.

Pensé que, después de eso, Ras ampliaría un poco la contestación.

Pero no.

Eso era todo.

Supertarde.

–En el instituto me había dado alguna vez –dije–. Ansiedad.

–¿Y?

–El orientador me dio un par de trucos. Respiraciones profundas. Y hacer ejercicio físico. Por lo visto, el ejercicio es la hostia, liberas mogollón de endorfinas, creo.

Ras se puso en pie.

–Pues vamos –dijo.

–¿Adónde?

–A liberar endorfinas.

–¿Ahora?

–Ahora es cuando te ha dado la ansiedad –aseguró–. Vamos.

Me incorporé.

Estaba hablando en serio.

Tiró de mí.

–A correr –ordenó.

–Pero...

–Corre, Erik, corre.

Ras echó a correr.

A toda velocidad.

Joder.

La seguí.

Corría muy deprisa.

Igual que todas las veces anteriores.

Desde que nos habíamos conocido era como si no pudiéramos parar de correr.

No sé si para escapar o para acercarnos.

Bajó por aquella avenida enorme, rodeada de rascacielos, esquivando transeúntes.

Corrí.

Sentía los vaqueros pegados a mis piernas.

El aire entrando a bocanadas en mis pulmones, que me quemaba.

Fue...

Muy raro.

Cruzamos varias calles sin detenernos.

Ras no sabía adónde iba.

O tal vez sí.

Yo lo único que sabía es que iba detrás de ella.

La avenida se fue estrechando, convirtiéndose en una calle de un solo sentido.

Fue una carrera larga.

Agotadora.

No podíamos detenernos.

La única norma es que no había normas.

Eso y que no podíamos parar.

Nadie lo había dicho, pero estaba claro.

Varios metros más allá, apareció delante de nosotros, imponente, rugiendo...

El mar.

El viento sobre el rostro.

El sol que empezaba a bajar sobre el horizonte.

Atravesamos el paseo marítimo.

Unas banderolas del Benidorm Fest© ondeaban sobre las farolas.

Ras estuvo a punto de chocar con una pareja.

–Perdón, perdón –dijo, riéndose.

Me costaba seguir su ritmo.

Pegó un salto y entró en la playa.

Una chica con un perro se detuvo y se la quedó mirando.

Ras siguió corriendo.

Yo también.

–Corre, Erik, corre –volvió a decir.

–Pero... pero... pero...

Iba directa.

Al mar.

Sin detenerse, se quitó las zapatillas.

Yo la imité.

Perdí el equilibrio y me estampé contra la arena.

Ras se quitó los pantalones.

Y la camiseta.

Se quedó en ropa interior.

A medida que avanzaba, lo iba dejando todo tirado sobre la arena.

Yo tropecé.

Me quité también los pantalones.

¿Lo íbamos a dejar allí?

¿Y si nos robaban?

Erik, recoge tus cosas, recoge tu cuarto, no dejes todo tirado de cualquier forma.

Antes de que pudiera reaccionar, Ras ya estaba en la orilla, pisando el agua.

–¡Hostias, hostias, está helada! –gritó.

Pero eso no la detuvo.

Se metió en el mar.

Yo también.

Me lancé al agua.

Me dejé llevar.

Estaba fría.

Muy fría.

Una ola me engulló.

Saqué la cabeza.

Ras chapoteaba unos metros más allá.

–¡Ras! –grité.

–¿Qué? –dijo ella.

–Funciona –dije–. Ya no tengo ansiedad.

Sonreí.

–¡Es febrero! –gritó Ras–. ¡Nadie se baña en el puto Benidorm en febrero!

–Pero si ha sido idea tuya...

Se partía de risa.

Sentí que todo era posible.

Si Ras se reía, es que las cosas iban bien.

–¿Te vas a quedar ahí toda la tarde? –me preguntó, como si me hubiera vuelto loco.

Ras ya estaba saliendo del mar.

Tiritaba.

Llevaba unas bragas blancas.

Sujetador negro.

Yo calzoncillos negros.

Camiseta blanca.

Estábamos empapados.

Me sacudí el pelo nada más salir del agua.

–Voy a coger una pulmonía –dije.

Ras se secó la cabeza con su propia camiseta, que había dejado en la arena.

–Quítate la camiseta, te vas a congelar –me dijo.

–Sí... o sea... joder, qué frío...

Fuimos recogiendo nuestra ropa de la arena.

Sin decir nada, Ras salió de la playa y fue directa a un bazar con bebidas y unos flotadores enormes.

Sin dudarlo, agarró un par de toallas que tenían expuestas en la entrada.

Eran de color violeta con un sol enorme y unas letras doradas: B E N I D O R M.

Se dirigió al dependiente de la tienda, un hindú que no nos quitaba ojo.

–¿Cuánto? –preguntó Ras, mostrando las dos toallas.

–Veinte euros, una toalla –respondió el tipo.

–Treinta euros, dos toallas –dijo Ras, poniendo el dinero sobre el mostrador–. No tenemos más.

–Cuarenta –replicó el hindú.

Ras negó.

–Nos vamos a morir de frío –dijo ella–. Treinta euros.

El tipo agarró los billetes y se encogió de hombros.

Ras me lanzó una de las toallas.

–Un *souvenir* de recuerdo –me dijo.

Me sequé el pelo, el cuello, el pecho, las piernas.

Dejé el pantalón sobre un murete a la salida del bazar.

Cogí el teléfono móvil.

¿Habría seguido llamando?

Comprobé la pantalla.

Ocho llamadas perdidas.

Número desconocido (7).

Julia (1).

@anyonesmith y mi madre, una combinación imbatible.

Justo en ese instante, como si hubiera estado esperando a que lo tuviera en la mano, entró un mensaje.

Lo abrí.

Tardé unos segundos en reaccionar.

–Ras –dije.

–Ya, sí, @anyonesmith, ¿no?

–No, no, es otra cosa –dije.

Ella se acercó.

Le mostré el mensaje que acababa de recibir.

En la pantalla, una fotografía.

Se veía a Selene y a su lado... Allegra.

Las dos juntas.

Selene sonreía.

Allegra estaba muy pegada a ella, seria, con cara de sigo colocada, pero no tanto.

El fondo estaba un poco desenfocado, parecía que había mogollón de focos de colores.

La imagen iba acompañada de un texto:

En el Palau a punto de empezar los ensayos. Sigo esperando, chico raro. ¿Dónde está la Consecuencia?

Consecuencia con mayúscula.

Levanté la vista.

Cinco de la tarde.

Empezaba a atardecer.

> *Es probable que lo merezco.*
> *Pero no lo quiero.*
> *Por eso*
> *me voy.*
> *Qué lástima, pero adiós.*
> *Me despido de ti y me voy.*
> *Qué lástima, pero adiós.*
> *Me despido de ti...*

16.
ALLEGRA

Y me voy.

Me fui al ensayo y, para cuando Selene me hizo la foto, no es que estuviera medio colocada. No, mi cara era cara de «se me está cayendo el cerebro sobre el ojo izquierdo, pero aquí sigo, con vida».

Tenía una jaqueca monstruosa, o migraña, o yo qué sé. «Cefalea tensional», dijo luego la médica. «Cefalea» es «dolor de cabeza» en idioma «sé lo que me digo y tú no».

A veces funciona. A veces solo hace falta una palabra dicha con mucha seguridad para calmarte.

«Cefalea».

«Ansiedad».

Sin embargo, esta vez no fue por la ansiedad por lo que acabé tirada por el suelo y, luego, en una ambulancia.

Cuando dejé el hostal, volví al hotel.

Quiero creer que, por el camino, ya no iba aleteando con los brazos. Qué vergüenza, madre mía.

Se me estaba pasando. Estaba en ese momento en el que tu cabeza da marcha atrás en el tiempo y te reconcomes y ojalá no solo tu cabeza. Ojalá ser capaz de dar marcha atrás con todo tu ser y cambiar todo lo que dijiste, lo que bebiste, lo que hiciste... y lo que dejaste de hacer. Pero eso es imposible y vives en un rebobinado mental perpetuo, reviviendo una y otra vez, una y otra vez, todas las tonterías que hiciste (o al menos todas las que recuerdas) y lo que pasó.

Cuando me sucede eso, canto. Canto para tapar los recuerdos. Y la primera maldita canción que me vino a la mente fue:

Antón, Antón, Antón Pirulero.
Cada cual, cada cual, que atienda su juego.
Y el que no lo atienda pagará una prenda.

Antón, Antón...

Y así en bucle, hasta que una voz se coló en mi canción, porque siempre pasa. Las voces del comecome siempre suenan a mayor volumen que cualquier canción que grites para taparlas. Y la primera voz que se abrió paso en mi línea de defensa era la de Selene diciendo: «¿Chupito?».

Y luego, con aquella sonrisa: «No es alcohol».

De aquella frase había nacido mi sospecha y, como la piedra de un mechero, repetida una y otra vez –chas, chas, ¡chas!–encendió la certeza: «¡Ay, madre! ¡Claro que no era alcohol! ¡¡Era droga!! ¡¡Me han drogado!!».

«¿El jengibre?», había dicho Ras.

Y luego Nil: «Eso parece. A saber lo que habrá puesto Selene».

Habían pasado horas y las voces seguían retumbando en mi cabeza junto a mi propia voz: «¡Ay, madre! ¡Que me han drogado! ¡¡Me han drogado!! ¡El día más importante de mi vida! ¿Sigo drogada? ¿Estoy drogada ahora? ¿Voy a actuar drogada?», pensaba mientras intentaba encontrar el camino al hotel. Que sí, que mira que era fácil. Prácticamente tenía que ir en línea recta. Pero me perdí.

En aquel momento prefería dar un millón de pasos de más antes que consultar Google Maps y encontrarme los miles de notificaciones de Instagram, los cientos de llamadas perdidas de mi madre, los wasaps de Ricky, de la discográfica, los de la organización...

Y por eso, porque me perdí, acabé en el paseo cantando *Antón Pirulero* para tapar el rebobinado.

El paseo estaba petado de gente. Me puse la capucha. Aun así, un grupo de chicos me señaló. Eché a correr.

Reconocí el chiringuito donde debía doblar la esquina para llegar al hotel. El Copacabana.

Dejé atrás el paseo. Crucé una avenida. Hotel Don Pancho. Estaba.

Nada más entrar, a quien primero vi fue a mi madre.

«¿Se me nota que estoy drogada?», pensé otra vez.

Mi madre estaba de frente, junto a recepción, enseñando el móvil a alguien.

«Alguien» estaba de espaldas. No le veía la cara, pero sí la ropa. Obvio, desnudo no iba, y bastaba con ver la ropa para saber quién era.

Porque la ropa era... el uniforme de guardia de seguridad. Le faltaba la pistola.

Tal como lo vi, me di la vuelta, y ya iba a salir otra vez por la puerta del hotel y echar a correr hasta Alicante, o Santa Pola, no, mejor Torrevieja, o Cartagena, sí, huiría a otra provincia, una forajida, huida de la justicia, me metería de polizón en un barco y viviría fuera de la ley...

Cuando mi madre gritó histérica:

–¡¡Alleeeegra!!

Y me rendí.

Me di la vuelta. Me faltó un pelo para hacerlo con las manos en alto. Una rendición en toda regla.

Que pasara lo que tuviera que pasar.

En mi cabeza de jengibre, todo había sonado espectacular. Hacía un rato me sentía como si fuéramos agentes secretos de película en un hotel de lujo. Teníamos un sofisticado plan y nos íbamos a cargar a la malvada Selene. Pero ahora que empezaba a pasárseme el efecto «jengibre», lo poco que recordaba se parecía más a un cómic de Mortadelo y Filemón. Lo único espectacular era nuestra ingenuidad.

Porque, a ver, ¿en qué cabeza cabía pensar que el guardia no iba a denunciarnos? ¿Y si se usaba la pistola en ese tiempo? ¿Iba a arriesgarse el guardia a que se cometiera un crimen con su arma sin denunciar su desaparición? ¿Y cargarle el muerto? ¿Qué iba a decir entonces? «Uy, sí, es verdad. Se me olvidó comentaros una cosita. Es que vinieron Mortadelo y Filemona y me quitaron la pistola».

Los mayores, los mayores con pistola, no juegan a verdad o consecuencia. No se la juegan por unos niñatos.

El guardia de seguridad iba a decir la verdad (si es que no lo había hecho ya):

«Un joven me dijo que tal. Lo acompañé a cual. Ella gritó. Él me empujó. Todo para quitarme la pistola. No tengo la pistola. Anótenlo bien, señores, señoras, señorías, porque cualquier cosa que pueda pasar con esa pistola no será cosa mía».

Y ahí estaba yo, que no tenía la culpa de nada, que ni siquiera sabía bien lo que hacía, ¡que me habían drogado!

Puede que Julieta Venegas, Selene y Erik, sí. Pero yo... Yo no me merezco esto.

Y, sin embargo, no podía negar que había acompañado a Erik cuando decidió cumplir las estúpidas órdenes de Selene. Y todo por un juego.

«Sí, fuimos nosotros», estaba a punto de confesar. Solo quería que todo acabase.

Pero entonces el guardia de seguridad se dio la vuelta.

Nos miramos.

Él me reconoció...

Yo no lo reconocí. ¡¡No lo reconocí!!

–Anda que tenías a tu madre preocupadísima... –dijo con una voz grave, una voz como de musgo y carbón, una cueva forrada de terciopelo.

¡No era él! ¡No era él! ¡No era él!

El guardia al que quitamos la pistola tenía una voz rasposa y aguda, de tenor.

Es lo que más recuerdo de él. Hay cosas de las que tengo un recuerdo confuso, pero su voz no. Su voz la recuerdo perfectamente. Se parecía a la de Moby Dick.

También sé seguro que nuestro guardia no tenía barba. Este, sí. No tenía ni barba ni pistola. Igual lo de la pistola es como la barba: hay guardias que la llevan y otros que no.

Lo que estaba haciendo mi madre cuando entré en el hotel era enseñar una foto mía a aquel guardia barbudo, barítono y desarmado. Quería asegurarse de que podría reconocerme sin maquillaje y sin mi traje de personaje. Estaba desesperada con lo que consideraba «mi trágica desaparición a pocas horas de la gala final».

Era un milagro si no había llamado a salvamento marítimo para que localizaran mi posible cadáver flotando en el Mediterráneo antes de que fuera pasto de las gaviotas.

A punto estaba de pedir que revisaran las cámaras de seguridad del hotel para dar con mi paradero.

Yo seguía paralizada, en la entrada del hotel, sin saber qué hacer con el acta de rendición que tenía preparada.

Mi madre vino corriendo hacia mí y me abrazó con furia.

–¿Por qué no cogías el teléfono? –me susurró al oído rabiosa. Y luego, mi madre siendo mi madre–: ¿Has comido? ¡Tienes que comer algo! ¡No queda nada para el ensayo!

Yo solo podía mirar desde la trinchera de aquel abrazo a aquel guardia que no era nuestro guardia. Habría habido cambio de turno o yo qué sé. Claro que también podía ser que nuestro guardia estuviera en ese momento denunciándonos en comisaría. Habría avisado primero a la empresa, claro. Todos sus compañeros lo sabrían.

El guardia nos miraba. De pronto, vi que se metía una mano en el bolsillo.

Sacó algo. Lo llevaba encerrado en el puño.

Y se acercó a mí.

–Perdona, Allegra. Sé que no debería, pero... Es que mi hija es superfan tuya... Y está malita... Si pudieras firmarle un autógrafo...

Y abrió la mano.

Era un papelito doblado. El papel que esperaba que yo firmara.

Cuando lo cogí, el guardia se tanteó la ropa en busca de un bolígrafo.

–¡Yo llevo! –dijo mi madre, y empezó a buscar en su bolso.

Yo seguía mirando hipnotizada aquel papel que esperaba que firmara. Me sentía como una astronauta en la Luna, a otra velocidad, más lenta. En mi mundo no había fuerza de gravedad.

Volví a mirar el papelito doblado. ¿Y si había algo escrito en la cara no visible?

Algo como: «Yo, Allegra Fernández Guerrero, confieso haber hecho algo que no recuerdo bien para robar la pistola a un pobre guardia de seguridad y me declaro culpable de lo que sea que haya hecho».

No podía firmar a lo loco. Tenía que saber qué ponía. Así que desdoblé el papelito.

Ponía algo, efectivamente. Ponía:

- Huevos
- Monster
- Papel higiénico
- Mayonesa
- Yogur
- Chocolate

Era una lista de la compra.

–Toma, hija –mi madre me pasó un boli.

Miré al guardia una vez más. Esperaba sonriente a que firmara el papelito.

O era un pedazo de actor o realmente no sabía nada.

–¿Cómo se llama? –pregunté.

–¿Quién?

–Tu hija.

–Paula. Muchísimas gracias. Va a alucinar cuando se lo dé. De mayor quiere ser como tú.

Escribí «Para Paula» debajo de la firma. Ahora parecía que todos los huevos, el Monster, el papel higiénico, la mayonesa, el yogur y el chocolate eran para ella.

Y estampé mi firma a continuación.

No entiendo para qué quiere la gente eso, de verdad. Mi firma no soy yo. Y Paula, lo siento, pero por mucho que tu padre te dé este papelito, seguiré sin saber quién eres y es una pena, porque igual nos llevábamos bien, aunque tú tengas, ¿cuánto?, ¿seis años? Podríamos haber jugado juntas.

Yo solo quería tumbarme sobre una colorida alfombra-puzle de goma EVA. Y jugar. A lo que fuera. A cualquier cosa menos a verdad y consecuencia.

Me vino a la memoria claramente la imagen de la botella dando vueltas y vueltas entre nosotros.

Nos habíamos metido en este lío por un juego, pero la pistola no era de juguete.

Supongo que hacerse mayor es dejar de jugar. Asumir las consecuencias.

En el juego de la oca, la cárcel son dos turnos sin jugar y la muerte te devuelve a la casilla de salida, y vuelves a empezar. Los juegos no tienen consecuencias de verdad. Pero, a menudo, algo empieza como un juego y, de repente, te das cuenta de que ya no lo es. ¿Cómo pasó? Muchas veces ni se sabe. Suele suceder tan lentamente como eso de crecer.

La música, por ejemplo. Mi madre, en la academia, el primer día de clase siempre cuenta el mismo rollo a los padres. «Aquí aprenderán música como un juego». Y así es. Al principio. Que si palmas, que si adivina, que si Antón, Antón, Antón Pirulero... Pero llega un momento en que hay un niño dando la turra a sus vecinos dos horas al día. Dos horas con la flauta, el piano, el violín... Dale que dale: do mi sol do mi sol do mi, do mi sol do mi sol do mi, do re la re fa la re fa, do re la re fa la re fa... Preludio y fuga. Solo que para cuando quieres darte cuenta, la fuga es imposible. ¿O no?

O un día te pones a cantar una cancioncilla, y la escribes, y la grabas, por pasar el rato, porque te gusta, porque te nace, porque es la manera que tienes de estar en el mundo y de decir lo que no sabes cómo decir y de confesar y de quejarte y de maldecir y de estar triste porque no puedes estar más triste que dentro de una canción, y lo necesitas. Y, de repente, un montón de personas te están esperando para el ensayo de la gala final del Benidorm Fest© y tu máxima contrincante –porque esto no es concierto, esto es una competición– te coge del hombro, estira el brazo con el móvil y te hace una foto con ella sin pedirte permiso.

–Todo listo, Allegra –te dice alguien del equipo técnico, alguien que sabe tu nombre. Pero tú no sabes el suyo.

Y prácticamente tiene que empujarte al escenario, porque te has quedado empanada pensando que esa noche te explotó la cabeza y luego saliste a correr y acabaste soplando sobre un brazo quemado, conteniendo las ganas de vomitar, y corriste hacia la playa haciendo la zagruda con tres personas que no conocías, y las conociste (un poco), y luego una botella de vodka apuntó a uno de ellos en la suite de un hotel de lujo, y por eso robasteis una pistola y tú acabaste saltando en un cuarto lleno de camas, aunque eso lo recuerdas regu. Pero el show debe continuar.

Y te sientas ante el piano. Y cantas, modo piloto automático, la canción que has cantado mil veces, la canción que podrías cantar dormida, ciega, drogada.

Hay que sacrificar
porque todos esperan
purpurina social.

Y rabias un poco porque, por el rabillo del ojo, ves a la poca gente que hay en el ensayo bailar. Pero da igual porque te reservas lo mejor, la gran sorpresa, para la actuación de verdad. Y todo bien, pulgares en alto, aunque te levantas y te caes al suelo.

Alguien, alguien que corre mucho, mucho más que tu madre, llega a tu lado y te coge de la mano. Lleva una estrella en la sien.

–¡Allegra! –grita, y su voz te llega como por un túnel.

17.
ALLEGRA

Un día juegas en el pasillo de casa a lanzar una ambulancia que hace ni-no-ni-no, y otro día, un fornido bailarín te lleva en volandas a una ambulancia mientras, por el camino, un responsable de la discográfica pregunta:

–¿No habrás tomado algo?

Hasta mi madre se dio cuenta de que se refería a alguna sustancia ilegal.

–Uy, qué va –respondió ella por mí.

Y eso que yo ya estaba consciente, en brazos de Nil, que me transportaba como si fuera una especie de novia. En concreto, la novia cadáver.

–Si es que mira qué color tiene... –Mi madre–. Ya le veía yo mala cara. Pero tranquila, hija. No será nada. Esto es de no comer.

Mi madre iba dando pasitos rápidos al lado de Nil, camino a la ambulancia. Estaba aparcada (la ambulancia, no mi madre) delante del Palau, por lo que pudiera pasar. La movieron discretamente unos metros, a un lateral, para que no me vieran los eurofans que ya se agolpaban a la entrada, y eso que quedaban horas para la apertura de puertas.

–Será un bajón de tensión. Le pasa a veces, cuando se levanta muy rápido. Allegra es de tensión baja, como yo.

Y en la playa... Se nos pone por los suelos. Bueno, y hace un rato se quejaba de que le dolía la cabeza. Entre los nervios y que apenas ha comido... Y mira que se lo tengo dicho...

Todo eso explicó mi madre a la médica antes de que le dieran con la puerta en las narices.

–Lo siento. No puede pasar. Es el protocolo.

Su cara estupefacta y, por encima, los ojos de Nil fueron lo último que vi antes de que se cerrara la puerta.

En la ambulancia, no había ruido. Me dio la sensación de estar en una nevera. Se había congelado el tiempo.

–Perdona, Allegra. Necesitamos saberlo: ¿has consumido alguna droga?

La pregunta, clara y concisa, me la hizo la médica.

Otra maldita vez: verdad o consecuencia.

Si decía la verdad, la que yo creía que era la verdad, adiós, Benidorm Fest©. Selene no actuaría. La organización no iba a permitirlo. Lo que sospechaba que me había hecho era grave: sumisión química. En el instituto nos dieron una charla sobre eso. Te llevan directamente al hospital. Te hacen pruebas. Denuncias. Un escándalo. El show debe continuar pero cómo iban a arriesgarse a un lío semejante. A ver, no es un lío. Podría ser un delito.

Los delitos se denuncian, pero nosotros (y estoy siendo muy generosa con ese plural) también habíamos cometido un delito. Y los delitos se denuncian. Era un círculo vicioso.

Tardé un rato en responder. No quería, no quería esa responsabilidad.

Ojalá te hubieran dejado pasar a ti a la ambulancia, Nil. Ojalá hubieras seguido siendo mi camilla. Recuerdo que, mientras me llevabas en brazos, me mirabas y querías hablarme –lo veía en tus ojos–, pero estábamos rodeados de gente y, aunque éramos cómplices, yo no sabía descifrar el lenguaje de tus pupilas. ¿Qué querías decirme? Ojalá hubieras estado ahí dentro para tomar esa decisión por mí: contarlo o no contarlo. Era más fácil decidir cuando éramos inocentes. Pero ahora...

¿Qué habrías hecho, Nil?

Quizá en ese momento podríamos haberlo parado todo. Pero ya nunca lo sabremos.

Al final dije una cosa que casi no era mentira:

–Me ofrecieron algo y lo tomé. No sé bien qué era.

Mientras me examinaban y me tomaban la tensión, no podía dejar de pensar que esa noche me había explotado la cabeza. ¿Lo notaría la médica? Yo no podía contarlo. Tenía que aguantar unas horas más antes de hacerlo. No podía arriesgarme a que no me dejaran actuar.

Luego, llegó el bote para la muestra de orina.

Y una sorpresa más: pis... y sangre.

¡La regla! ¡Tenía que ser la regla!

Hacía más de cuarenta días que no me venía, cosa que me sucedía a menudo. Nunca he sido muy regular. Y con los nervios... Yo qué sé.

No me había manchado el vestido de milagro, pero o me ponía ya algo o lo desgraciaría. ¿Y qué pasaría entonces? ¿Lo tendrían listo a tiempo? ¿Tendría que salir así, hacer de esa mancha una reclamación?

Purpurina social,
y bailar y bailar,
mientras estás sangrando
y te encuentras fatal.

¿O también habría un cambio de vestuario? Había acabado odiando ese vestido. Pasaba frío. Me sentía encerrada. No podía quitármelo yo sola.

Cómo iba a salir de esa situación si ni siquiera podía salir de un vestido.

–Es la regla –expliqué–. Hace días que me tocaba.

De vez en cuando lo había pensado: «Ya verás como me viene justo el día de la gala. Y con ella, la sensación de estrujamiento de ovarios, y la jaqueca». O la migraña, o la cefalea tensional, que es lo que acabó diagnosticando aquella médica. ¿Estaría Selene igual?

Una pastilla.

–Deja que se disuelva bajo la lengua –me explicó la médica.

El show debe continuar.

No es para tanto. Nadie se muere por eso.

Cómo vas a dejar de actuar solo porque sientas que tus ovarios pesan cien kilos, que tu hemisferio cerebral izquierdo se está derrumbando sobre tu ojo y acabes de salir de un viaje (¿se dice así?) de jengibre.

Sí, esa era la poderosa droga que me había dado Selene. Lo confirmaron las pruebas.

No había tomado nada de nada. Al parecer, lo único poderoso era mi mente y mi capacidad de sugestión. Me había creído TANTO que estaba drogada que había conseguido que mi cuerpo actuara como si lo estuviera.

Eso es lo que reveló la tira reactiva al dejar caer aquella orina mezclada con sangre menstrual.

De repente, ya no tenía una excusa química con la que justificarme. Aunque creo que, en el mundo adulto, no se dice «excusa», sino «atenuante» o «eximente», y sirve para no caer en la casilla de la cárcel. No sé cuál es tu excusa, Erik con k.

No sé por qué hiciste caso a la malvada reina Selene. ¿De verdad te daba miedo su maldición? ¿Enamoramiento? ¿Era eso? ¿No querías decepcionarla? Nunca he oído que el enamoramiento fuera un atenuante. Aunque hay algo así como «enajenación mental».

Quizá es eso, que estás y no estás, que eres y no eres, que estás enganchado por un arpón y no puedes decidir adónde vas. Te dejas llevar. Y te llevan a sitios horribles. Lo que te pasó con Selene igual no es tan distinto a lo que me pasó con Moby Dick, lo que le pasó a Ras con Edamame.

Pero ya lo ha dicho Ras: «Si alguien te hace la vida imposible, hay otras personas. Si alguien es desagradable, hay otras personas». Joder, si alguien te pide que robes una pistola, ¡hay otras personas!

Solo podía pensar en que en alguna parte que casi preferiría no saber había una pistola robada y Selene la quería para no sé qué.

En el fondo, lo confieso, en ese momento pensé que me habría gustado cogerla. Sentir su peso. Estaría fría, suponía.

Nunca había tenido una pistola en la mano.

Mejor.

Cualquiera puede tener un día de furia, y ese día, o esa noche, más vale que el arma que empuñes no sea de fuego.

Grábalo en una taza, @anyonesmith: mi arma es la música.

Cada cual tiene sus armas. ¿Cuál es la tuya?

18.
NIL

La rabia.

La rabia que me sacó del pueblo donde no me dejaban ser.

La rabia que me protege de la familia que me devoraría si se lo permitiera.

La rabia que me mantiene alerta cuando alguien –Marc, Selene, Smith– intenta venderme.

La rabia en la pista, entre los tíos que me miran.

La rabia que me hizo querer largarme de Benidorm y la que, cuando Ian me recordó todo lo que arruinaría, me hizo volver.

La rabia en el escenario, frente a la gente que me observa.

La rabia con la que me quedé fuera de la ambulancia, junto a una señora a la que ni conocía ni quería conocer, preguntándome, mientras ella hablaba sin parar, cómo era posible que todo se nos hubiera ido de las manos.

La rabia me sostiene.

Me ayuda a no rendirme.

Pero también me raya.

Me impide pensar con claridad. Justo lo único que necesitaba hacer en ese momento. Aunque no pudiera.

Y la culpa era solo de Ras.

Antes de ella, todo era más sencillo.

Cuando Ian, el Ian que creía que era algo más que la zorra sumisa de Selene, me comía la boca después de esos ensayos en los que los seis nos esforzábamos para que la coreo saliera bien, a pesar de que cada día odiase un poco más a nuestra diva.

Pero hasta esa rabia me ayudaba.

Porque cuando ganase, cuando nos llevásemos todos los puntos del jurado profesional, del demoscópico y del televoto, podría mirarla a la cara y exigirle mi parte.

Ella no admitiría nada. Ni siquiera me lo agradecería.

Y qué.

Eso no importaría.

Todo el mundo sabría ya la verdad: que su éxito no sería el que es sin sus seis. Que el responsable de que su actuación sea mucho más que otro tema pegadizo y simplón soy yo. Que sin mi coreografía, su canción es una mierda.

Esa rabia sí me servía. La que Ras me había inyectado, no.

Y me la había contagiado desde ese lugar que no sé manejar porque me pierdo en cuanto alguien me lleva hasta él con la sutileza con que lo había hecho ella.

Ras no impone.

Como Selene.

Ni me vende.

Como Marc.

Ni me manipula emocionalmente.

Como Ian.

Ras solo dice.

Con esa verdad que hay en su mirada y en sus gestos. Con el horizonte que pude intuir en los segundos que duró un beso que los dos hubiéramos querido de otro modo pero que sucedió quizá justo cuando tenía que hacerlo. Porque ahí fue cuando la rabia comenzó a girar en dirección contraria a la botella, hasta permitir que todo lo que creía saber se hiciera pedazos.

No sabía si mi piel respondería. Si mi cuerpo sería capaz de hablar en medio de esa habitación llena de gente a la que no quería de testigo de nada de lo que sucediera entre Ras y yo.

Como la estirada de la responsable de marketing, con sus gafas de sol.

O el baboso del *community manager*, con sus pintas de guardaespaldas.

O, lo más jodido de todo, también Ian.

El número uno.

El primer tío con el que había empezado a tener algo.

El único con el que había algo más que ganas de meternos mano a todas horas.

Porque es difícil que el cuerpo no quiera gritar cuando te pasas tantas horas trabajándolo.

Eso era lo que me daba miedo. No solo por lo que pudiera ver Ian, sino por lo que pensara de mí Ras.

¿Y si mis brazos y mi lengua enmudecían ante la presión? ¿Y si la piel no era capaz de decirle todo lo que –mar, cielo, tormentas, tiempo, sueño– yo necesitaba que le dijera?

¿Y si la presión del juego al que ninguno queríamos jugar lo arruinaba todo antes de que empezara?

A Ian le jodió más de lo que esperaba. Aunque también era culpa suya. Siempre complaciente con los deseos de la jefa. Siempre dispuesto a lo que fuera para demostrar por qué se había ganado ser el uno. Pero lo había cabreado. Mucho. Tanto que disparó en cuanto Ras salió de la habitación. Mientras yo la veía marcharse preguntándome por qué no me iba corriendo detrás de ella.

–¿Ahora vas de hetero, Nil? ¿Qué pasa? ¿Te vas a vender a ver si Marc te consigue más curro?

Le podía haber respondido con tranquilidad.

No voy de hetero: soy bi.

Él ya lo sabía, claro. Aunque yo se lo podía haber repetido.

Pero la rabia no me lo permitió.

Estoy harto de explicarme. De justificarme. De que ser quien soy me exija exponerme para que cualquiera opine sobre mí. Como si los caminos que se habían abierto cuando mi cuerpo se asomó al de Ras no fueran ciertos.

–Ahora nos tenemos que creer que no eres maricón, ¿no? –se rio el *community manager*, exagerando sus carcajadas.

Tuve suerte.

Porque si ese mierda no hubiera hablado, mi rabia la habría pagado con Ian.

E Ian, a pesar de todo, me importa.

Aunque su necesidad de sobrevivir le haga fingir que tolera a Selene más de lo que en realidad la soporta.

O aunque sus celos me cabreen y a ratos amenace con volverse tan tóxico como los anteriores.

Pero hay algo en él que quiero seguir conociendo. Algo en él que me ayuda a que la rabia no me devore hasta hacerme desaparecer.

En aquel momento, sí dejé que lo hiciera.

La liberé.

Y disfruté (cómo lo disfruté) tumbando al armario ese de un puñetazo.

Habría seguido.

Me habría sentado sobre él y lo habría golpeado hasta dejarlo inconsciente.

Hasta sacarlo todo.

Smith, el pódcast, los comentarios, verdad o consecuencia, Selene, el morreo con público, la pistola, el robo.

–¡Nil!

El grito de Ian me detuvo.

Me conoce tan bien que sabía lo que podía pasar.

Lo que podía repetirse.

Y de repente me vi en esa noche de enero, un mes antes de llegar a la 1407, cuando estábamos en medio de los ensayos en el local en las afueras de Madrid que nos había buscado la gente de Bronce, la discográfica de Selene.

Volví por un segundo a esa madrugada de invierno en la que salimos tardísimo de ensayar e Ian y yo decidimos ir caminando a casa.

Era una buena excusa para enrollarnos en cada callejón. En cada portal. En cada lugar donde nos apeteciera sentir que somos los adolescentes que a ratos extraño que no nos hayan dejado ser.

Porque cuando tienes que huir para sobrevivir, hay una parte de ti que muere para siempre. Una parte que está justo al lado de esa otra que también desaparece cuando te toca buscarte la vida, cuando tu sueldo no es solo para ti, sino también para tu familia, cuando lo que haces no es solo porque te gusta, sino porque tu madre te recuerda que hay que seguir pagando la hipoteca y porque ese ingreso que haces en su cuenta es el único motivo por el que tu padre tolera, aunque le cueste disimular el asco, que su hijo sea marica.

Todo eso que muere deja un espacio libre que ocupa enseguida la responsabilidad. La desconfianza. Y sí, la rabia.

Por eso, cuando esos dos tíos se burlaron de nosotros, no aceleré el paso, como pretendía Ian. Ni fingí no escucharlos. Al revés. Me giré y les planté cara. Les planté la mía y les partí la suya. A los dos.

Ian intentó pararme.

Pero no pudo.

No me paré...

Y desde esa noche, lo que teníamos, si es que teníamos algo, se volvió más oscuro. Con más caminos que ya no sabíamos cómo recorrer juntos.

Porque él había visto algo que le hacía desconfiar de mí.

Y porque yo había recordado algo de mí que siempre me ha dado miedo.

–¡Nil!

Ian gritó porque sabía lo que podía volver a pasar.

Y yo corrí.

Corrí tanto como hemos corrido los cuatro en un fin de semana en el que creíamos que veníamos a un festival de música y donde la verdadera competición se había convertido en adelantarnos a nosotros mismos. Como si tuviéramos que ser más rápidos que las sombras que a veces nos llegaban en forma de deseos por cumplir y otras, de demonios decididos a robárnoslo todo.

La 1407 estaba llena de los segundos.

Desde la primera bronca.

La que interrumpió Allegra llamando a la puerta y de la que, de momento, no me había atrevido a contar nada.

Porque no quería que pensarais mal de mí. Que me confundierais con alguien que no soy.

Un oportunista.

Un hipócrita.

Un Edamame.

O, peor aún, un Smith.

Pero no era solo una cuestión de ambición.

Tenéis que creerme.

Ras, Erik, Allegra, por favor.

Me tenéis que creer.

Era también la rabia.

La que me movía tras haber descubierto que Selene estaba detrás de la mierda del Keylogate.

La que me empujaba a posicionarme contra alguien que nos trataba a todos como si fuéramos su marioneta.

¿Verdad o consecuencia?

Tienes que robar la pistola, chico raro.

Y el chico raro, que no es tan raro, que solo es un chico que la admira porque aún no sabe que los ídolos están hechos de barro, se lanza directo al lodo en el que nos termina ahogando a los cuatro.

Porque ella lo manda.

Porque ella lo ordena.

Porque ella es la diosa que se ha subido a los seis bailarines que yo he decidido que dibujarán sobre el escenario una escultura más impactante. Y más sexual.

La bronca de esa primera noche en la 1407 la empezó Ian.

–No voy a dejar que pongas en peligro al equipo.

El número uno ejercía de líder. O lo intentaba.

–Ni de coña vamos a meter un cambio de última hora.

–Vamos a meter lo que yo diga que hay que meter –habló alguien dentro de mí a quien le habían dicho que era el coreógrafo, aunque no se sintiera así.

> *Todo lo que me meto,*
> *todo lo que merezco.*
> *Lo-que-te-me-me-me-to,*
> *lo-que-me-me-me-me-to.*

No sé si Selene tarareó la canción o si solo sonó en mi cabeza. Pero la oía con tanta fuerza que me costaba razonar.

Por eso no entendí lo que me dijo Ian.

«Tú aquí no dices una mierda» (posibilidad 1).

«A mí no me vas a decir lo que tengo que hacer» (posibilidad 2).

«A ver si te voy a tener que recordar quién cojones eres, número dos» (posibilidad 3).

O a lo mejor no dijo nada de eso, pero yo sentí que sí.

En ese momento no pasó nada más. Solo que los dos fuimos conscientes de que estábamos mucho más lejos de lo que aparentábamos ante Selene.

Delante de ella no podíamos hablar de lo que de verdad nos estaba haciendo perder los nervios.

El cambio en la coreo no era más que la excusa para sacar todo lo que no nos atrevíamos a decir. Todo lo que ni siquiera sabíamos cómo afrontar.

Aún no me había atrevido a hablarle a Ian del móvil que guardaba en mi mochila, pero él sabía tan bien como yo que estábamos siendo cómplices del juego sucio de Selene. Y que, si no la frenábamos, acabaría manchándonos. Y definiéndonos.

Ian y yo nos miramos. Nos retamos. Selene nos acusó de ser unos niñatos y nosotros fingimos que todo estaba bien, aunque fuera evidente que no.

La rabia seguía ahí. Y alguien dentro de mí que estaba a punto de ser envenenado por su propia sangre se acercó a la mesa más pesada que encontró y la volcó furioso contra el suelo.

BUUUUM.

El estruendo fue brutal.

Y el estruendo era yo.

Era ese alguien que se había hartado de vivir en silencio en mi cabeza.

–¡¡¡Se puede saber qué te pasa!!! –me gritó Selene. Luego se giró hacia Ian–. ¿¿Y a ti??

Me dirigí hacia la puerta y cogí la mochila, dispuesto a abandonarlo todo.

–¿Qué haces?

No respondí.

–¿En serio te vas a largar?

Ian tosió. Era la tos que le entraba siempre que algo lo ponía nervioso. La misma de la que nos habíamos reído los seis antes de alguna actuación. Solo que ahora, aquí, no tenía ninguna gracia.

Caminé hacia la puerta sin mirarlos. Ni a él ni a Selene.

–Te saboteas, Nil –me agarró del brazo Ian–. Por eso no vas ser nunca el uno.

Y en ese mismo momento lo odié. Con toda la fuerza con la que se odia a quien nos dice la verdad cuando no queremos oírla.

Di un portazo y me largué.

Porque sabía lo del chantaje, sí.

Pero también porque se habían reído de mí y de mi autoridad. Porque habían pasado de hacer lo que yo creía que había que hacer. No quería seguir siendo uno más en manos de alguien a quien despreciaba.

–Te saboteas, Nil.

Tengo esa frase de Ian tan grabada como la pregunta que, solo un día después, nos lanzaría Ras.

¿Razones para ser malo?

Me habría gustado que su beso no fuera como fue. Que su mirada no fuera como es. Que no hubiesen aparecido en mi vida ni ella, ni Erik, ni Allegra, porque habían hecho que ahora el seis fuera menos importante que el cuatro.

Ya no podía ver nada igual.

Había algo en cada uno de ellos que me obligaba a pararme a pensar.

A detener la rabia.

¿Y si la mirada de Erik esconde parte de la inocencia que a veces siento que me han robado demasiado pronto?

¿Y si en la autoexigencia de Allegra encuentro el espejo del artista que no busca el morbo, sino la excelencia?

¿Y si la madurez de Ras es la que ha despertado mis dudas, recordándome que la vida nunca admite una sola explicación?

Razones, dijo.

Razones (plural) para ser malo.

Y mi cuerpo estremeciéndose al recordar la memoria del suyo junto al mío con la misma fuerza con que su reflexión había sacudido mi conciencia.

Era más fácil cuando no pensaba en el porqué y me quedaba tan solo con los hechos.

Todos apuntaban hacia una maldad rotunda. Consciente. Esa maldad que llenaba cada rincón de Selene y que me permitía seguir en pie desde la rabia sin tener que comprender nada más.

Pero las palabras de Ras me habían obligado a pensar si no habría otro alguien, tan controlador como el que yo mismo les escondía, dentro de Selene. Alguien con motivos que desconocíamos que explicase por qué había chantajeado a Keylo. Por qué había provocado –si es que había sido ella– la explosión en la discoteca. Y por qué había obligado a Erik a robar la pistola.

La del juego de la botella fue la segunda vez que me largué de la 1407 pensando en que no iba a volver.

La primera vez lo impidió Ian. Fue una cuestión de lealtad: no podía abandonar a mis seis. Y también de orgullo profesional: estaba demasiado cerca del triunfo como para dejarlo escapar.

La segunda vez me retuvieron las palabras de Ras. Fue una cuestión de coherencia: no quería convertirme en otro velocirraptor. Y de necesidad: irse significaba alejarse del lenguaje que empezábamos a inventar.

Me quedé, pero eso no hizo que la tensión disminuyera. Tampoco con Ian.

Al revés. La sospecha se había instalado entre nosotros y se hizo aún más evidente el último día.

–¿Estás seguro de que la torre sigue siendo una buena idea? –me preguntó Ian, que había venido a buscarme al camerino antes de empezar el calentamiento para el general.

–¿Por?

Era una pregunta estúpida.

Las hago muy a menudo. Me ayudan a ganar tiempo cuando no tengo una respuesta.

–Esa torre requiere confianza. Y cada vez tenemos menos.

–Saldrá bien. Siempre nos sale todo bien, ¿no?

–¿Nos sale todo bien? ¿Eso es una invitación a algo?

No lo era.

¿Cómo lo había dicho para que Ian lo interpretara así?

¿De cuántas maneras se puede decir una frase como esa?

¿De cuántas formas se puede cantar una canción?

Me pudo la culpa.

Supongo.

Porque asentí sin entusiasmo y él se acercó hasta acorralarme contra la pared.

Sus brazos agarrando los míos. Sus piernas inmovilizando las mías. Su miembro endurecido y casi violento en una escena que tenía más de sexo imaginado que de sexo vivido.

Aguanté unos segundos y, sin dejar que siguiera avanzando, me zafé.

–¿En serio? –Ian acababa de desabrocharse el pantalón.

–Así no.

–¿Qué?

–Que así no, Ian.

Podía habérselo explicado. Pero él sabía entenderlo sin que yo lo hiciera.

Dejarle claro que no estaba dispuesto a asumir ninguna forma de posesión ni de sumisión era necesario. Humillarlo argumentándoselo como si fuera idiota, no.

–Vamos a ensayar, anda. Nos están esperando.

19.
NIL

Instead I wrote a song.

En cuanto la escuché, supe que era una de esas canciones que hablan de mí.

La música que nos cuenta aparece sin más. Te encuentra en algún momento en el que no te dice aún todo lo que va a significar después y se queda a tu lado, esperando demostrarte que es parte de lo que te define o hasta del espejo en el que a veces te gustará mirarte.

When you said you were leaving
To work on your mental health
You didn't mention the cheating, yeah
You kept that one to yourself.

Esta era una de mis favoritas de su edición. En versión vídeo, claro, porque en directo era de lo peor. Y eso que hacía tiempo que Reino Unido no presentaba a Eurovisión un tema que se me pegase tanto como el de Mae Muller con su falso perdón, con toda la crueldad que amenazaba con hacer estallar en una canción que hablaba del despecho negándolo.

BUUUUUM.

Como la mesa cayendo sobre el suelo.

Como el espray estallando en Penélope.

Como las mentiras de quienes no son más que edamame rompiéndose sobre nuestras cabezas.

Wanted to trash your Benz
Tell all your friends
How cruel you were to me (to me, to me)
Instead I wrote a song.

Yo también quería hacer lo mismo.

También quería escribir una canción para gritarle al mundo que @anyonesmith no era más que un *hater* amargado y peligroso. Y que Selene estaba enloquecida (hubiera o no razones). Y que lo de Penélope no era como nos lo habían contado.

Pero en vez de escribir, bailé.

Mae Muller descarga su odio con las palabras hasta volverlo inofensivo, encerrándolo en una cárcel que dura tres minutos y de la que jamás podrá salir.

Yo lo hago concentrándome en los pasos, exigiendo atención a mis compañeros, haciendo que cada giro, cada extensión, cada nuevo movimiento absorba toda la violencia hasta que se evapore a través del cansancio y del sudor.

–Que no he sido yo, joder –me aseguró Ian antes de empezar nuestro ensayo, mientras Allegra trataba de llegar al final de una canción que, a cada nota, se le volvía más imposible.

Si él no le había contado lo de nuestra bronca a @anyonesmith, el rumor de que había habido hostias en el camerino de una de las candidatas tenía que haber partido de nuestra diva y su responsable de marketing. Incluso puede que Selene lo hubiera consultado con Bronce, o hasta que él la hubiera animado a hacerlo.

+ morbo = + audiencia

+ polémica = + audiencia

Una fórmula fácil. La misma que, desde que llegamos a Benidorm, Selene nos había metido en la cabeza, sustituyendo las otras fórmulas que yo creía defender.

+ música = + audiencia

+ baile = + audiencia

Pero esas no servían. Las matemáticas nos mienten, porque esas sumas no valían para hacerse con el televoto, que variaba según iban y venían las informaciones sobre los diferentes salseos de la competición.

No se gana un festival en la final. Se gana en todas las semanas anteriores.

Selene nos lo repitió mil veces en cada ensayo:

No se gana en el Palau, *bitches*: se llega al Palau habiendo ganado.

Y, aunque me joda, lleva razón.

Casi nadie vota lo que ve la noche de la final.

Votan lo que llevan viendo durante semanas.

Votan los ensayos. Los videoclips. Las entrevistas. Los comentarios de @anyonesmith. Las publicaciones de Instagram. El número de reproducciones en YouTube y en Spotify.

Votan la presencia mediática. Y la fama. Y, aunque eso quizá no lo sepan, también el dinero. La inversión de cada artista en su cuerpo de baile. En escenografía. En luces. En promo. Pero pensar en eso arruinaría nuestro sueño de que los festivales, como la vida, también pueden ser un cuento de hadas.

En nuestro caso ya no quedaba ni rastro de ese supuesto cuento. Al revés, nos habíamos convertido en los protagonistas de un *reality* del que gente como Smith se habían erigido en productores.

«No le digo a nadie mi nombre real, es una prueba de confianza».

Erik se lo creyó.

Igual que la gente se creyó que la pelea había sido en un camerino.

O que no se sabía en cuál de ellos había ocurrido.

Instead I wrote a song
'Bout how you did me wrong.

La canción en bucle.

Como la culpa.

Porque yo había podido salir antes de ese cuarto.

Mi rabia había podido ser mucho más útil. Más sensata. Pero no fue una acción productiva. Solo un desahogo con el que saldar cuentas pendientes. Y aún nos quedaban muchas. Tanto como para dudar de que la torre humana no fuera a derrumbarse esta noche sobre quienes la sosteníamos, ante los millones de espectadores que esperaban ansiosos la final.

Me odiaba por no haber sabido reaccionar. Y me odiaba todavía más por no tener razones (plural) para explicarlo.

¿Dónde estabas, Ras?

¿Dónde estabas, Erik?

Dónde estabais vosotros mientras Allegra caía sobre el suelo en medio de su ensayo, y había que llamar una ambulancia, y yo me ausentaba para acompañarla.

Tuve suerte: Ian salió a buscarme y me obligó a regresar al ensayo general. Eso me libró de esa señora que no paraba de preguntarme cosas que yo no le podía responder.

Me despedí de mala manera, le prometí que su hija iba a estar bien -como si eso fuera cosa mía, pero es que en las situaciones graves solo sé decir estupideces- y volví al escenario.

Estaba todo listo para el ensayo. Incluida nuestra nueva compañera de trabajo.

La sospecha.

I could've cried at home
And spent the night alone
Instead I wrote a song.

El truco de Mae Muller no funcionaba esta vez. El hechizo de la música no sucedía porque yo no podía dejarme llevar sin más: estaba obsesionado con controlarlo todo para impedir que saliera mal.

¿Verdad o consecuencia?

Si había consecuencia, podía ser un accidente. Una lesión. Una carrera destruida.

-¿Va todo bien, chicos?

Alana y Elena se nos acercaron a Ian y a mí mientras los técnicos revisaban las luces y el sonido. Eran tan ingenuas -o se esforzaban por serlo- como su canción, así que cualquier situación violenta las espantaba.

@anyonesmith las había bautizado, desde el mismo día que se lanzó su candidatura, «las azules», burlándose de uno de los versos de su estribillo, y las redes empezaron a hacer memes ridiculizándolas. Azulándolas.

Todo el mundo ha decidido que son bobas porque cantan un tema de amor. Uno de esos donde alguien a quien le rompen el corazón no se pone a escribir canciones de autocuidado –gracias, Mae–, ni de orgullo –gracias, Miley Cyrus–, ni le da por hacer mixes agresivovirales –gracias, Shakira–, sino que se limita a decir que está mal, que le duele, que a veces las cosas no admiten un único culpable –tienes razón, Ras– y que necesita contar la herida para aprender a cerrarla.

Ian no entendía que la propuesta de Alana y Elena me gustara tanto. Pero a mí me hacía bien. Igual que cuando escucho a La La Love You, o a Veintiuno, o a Putochinomaricón, o a Cariño. Igual que cuando suena cualquiera de esos grupos que no tienen miedo a decir que cuando te dejan, jode. Que cuando te traicionan, escuece. Y que por muchas canciones que cantes o bailes, curarse lleva tiempo.

Por eso me gustaban ellas. Porque puede que su canción fuera la más ingenua de todo el certamen. Pero también era una de las pocas que se atrevían a hablar de eso. De que lloramos más de lo que decimos que lloramos.

Los días que imaginamos,
los días que no tuvimos
se sientan frente a mí
junto a lo que no fuimos.

Las noches que inventamos,
las noches que creímos
se agolpan en mi cama
entre el viento y el ruido.

Y tu voz repitiéndome que nada fue real,
rompiendo el espejo de todo lo vivido.

Y tu cuerpo alejándose en este invierno azul
en que si tú no estás
mi voz no tiene sitio.

Ese *invierno azul* fue lo que dio lugar al apodo y a las burlas. Pero a pesar de todo eso, siguen aquí. En la final. Y aunque su canción no está entre las favoritas, no ha dejado de ganar en reproducciones desde que la sacaron.

–Todo bien, sí, ¿por? –contestó cortante Ian.

–Es que hemos leído que ha habido...

–... complicaciones. –Alana completó la frase de Elena tras encontrar el eufemismo adecuado.

–Si es por lo de la sesión de MMA, no son más que movidas de Smith. Ya sabéis lo que le gusta inventar. O es el protagonista o se aburre.

Por si mi respuesta no les resultaba lo bastante creíble, pasé el brazo sobre los hombros de Ian.

–Ah, bueno. Pues mucha... –Elena fue la que no completó la frase en esta ocasión. Se ve que lo de desear «mucha mierda» era demasiado vulgar para ella.

–Que vaya muy bien –nos deseó Alana al mismo tiempo que el regidor nos avisaba de que había llegado nuestro turno.

Ocupamos nuestras posiciones, listos para comenzar el último ensayo antes de la final.

En cuanto se encendieron los focos, los vi a los tres.

Erik y Ras, que no sé cómo se habrían colado allí, estaban en el lateral derecho. En las primeras gradas.

Y al fondo, en la *silver room*, como un fantasma que exigiese su turno, alguien que desapareció antes de que terminase la canción, justo cuando los de seguridad se dieron cuenta de su presencia y corrían hacia él dispuestos a echarlo.

Puede que yo estuviera obsesionado.

Que no lo viera bien.

Estaba lejos.

Pero juraría que si Selene falló una de las primeras notas de su canción es porque también lo reconoció.

Era Keylo.

La botella acababa de volver a girar.

20.
RAS

Perdí a Erik.

Solo fueron dos minutos.

No podía perderlo.

Pero tenía que coger esa llamada.

Era mi padre.

Mi padre no es de los que llaman a menudo.

Pensé que había pasado algo.

Malo.

–¿Papá?

–Hola, hija, ¿qué tal tu festival?

Su voz sonaba alegre. Uf...

–Bien, bien.

A ver, no estaba el patio para dar explicaciones.

–Y tú, ¿qué tal?

–Pues no estoy mal. Ana se viene a vivir conmigo.

–Jo, me alegro un montón.

Lo dije de verdad. Aunque el boquete se abre.

Mi padre es frágil.

¿Y si Ana le rompía el corazón?

Cuando se fue de casa, mi padre me dijo: Siempre.

Ya, sí. Como en las películas.

Y cuando se fue a vivir a Murcia volvió a decirme: Siempre.

Y el día que lo llamé a las cuatro de la mañana porque no podía parar de llorar:

Siempre, Ras. Puedes llamarme siempre.

Lo sé. Puedo llamarlo.

También sé que no es fácil coger el teléfono cuando te han roto el corazón.

Mi padre suele oírme pensar, porque estaba diciendo:

–Siempre, Ras. Siempre.

Como no le gusta ponerse dramático y sabe que a mí tampoco, cambió de golpe.

–Oye, he conseguido una cosa. Te pueden dejar entrar a ver los ensayos de la gala. Bueno, si te apetece. Sé que ese festival no es tu rollo, pero ya que estás ahí...

Me contuve para no gritar. Dije:

–Sí, sí, ¡qué fuerte, gracias! Pero...

–¿Sí?

–Es que tengo que ir acompañada.

–Aaah. Mateo me ha dicho que tenía un hueco, no sé si dos.

–¡Por favor!

Ahí fue cuando busqué a Erik con la mirada. Se había ido.

–Está con mucho lío. No sé si podré hablar con él ahora.

–¡Por favor! ¡Por favor! Llama a quién sea. Papá, tengo que colgar.

–Vale, lo intento. Te quiero.

–Te quiero.

Joder, Erik, no desaparezcas. No eres raro, te lo juro. O si lo eres es porque todos somos raros. No te vayas ahora.

Lo llamé. No contestaba.

Seguro que le estaba vibrando el teléfono y pensaba que yo era @anyonesmith, o Selene, o su madre.

Volví al bazar del indio.

–¿Has visto a mi amigo? Lleva otra toalla como la mía.

–Por allí –dijo señalando a la izquierda–. Anda despacio.

Me sentí fatal por haberle regateado. ¿Y si ahora él me estaba regateando lo que sabía? Pero es que yo no habría podido pagar más por las toallas. Lo miré a los ojos. Me sostuvo la mirada.

–¡Gracias!

Eché a andar deprisa.

Nada.

Si de verdad Erik iba despacio, no podía estar muy lejos.

Entonces, en vez de mirar a las personas que andaban, miré a las que estaban quietas.

Sobre una tumbona vi el gran sol sobre fondo morado y las letras doradas: Benidorm. Debajo, como si la toalla fuera una manta, asomaban la cabeza y el cuello de Erik por un lado, y sus zapatos por el otro.

–Hola Erik.

–Ras, creo que quiero estar solo.

–Ya, pero es que tengo que contarte algo.

–¿Bueno o malo?

–Bueno.

–¿Puedes esperar un poco?

–No mucho.

–Un rato.

No se había movido ni un centímetro. Me tumbé a su lado debajo de la toalla. Ahora sí se movió para que no me cayera.

Noté la vibración del móvil en su bolsillo.

–Dame tu móvil, desbloqueado.

–¿Qué vas a hacer?

–Nada, tranquilo. Quitarle la vibración.

–Vale.

Silencio.

Silencio.

Silencio.

–¿Has jugado alguna vez a imagino-imagino?

–Pues no. Yo jugaba al veo-veo. ¿Ves al guardia de seguridad?

–No lo veo.

–Yo tampoco, pero me lo imagino. ¿Se juega así?

–No. Hay que cerrar los ojos.

–No pienso jugar, Ras. Cuando venga el guardia de seguridad no quiero tener los ojos cerrados.

–No va a venir.

–¿Cómo lo sabes?

–¿Y tú cómo sabes que va a venir?

–Vale, no lo sé, pero no voy a jugar. Mira lo que pasó con verdad o consecuencia.

–Esto es distinto. No hay que hacer nada. Jugábamos cuando volvíamos de viaje y había atasco y no se podía jugar a veo-veo porque era de noche. Alguien decía un tema y tenías que imaginar. Di un tema.

–El fin del mundo.

–¿El fin del mundo?

–El fin de nuestro mundo, Ras. Yo quería venir aquí, lo tenía todo planeado. No te rías. ¿Me prometes no reírte?

–Te lo prometo.

–Yo quería hacer fotos, no selfis moñas ni esas chorradas. Quería hacer fotos de mi encuentro con Selene y enviarlo al espacio en una cápsula. Dicen que Amazon va a poner un servicio de mensajería a Marte o a no sé dónde. Yo pensaba usarlo cuando tuviera dinero. Estaba seguro de que no se iba a fijar en mí. Nadie se fija en mí. ¿Cómo iba a fijarse Selene?

–Y ha sido todo al revés.

–¡Todo! Yo era un chico enamorado, sí, de esto puedes reírte. Y ahora soy un chico raro que ha robado una pistola. Por mi culpa, Allegra, ¡Allegra!, está medio ida y tiene que actuar hoy. En el autobús había una chica especial que se ha convertido en mi amiga y también la he metido en un lío, y a Nil, que hoy tiene que bailar. El fin del mundo, Ras. Nuestro fin del mundo.

–Erik, no eres raro. Eres encantador y zanquilargo. Y tienes prontos porque, como dice mi madre, es lo que toca.

Y porque no sabes bien quién eres, como Nil, como Allegra, como yo. A mí conocerte me ha servido para saberlo un poco.

–¿Sí? Bueno, a mí también. Pero ¿y el fin del mundo?

–Vale, el fin del mundo, sí. Nos hemos metido en un lío.

–¡Joder, Ras! ¿Por qué acepté? Ojalá Selene me hubiera hipnotizado con algo, entonces tendría una excusa.

–Eh, eh, esto va en plural. Aceptamos. Yo no paro de preguntarme por qué me fui a recepción en vez de intentar pararos. ¿Por qué di por hecho que no iba a poder y perdí tanto tiempo? Y Nil, ¿por qué no se opuso? ¡Y Allegra, con lo responsable que es!

Sonó la batería de las Ginebras, cuando entra casi al final de *Muchas gracias por venir*.

Es mi tono de móvil para mi padre. Muchas veces ya ni lo escucho, pero Erik dijo:

–Déjame oír la canción.

Ahora estaba cantando Magüi, en directo. La grabación es regular. No me importa, lo grabé yo en ese concierto, prefiero eso a cualquier sonido puro.

Nos damos un abrazo,
que ya se me ha pasado
y tengo que tocar.

–Es mi padre, Erik. Voy a cogerlo. No te vayas otra vez.

–Hay hueco para dos –dijo mi padre. Ni hola ni nada, cómo me conoce.

Me senté, casi grité.

–¡Te quiero!

–Por el interés, por el interés –dijo riéndose.

–¡Claro! ¿Y cómo lo hacemos?

–Cuando lleguéis a la puerta, preguntáis por Mateo. Él ya ha avisado.

–Cuelgo, ¡te quiero, te quiero!

Erik seguía tumbado. Colocaba la toalla que yo había movido.

Me miraba como esperando a que me tumbara otra vez y le permitiera colocarla bien.

Estaba claro que Erik tenía su ritmo, necesitaba ir despacio. Tenía que tocar despacio para él.

–¿Se ha arreglado todo, verdad? –dijo arrastrando las palabras–. Tu padre le ha devuelto la pistola al guardia de seguridad. Le ha pedido perdón. Le ha dicho que fue sin querer, que no vamos a contárselo a nadie. Le ha regalado una caja gigante de bombones.

–Mi padre está en Murcia. No sabe nada de esto.

–Vaya. Entonces te digo cómo me imagino nuestro fin del mundo. El guardia de seguridad nos reconoce. Vamos a comisaría. Nos denuncian. Nuestros padres se llevan el disgusto del siglo. Nos perdemos la final. Nos fichan. Nos llevan a un reformatorio. Allegra y Nil no pueden actuar. Yo suspendo y tú, además, no puedes hacer la EBAU.

–No es para tanto, ¿no?

Lo dije a ver si se reía. Pero Erik siguió.

–Es verdad. Tengo un fin del mundo peor. Smith y Selene me obligan a que les lleve la pistola a la final. Otra vez no consigo decir que no. Entonces me obligan a usarla. Y tampoco digo que no.

Eso no va a pasar.

–¿Por qué, Ras? ¿Tú pensabas que iba a pasar todo lo que ha pasado?

–¿Te ha gustado la canción de mi móvil?

Erik me mira, bueno, al menos he conseguido cambiarle el ritmo.

–Sí que me ha gustado. No la conozco.

–Yo fui a ese concierto. Para presentar la canción, Magüi habló al público, dijo: «Igual no sois conscientes, pero habéis hecho que nosotras cuatro, a ver cómo lo explico, seamos mucho más valientes de lo que en realidad queríamos». Está en YouTube, porque volvió a decirlo luego en...

–Ras.

–... en otro concierto. Por eso, Erik, porque nosotros cuatro nos estamos haciendo mucho más valientes de lo que en realidad queríamos.

–Ras, no tenías que haber comprado estas toallas. Seguro que ya no te queda dinero.

–Ni un euro, ¿por?

–No he pagado la tumbona, dejé el dinero en la taquilla, por si acaso pasaba algo, y ahí va un tipo con pinta de querernos cobrar, y nos va a detener...

Me entró todo el cansancio de golpe, no había dormido, no había comido, no tenía fuerzas para salir corriendo. Pero era lo que tocaba. El tipo estaba cobrando a una señora muy mayor, muy elegante, muy moderna y que parecía tener ganas de hablar.

–Levántate, despacio –dije–. Ahora colocamos la toalla como si fuéramos a volver. Y nos vamos alejando. Despacio. Así. No mires para atrás. ¡Corre, Erik, corre!

Salimos de la playa, nos metimos por una calle, luego por otra, luego dejamos de correr y ya solo andábamos de prisa.

Confié en que cambiar de velocidad por fuera le hubiera servido para cambiar de velocidad por dentro.

Busqué la cuesta que nos conducía al Palau. Rápido. Erik seguía el ritmo.

Le dije lo de los ensayos.

–Es que...

Esperé.

–Me da miedo, Ras. El guardia de seguridad nos ha denunciado, seguro. ¿No ves que tiene que hacerlo? Nosotros sabemos que no va a pasar nada con la pistola. Pero él pensará que si pasa algo lo van a hacer responsable.

– Dices que no llegó a ver a Allegra. A lo mejor lo ha denunciado, pero no ha dicho que fueron dos adolescentes. A lo mejor ha hablado de una banda o algo así. Para que no lo despidan.

–A lo mejor.

–Además, lo he mirado en internet. Los guardias de seguridad de hoteles no pueden llevar pistola. Necesitan un permiso especial. ¿Y si no lo tenía y no puede denunciar? ¿Y si en realidad trabaja para un traficante mafioso que vive en el hotel y por eso él lleva pistola y el traficante prefiere que no lo denuncie?

Me miró. Sonreía un poco. Sonriendo era completamente encantador.

–Y no podemos dejar ahora a Allegra y a Nil –dije.

–Estar los cuatro es los que nos hace más valientes.

–Eso.

–Pon la canción de tu móvil.

La puse muy alta, subimos con ella en bucle toda la cuesta.

Al principio solo la oíamos, luego nos pusimos a cantar el estribillo con las Ginebras.

Algo que me da el suuubidón,
que hago que pretendo estar mejor,
casi nunca pasa así,
muchas gracias por venir.

Y otra vez, ahora los dos a voz en cuello.

¡Algo que me da el suuubidón,
que hago que preteeendo estar mejor,
imagino que esto no es real,
que yo no merecíiía este lugaaar!

21.
RAS

Llegamos tarde, pero llegamos. El amigo de mi padre nos había buscado un sitio alucinante, en el lateral derecho, en las primeras gradas. Nos pidió que apagáramos los móviles. Dijo que confiaba en nosotros, pero que tenía que advertirnos de que, si lo usábamos, nos expulsarían de la gala y podrían pasar más cosas.

Erik y yo dijimos que sí, que claro. Y no pudimos evitar mirarnos con la risa en los ojos, ¿pasar más cosas? Si él supiera.

Erik cogió su teléfono para apagarlo. Pero vio una notificación y dijo:

–¡Perdón! ¿Abajo puedo usarlo? Es que tengo que llamar a mi madre.

–Sí, pero tened en cuenta que solo podéis entrar en los cambios de escenario. Os perderéis la actuación que viene ahora, Alana y Elena. Después va Indalo, Pablo Rey, Allegra y luego, ya la última, Selene. Si cuando subáis os dicen algo, decid que estáis conmigo. Os dejo, tengo que irme.

–¿Qué pasa, Erik?

–Otra vez Smith, dice que me ha visto, y que si quiero ayudar a Selene vaya ahora a la sala de prensa.

–Pero es imposible. ¿Cómo ha podido verte?

–Porque me está buscando. Y porque tenía razón: lo sabe todo, se entera de todo, lo cuenta todo.

–Déjame ver.

Cogí su teléfono: «Ahora o nunca», decía el mensaje.

–Ya sé que es Selene la que ha causado todo esto. No me importa. No intentes convencerme, voy a ir.

–Vale. Vale. Pero tienes que hacer algo antes.

Eché a andar con él.

–Di: no.

–¿Qué?

Se paró un momento en las escaleras.

–Por favor. Dilo. Di: no. Sin sonreír. Sin pedir perdón.

–No.

Me puse a su lado.

–Otra vez. Más claro. Que suene como un golpe de metal.

–No.

–Otra vez.

–No. No. ¿Dónde estaba la sala de prensa?

–Espera. Una última vez, Erik. Nos los enseñaron en un taller de autodefensa. No. En tono un poco alto. Sin explicaciones. Escúchate decirlo. Tiene muchísima fuerza.

–No –Erik respiró hondo–. No. No. NO.

–Vale, genial. Ya estamos, es a la izquierda.

En la sala no había mucha gente. Smith empezó a gesticular dirigiéndose a Erik:

–¡Míralo! Pero si no estás mal. Me recuerdas a mí antes de darme cuenta de que no quería ser un pringado. En fin, chico, ahora no puedo atenderte. Es que tengo una entrevista sorpresa. Sí, sí, ha sido sorpresa hasta para mí. Ahí está esperándome, lo reconoces, ¿verdad?

El pelo rizado, una camiseta verde brillante con dibujos de selva, una elegante chaqueta negra como su piel.

¡Keylo!

Erik se puso pálido y me buscó.

Yo me había separado un poco.

Quería observar a Smith.

Y prefería que no me observara.

Nos acercamos a la zona del sillón rojo donde se hacían las entrevistas.

–Keylo, Keylo, no sabes cómo me gusta que estés aquí. Oye, te veo tranquilo.

–Sí, estoy tranquilo.

–Tú mismo. Te habrás dejado toda tu energía con Ágredas.

Keylo no contestó.

–Oye, que me encanta que estés bien –siguió Smith–. ¿Y ese vídeo vuestro? ¿Se sabe ya de dónde salió?

–Mira, lo que hice, hecho está. Yo sabía lo que me jugaba y me equivoqué. Ahora vengo a escuchar a mis compañeros.

–¡Oooooh! ¿Te has arrepentido? Menos arrepentido estarías cuando le metiste la lengua hasta la garganta.

–No insistas, ya te lo he dicho.

–Ay, ay, ay, que me parece que vienes cerradito en banda. ¿Qué pasa, te doy miedo? Aquí venimos a improvisar. La vida es mucho más divertida improvisando. Ya que hablas de tus compañeros, se ha rumoreado que tu vídeo lo filtraron ellos. A ti, eso, ¿qué te parece?

–No voy a hablar de rumores.

–Se nos está quedando sin saliva el niño. ¿O solo la tienes para besar? ¿Probamos?

–Si quieres improviso.

–¡Por fin! Ha vuelto el chico que me cae bien. Dime.

–Te gusta hacer crecer el *hate*. Y no lo entiendo. Porque eres gay, tenías que saber. Y aunque seas blanco, tenías que saber. Porque eres una persona con habilidad, tenías que saber. Y porque has tenido que abrirte camino, tenías que saber que no, que así no.

–¡Nos ponemos profundos! Arrepentido y *De profundis*, porque yo he leído a Oscar Wilde, además de ser gay, blanco, joven y guapísimo y un talentazo.

Smith miró en círculo, a los que estábamos escuchando la entrevista, y a sus miles de seguidores al otro lado de la cámara. Aguantó el silencio. Y continuó:

–Pues mira, me lo han preguntado más veces, pero nunca así. Tienes razón. Porque soy gay sé que hay comportamientos que merecen ser criticados. Los de quienes me jodían la vida, por ejemplo. Los que me amenazan. Y aunque soy blanco veo cómo los famosos siguen tratando con paternalismo a los que no lo son, así que no esperes que te trate a ti con paternalismo. Y porque tengo talento, lo uso. Uso mi talento para soltar mi furia. Y usaré lo que haga falta para defenderme. Si alguien hubiera difundido un vídeo mío privado, estaría furioso. Y lo habría denunciado. Cosa que tú no has hecho, ¿no?

–Improviso otra vez. Yo también he tenido que esconderme por ser como soy. Y he aprendido a no hacer a otros lo que me han hecho. ¿Qué has aprendido tú? Ya no criticas las cosas para mejorarlas. Ahora que tienes influencia te dedicas a alimentar el odio entre los que no la tienen. ¿Qué sacas con eso? ¿Un nuevo contrato con alguna plataforma de pago? ¿A eso le llamas jugártela? ¿A montar dramas donde no los hay? ¿A conseguir que hablemos mal unos de otros? ¿A humillar a gente menos poderosa que tú?

–¿Pero a quién quieres que humille, mi amor? ¿A Putin, a Biden? –se echó a reír otra vez.

–Tú prefieres hacernos a todos peores de lo que somos.

–Yo no sé cómo somos. Sé que yo sufrí porque me vendieron un mundo de unicornios, todo paz y armonía, ¡asco! Ese mundo no es real. Ahora ya no sufro. Ahora ya no me defiendo. Si hace falta, ataco. Tengo mis armas. Y yo no obligo a nadie ¿eh? Si no quieren, que no vengan a mi programa.

–¿Crees que siempre pueden elegir?

–O sea, que a ti te han obligado a estar aquí, ¿y quién ha sido? Cuenta, cuenta.

–He venido porque a mí no me gustan los rumores.

–Ni a mí, ni a mí. Por eso, acláranos una cosita: ¿has denunciado la filtración del vídeo?

–Sí, la hemos denunciado. Porque nadie tiene derecho a difundir ese vídeo sin nuestro consentimiento. Podían haber hecho que me expulsaran sin mostrarlo a medio mundo. Así no.

–¿Lo ves? La vida no es limpia, chico. Querido, lo siento, me dicen que va a ensayar Selene y no nos lo queremos perder, ¿verdad?

–Pues si la vida no es limpia, no la ensucies más –dijo Keylo, aunque no sé si se grabó. Smith cortó la transmisión. La gente que había salió de la sala.

Smith pasó a nuestro lado, sin mirarnos. Pude oír cómo le decía a Erik:

–Tú y yo no hemos acabado.

Se fue por otro lado y Erik y yo volvimos a nuestros sitios.

Llegamos justo a tiempo. Acababan de montar el escenario.

Empezó a sonar una guitarra, luego los bombos, como un latido cada vez más acelerado.

De pronto, ahí estaban los bailarines, vi que Nil nos miraba. Y vi las formas alucinantes que había creado, como un caleidoscopio humano en el escenario. Luego entraron Selene y su voz.

Sí, Selene por un lado, su voz por otro lado.

Selene delicada, vulnerable a pesar de su aspecto, sus tatuajes, su pelo, su complexión, su altura, sus anillos.

Su voz: puro poder. Su voz era a la vez el exceso –SEXO– y el control –NEXO–.

Miré a los bailarines. Me acordé de mi abuelo, que siempre nos hablaba de las malas hierbas. De lo fuertes que son las malas hierbas. De que no saben que son malas, solo saben que tienen que crecer y poner vida a veces entre dos piedras, entre dos tejas, o entre las aceras y el asfalto.

Los bailarines iban creciendo así, primero eran hierbas, luego matorrales, arbustos. Cada uno por su cuenta hasta que se empezaron a acercar. Y formaron un árbol.

Un árbol humano. No parecían una torre, porque las torres son rígidas.

Eran una estructura que se movía como se mueven las copas de los árboles, las hojas tiemblan, las ramas se curvan sin perder firmeza. Solo que no eran hojas ni ramas, eran músculos y piel, eran algo que querías admirar, tocar, tal vez besar. ¿Por qué decía Nil que era ridículo? Era bello. Era *hot*, era excitante y era bello.

La belleza es muy rara. Por lo que te gusta o no te gusta, no discutes. A Edamame le gustaban las aceitunas, yo pasaba. A mí me gusta el ramen, a él le daba igual. Pero nunca se nos ocurrió discutir por eso.

En cambio, si hubiera estado aquí y no hubiera admirado lo que yo estaba admirando, si no lo hubiera atravesado el mismo relámpago de rayos hasta notarlo muy dentro y entonces sentir que te volverías a levantar, que seguirías con todas tus fuerzas, si le hubiera dado igual, claro que habríamos discutido.

Porque yo no necesitaba mirar a Erik para saber que estaba viviendo con mi cabeza y con mi corazón ese momento, igual que yo lo estaba viviendo con su corazón y con su cabeza.

Porque cuando algo es bello, cuando es increíblemente bueno, lo que pasa es eso.

Que lo puedes vivir fuera de ti.

Que te puedes olvidar de ti.

Que puedes ser más grande de lo que eres, correr más de lo que corres y sentir más de lo que sientes.

Al principio, durante un segundo, la voz de Selene tropezó, había chocado con algo inesperado, había visto a Keylo. Pero remontó el vuelo como un gran pájaro y nos dio a todos ráfagas de sombra y luz con sus alas extendidas. Luego, el baile y la voz se fundieron. Y volamos.

Pensé que era imposible.

¿Cómo iba a ser esa persona la misma que se había portado de pena con el jueguecito de la botella, la que se había aprovechado de un fan de diecisiete años que la adoraba?

¿Cómo podía ser esa misma persona la que había chantajeado a su compañero de la manera más reptiliana y cobarde, enviando un vídeo que no tenía derecho a enviar?

Pensé que si en ese momento Selene me hubiera pedido que hiciera algo para ayudarla, me habría costado muchísimo decirle que no.

Y que me parecía muy injusto.

Seguro que había cien personas ahí, en el Palau, y en los alrededores, en el equipo de producción, en el de las luces, en el de los que se ocupaban del espacio, o a nuestro lado, o merodeando fuera, cien personas mejores que Selene, pero nos costaría mucho más hacer algo por ellas.

Erik seguía extasiado.

Oí una risa.

¿De dónde había salido Smith?

–¿No querrás oír a Alana y Elena, verdad? Las azules no tenían que haber pasado a la final, venga, vámonos.

Erik me miró, fui con él.

–Oye, esta amiga es un poco plasta, ¿eh? He venido a hablar contigo, así que ¡hala, niña, fuera, fuera!

–No.

Lo dijimos Erik y yo a la vez.

Smith se volvió.

Un instante.

Supongo que vio en nosotros el relámpago de rayos rojos que nos había dado Selene.

Vio el poder de un no con dos cuerpos y dos voces.

Y se encogió de hombros, como si le diera igual pero no le daba igual, él nunca se quedaba sin respuesta.

Smith se saltó un precinto rojo y blanco y nos llevó a un pasillo desierto.

–Mira, chico, nuestra amiga necesita que le digas si tienes la, comillas, consecuencia. Nuestra amiga está en peligro y necesita tu ayuda. ¿La tienes?

Erik me miró, suplicante.

Creo que estaba deseando decir que sí, que la tenía, que si hacía falta se iba ahora mismo corriendo al hostal a buscarla.

Entonces me dio la mano.

–No voy a hablar contigo.

–¡Eh! Que esto no es una entrevista, guapo. Es una pregunta a secas.

–Lo que me quiera preguntar Selene, que me lo pregunte ella.

–Se acaba el tiempo. Dime, ¿la tienes aquí?

–No voy a hablar contigo.

–Pero ¿qué ven mis ojos? ¿Es un ángel? ¿Es la chica de la curva? ¿Una novia? ¡Es una resucitada! La Intensa despierta de su desmayo y nos encuentra en el pasillo prohibido. ¡Hooola!

Ahí estaba Allegra, pálida, misteriosa. Como si acabara de volver de una expedición al Ártico, el océano más frío y más lleno de vida. Como si la escoltara una comitiva de perros de nieve y osos polares.

22.
ALLEGRA

Venía del Ártico, sí, de una reunión con un zorro. Cambian de color, los zorros árticos. En invierno son blancos, y en verano, marrones.

Me había perdido el cursillo intensivo de cómo decir que no. Justo cuando más lo habría necesitado.

Por eso no pude negarme cuando @anyonesmith me arrastró a aquel directo.

Me cogió de la mano y me llevó hacia la sala de prensa mientras no paraba de hablar:

–Mira qué suerte. Le acabo de ahorrar a Ricky la búsqueda de la novia cadáver. Pero ¿qué hacías ahí? ¿No serías una novia a la fuga? Ahora nos lo explicas, querida.

Yo lo seguí –él me arrastraba–, pero no hacía más que mirar hacia atrás, hacia vosotros. No entendía qué hacíais ahí. Y sí, claro que os oí decir:

–No, Allegra, no...

Pero es que yo creía que era una de mis obligaciones. Había firmado un contrato. Tenía que.

No, no siempre puedes elegir.

Tenía que sentarme en ese sillón rojo, delante de las cámaras, y componer una sonrisa. Creía que solo íbamos a hablar de cómo había ido el ensayo.

Fui tonta. Con @anyonesmith nunca se habla solo de música.

No es fácil pasar del Ártico al calor de los focos.

–¡Mirad a quién nos hemos encontrado por un pasillo de mala muerte! Uy, perdón. Quizá no sea de buen gusto mencionar la muerte cuando casi pareces palmarla en directo, Allegra. Nos tienes preocupados. No se habla de otra cosa. Parece ser que has perdido el conocimiento en mitad del ensayo. ¿Qué te ha pasado?

–Eeeh... No sé.

–¿No sería consecuencia –y lo dijo subrayando la palabra– de haber tomado algo en cierta fiesta?

–¿Cómo? No, no, no, no... Qué va. Me acaban de hacer un test –dije como una tonta. Cuanto más nerviosa estoy, más explicaciones doy–. Estoy limpia. ¿Se dice así? Me bajó la tensión, creo. Los nervios, supongo. Y que soy de tensión baja. Y en el mar...

Parecía mi madre, pensé. Fue como si él me leyera la mente.

–Claro, claro, consecuencia de los nervios –dijo remarcando otra vez la «consecuencia». Ahí es cuando empecé a sospechar–. ¿Y qué hacías en aquel pasillo? ¿Te habías perdido? ¿Quieres que llamemos a tu mamá?

Lo dijo como quien habla con una niña de dos años, y me dolió, lo reconozco. Yo era la única menor del festival. Mi madre iba conmigo a todas partes. Seguro que la gente se reía de eso. Ya no era tu madre acompañándote hasta la puerta del instituto. Era tu madre pegada a ti por los pasillos, en clase, en el recreo, metiéndose contigo en el cubículo del baño... Normal que me consideren una cría. Todo el mundo.

–No hace falta, gracias, muy amable.

Él miró un segundo hacia un lado de las cámaras. Ahí, de pie, estaban Erik y Ras.

–¿No estarías pensando en huir? Porque, oye, si es así, que lo entiendo, chica, porque esto debe de ser una presión insoportable para alguien como tú... Selene, si nos estás escuchando, ve preparando un *silver bridge*. Ja, ja, ja. Ya se sabe, a enemigo que huye... En fin, no serías la primera que abandona esta edición...

Y se rio, con esa risa histriónica insoportable.

¿Era una opción? ¿Huir?

Empezaba a entrar en calor con los focos. Me sentí superintrépida, de nuevo una agente secreta, la experta jugadora al despiste, cuando empecé a decir:

–Oh, sí. Lo de Keylo... Y tú que te enteras de todo, –a esas alturas de frase, se me había pasado el ataque de intrepidez y ya me temblaba la voz–, ¿tú no sabrás quién filtró aquel vídeo?

–¿Y tú me lo preguntas? ¡A ver si el topo eres tú!

Otra vez la risa.

Se quedó esperando que dijera algo. Yo miré hacia Ras y Erik. Necesitaba una pista. Que alguien me dijera qué hacer, qué decir. ¿Y si contaba lo que sabía del vídeo de Keylo? No podía decir, a casi dos horas de que empezara la gala, que Selene había filtrado el vídeo. ¿O sí? ¿La expulsarían? Quizá así podría acabar con todo. Bastaría con que Selene no actuara. No haría falta nada extra. Así no tendríamos que seguir compitiendo. Nos desharíamos de la pistola. Fin de la historia. «Algo tiene que acabar».

–Pues es que, verás, *darling* –siguió él–. Se rumorea que el vídeo lo filtró algún compifest. Y la verdad es que sería maravilloso maravilloso que fueras tú, porque nadie se lo espera y aquí nos encantan las sorpresas. ¿Te imaginas? Qué fuerte... Una pazguatilla como tú... Perdona, que te lo digo con todo el cariño.

En un instante pasé del horror de que pensara que lo había hecho yo al coraje de que no me creyera capaz.

–Yo soy capaz de todo –susurré. Pero, por mi tono, sonó como: «Soy una hormiga. Puedes pisarme». Mis ovarios pesaban cien kilos cada uno. Me iba a estallar la cabeza de la maldita cefalea tensional. Acababa de llegar del Ártico.

–Ay, querida. Me encantaría creerlo, pero la presunción de inocencia se inventó por ti. ¿Veis ese halo alrededor de Allegra? ¡Juro que no es la iluminación! Lo traía puesto de casa. Aunque... ¡ahora que me doy cuenta! ¡Pero si me has cambiado de tema, granujilla! Nadie cambia de tema a @anyonesmith. Cuéntame. ¿Qué hacías en ese oscuro pasillo prohibido donde te he encontrado? A ver si al final sí que tienes algo que ocultar... ¿O era eso, que te hemos pillado en plan novia a la fuga? –repitió la gracia para que la oyera todo el mundo. Se debía de creer superingenioso.

–No es eso... En realidad, estoy deseando actuar. Es solo... Yo solo quería un rato de paz. Desde que empezó todo esto... No sé, es como que estás todo el rato rodeada de gente y, aun así, te sientes sola. Necesitaba sentirme sola estando sola de verdad. Necesitaba pensar.

–Precioso, precioso. Y... una cosita. Desde ese retiro budista tuyo, ¿has podido oír el ensayo de Selene?

–Era difícil no oírlo.

–¿Quieres decir que Selene no canta: grita? Mira, en eso te doy la razón.

–Quiero decir que el equipo de sonido es fantástico.

–¿Y la torre? ¿Has visto la torre?

No había terminado de ver la actuación.

–¿Ha pasado algo? –pregunté preocupada.

–No, no, tranquila. Todo estupendo, *hot* y escultural. Pero es muy bonito que te preocupes por tus compañeros. Bueno, de hecho, tengo entendido que te has hecho *best friend forever* de algún que otro bailarín...

No sabía qué trampa podía esconder ese comentario, con esa sonrisa de hiena.

–Eeeeh... Bueno, Nil es maravilloso. Y... supongo que es un gusto salir al escenario tan bien arropada como Selene, con ese cuerpo de baile –activé el piloto automático de respuestas tipo–. Aunque no puedo quejarme. Tengo un equipo maravilloso detrás del escenario. Hay gente maravillosa en este festival. Sin duda, una de las mejores cosas que me llevo de esta experiencia son las personas.

Clinc, sonrisa.

–Maravilloso, maravilloso... Hija, qué pereza. ¿No te aburres de ser siempre tan bienqueda?

–Será consecuencia de la educación que me han dado.

–¡Ahora que lo dices! Gracias por recordármelo.

Imbécil de mí, dándomelas de lista... ¿No podía haberlo dicho de otra manera?

–Se dice, se cuenta, se rumorea... –siguió @anyonesmith– que tú y unos cuantos amiguitos habéis hecho una *private party* en el hotel. Me cuentan que habéis estado jugando... y no a Catán precisamente.

No podía ser. No podía hablar de eso ahí, en directo. Miré a Erik y a Ras horrorizada.

@anyonesmith siguió mi mirada.

–Os preguntaréis hacia dónde mira Allegra. Dónde busca permiso para responder. ¿Será que ha venido su mamá?, pensarán algunos. ¡Pues no! Esto os va a sorprender. Nos acompañan al otro lado de las cámaras dos..., dos... ¿Qué son, Allegra, estos dos individuos? Cuéntanos. ¿Quién es el Thimotée Chalamet ese de AliExpress y qué hace aquí con esa *vibe* hetero-*bro* que tira de espaldas? ¿Es para hacer el festival más inclusivo? ¡Ja, ja, ja! ¿No será tu novio?

No sabía si la cara de pánico de Erik era reflejo de la mía o ese pánico era el suyo propio.

–No, no. Qué va –respondí rápidamente–. Es solo... Es un fan.

–Pues para ser un *allegre*, se lo ve más bien triste...

Y otra vez aquella risa de hiena.

–No, no. Es fan de Selene.

@anyonesmith lo señaló y dijo:

–Uuuy, qué interesante. Oye, fan-de-Selene, ¿por qué no vienes con nosotros y nos cuentas cómo estás viviendo el festival?

Erik se tapó la cara y empezó a negar con la cabeza.

–¿No estarías ayer en la fiesta de EuroClubES? ¿Cómo viviste el momento explosión? Sobrevivir, ya veo que sobreviviste...

Erik estuvo a punto de largarse.

Vi cómo Ras lo sujetaba. Es la misión de la batería. Sujetar la canción, mantenerla a cierto ritmo. TANTARÁN TANTARÁN. Constante. Solo la batería sabe cuándo llega el momento de volverse loco y, TANTARANTÁN TANTARANTÁN TANTARANTÁN ¡POM! Pero ese momento aún no había llegado.

–¿Vienes y nos lo cuentas?

–No –dijo en voz bien alta Erik.

–Anda, no seas tímido. Ven delante de las cámaras y analizamos juntos los ensayos. Ya me imagino que querer querer, quieres que gane Selene. Pero más allá de eso, ¿quién crees que va a ganar *for real*? Queremos saber tu opinión. Venga, dispara.

–No –repitió Erik.

Yo me puse tan nerviosa que estuve a punto de contar que Erik no podía salir en cámara porque se había escapado de casa y no debían verlo. Pero por suerte se me ocurrió algo un poco menos patético.

–¡No puedes sacarlo sin autorización! Es un menor.

–Uy, qué monos. ¿Estamos en Benidorm Kids y no me he enterado? ¿Llamamos a los Cantajuegos para que entretengan al público durante las votaciones? Y ahora, ¿qué vais a hacer tú y tus amiguitos hasta la hora de la gala? ¿Vais a ir a jugar al escondite? ¿O a policías y ladrones?

Vi que Ras y Erik se miraban entre sí. Estaba clarísimo que @anyonesmith sabía que habíamos robado la pistola.

–¿Qué vais a hacer? –insistió @anyonesmith.

–Qué vamos a hacer, qué vamos a hacer –canturreé los primeros compases de *El encuentro*, por si la música me salvaba una vez más.

–Poca broma, que aún no hemos comentado las últimas noticias. Esta edición se está poniendo cada vez más interesante... y peligrosa. Has tenido una noche de aventu...

Entonces la que me salvó fue Ras.

TANTARANTÁN TANTARANTÁN TANTARANTÁN ¡POM!

Ras decidió que aquel era un buen momento para cambiar de ritmo.

Estoy segura de que fue ella la que empujó aquel cable que apagó súbitamente uno de los focos. Los cámaras se miraron. Erik dio un paso atrás y tropezó con otro cacharro del set.

CLINC CLONC CLINC ¡«MIERDA»!

El equipo técnico intentaba arreglar el desaguisado.

–Vamos, Allegra –dijo Ras, haciéndome el gesto de «ven, ven».

Me levanté de aquel sillón rojo a todo correr, me quité el micrófono y fui hacia Erik y Ras. @anyonesmith levantó los brazos y gritó:

–¡Allegraaaaa! ¡¡Vuelveeee!!

–No –dijo Erik con frialdad.

Y salimos corriendo.

Y entonces sí, fue como si a nuestro lado corrieran perros de nieve y osos polares.

23.
ALLEGRA

No recuerdo quién lo sugirió primero. Quizá Nil. Había visto en directo que estaba en el sillón rojo y había venido a mi encuentro. Se encontró con nosotros tres huyendo de ahí.

–¡Venid!

Nil se incorporó al grupo y los conduje hacia mi camerino.

–¡Hija! –me recibió mi madre como si volviera de una batalla.

Todos habían visto el directo con @anyonesmith.

Pedí a ese equipo maravilloso que me arropaba detrás del escenario que saliera.

–Pero yo me quedo, ¿no? –preguntó mi madre.

–Por favor, mamá. Un ratito de paz. Solo necesito un ratito de paz. Luego hablamos. Necesito estar sola.

–No tan sola, según parece –dijo Ricky al ver que Nil, Ras y Erik se quedaban dentro.

–Luego te cuento –respondí, y cerré la puerta.

Cuatro es la suma de uno más uno más uno más uno.

También es la suma de dos más dos.

Y de uno más tres.

Cuatro es también la resta de diez menos seis.

–Pero ¿qué hacéis aquí? –preguntó Nil a Ras y Erik en cuanto nos quedamos solos–. ¿Cómo habéis entrado? Os vi desde el escenario.

–Mi padre –se encogió de hombros Ras.

Me sonó rarísimo. Hasta entonces, había dado por hecho que Ras no tenía padres. Es que ni siquiera me la imaginaba huérfana. Era como si fuera un duende, un hada. Como si hubiera salido, por generación espontánea, de la primera risa de un bebé, de la sangre de Urano, yo qué sé. Pero no. Tenía un padre, un padre que conseguía entradas para los ensayos.

Aunque ahora no podía pensar en eso.

–Lo saben. Saben lo de la pistola –dije.

–Todo el mundo lo sabe –confirmó Nil, mostrándonos un tuit que empezaba a ser viral:

> **El Adelantado** @El_Adelantao10
>
> *Se han extremado las medidas de seguridad en el #BenidormFest© tras el robo de una pistola en el hotel oficial del evento. A la espera de determinar la identidad de los asaltantes, se han endurecido los controles de acceso al Palau.*
>
> 5 · 5.567 Reproducciones 371 Retweet 859 Me gusta

–¿Y ahora qué?

No sé si fue Ras quien dio la idea. O Nil. ¿O yo?

Lo había soñado.

Y en el fondo
del mar,
restos de un naufragio:
algas,
un castillo,
una moneda (vale, una pistola)
y un anillo.

Tiraríamos la pistola al mar.

Teníamos que sacarla de aquella taquilla que, tarde o temprano, alguien iba a abrir. ¿Y qué otro sitio mejor para perderla de vista?

Adiós, huellas dactilares. Hola, fondo submarino.

«¿A quién ves en el mirador con el micrófono de bronce?», había preguntado @anyonesmith. Lo que yo no le había dicho era que ya había renunciado al micrófono. Prácticamente era como si lo hubiera tirado al mar. Si iba a perder, no tenía nada que perder.

Ya los veía juntos: la pistola y el micrófono.

Un disparo sonando a través del micrófono por los altavoces.

¡¡¡¡¡¡BUUUUUUUUMMMMMMMM!!!!!!!!

Como cuando me explotó la cabeza.

Pero Erik no acababa de verlo.

–Dijo Smith que Selene estaba en peligro. Por eso teníamos que darle la pistola.

–Espera, espera... ¿Smith?

Ahí es cuando Nil y yo nos enteramos de la llamada.

–Me está buscando. Me localizó en cuanto pisamos el Palau. Podría aparecer en cualquier momento.

–¿Y hacernos qué? –dijo Nil.

–No sé de qué va esto, pero sé que va en serio.

–Entonces, ¿qué propones? ¿Traerle la pistola a Selene? ¿De verdad crees que con una pistola en el Palau estaremos más seguros? –preguntó Nil.

Selene o el mar.

–¿Y los peces? ¿Nadie va a pensar en los peces? –bromeó débilmente Erik. Era casi una rendición.

–Si vamos a hacerlo, deberíamos ir cuanto antes –dijo Ras–. Tenemos que ir ya.

Ras paseó la mirada por los otros seis ojos que había en el camerino: los de Erik, los de Nil, los míos.

Yo bajé la mirada.

–Es que... Yo quisiera... ¡Pero no puedo! No puedo irme ahora. De verdad. Me encuentro fatal.

–Venga, Allegra. Estar los cuatro es los que nos hace más fuertes –dijo Erik.

–Si fuera más temprano... Pero es que ahora es imposible. ¡Ya está entrando la gente! Todo el mundo espera que esté aquí. Y más, después de todo lo que ha dicho el cretino de Smith sobre que si pretendo huir... Toda esa mierda de la novia a la fuga. ¡Y después de largarme a mitad de entrevista! Sería supersospechoso.

–Yo también debería volver –dijo Nil–. Iba a resultar rarísimo que desapareciera justo ahora...

Nil miró el móvil.

–¿Veis? Me están esperando –dijo enseñándonos la pantalla. Tenía como cien mensajes de Selene y otros cien de Angie.

Supongo que yo tendría mil de mi madre: «¿Estás bien?», «¿Volvemos ya?», «¿Quieres que traiga algo de comer?» y otros tantos de Ricky, no sé si felicitándome o queriendo estrangularme por haber dejado colgado a @anyonesmith.

Me sentía una diosa por haber sido capaz de dejarlo con la palabra en la boca, aunque el mérito había sido de Ras y Erik por arrastrarme.

Iba a decir que, por otro lado, me sentía como un gusano rastrero por no acompañarlos en su misión Pistola Submarina, pero no. En realidad, sentía un alivio enorme, un alivio rastrero, vale, por tener una buena coartada para escaquearme. «La pistola» era solo una idea de la que podía desembarazarme mientras no sintiera su peso, mientras no la hubiera tenido en mis manos.

–Pensaba que estábamos juntos en esto –insistió Ras.

–¡Y lo estamos! Pero ¡miradnos! –gritó Nil. Yo estaba llena de purpurina. Él ya llevaba puesta la ropa de la actuación. No era mucha, desde luego. Parecía una lámina de ciencias, de esas que sirven para aprender el nombre de cada músculo. Bastaría con que pusiera un pie en la calle para que todo el mundo lo mirara–. Con nosotros vais a llamar mucho más la atención. La gente querrá saber adónde va Allegra.

–Y el coreógrafo de los pornocastellets –añadí.

En las últimas horas, después de la entrevista de la playa, cada vez más gente reconocía a Nil.

–Pero eso nos ayudaría a distraerlos. Como en un robo. Uno distrae y otro lo hace.

–Sí, claro, es imprescindible distraer a esa masa de gente que se arremolina en torno a la taquilla del hostal cuando acaban de abrir las puertas del Palau. Alfombra naranja al hostal Solymar... Vamos, no me jodas. –Nil empezaba a impacientarse.

Erik y Ras seguían sin regalarnos su absolución.

–Tampoco es que tengáis que transportar un elefante. En realidad, no nos necesitáis. Es solo –y bajé la voz aún más– una pistola. Os cabe en la mochila.

–Estamos con vosotros. De verdad. Contadnos, por favor –dijo Nil levantando el móvil.

–Sí, por favor. ¡Y volved a tiempo para la gala! ¿Por dónde os pondréis? Necesito saber dónde estáis... No os hacéis una idea de cómo se ve desde el escenario. No ves nada y lo ves todo...

–¿Y qué más queréis? –preguntó Ras–. ¿Un selfi tirando la pistola desde el mirador?

–No estaría mal –dijo Nil–. Sería una bonita portada de disco.

–*Everything can be an album cover* –dijo Ras.

–¿Nos hacemos uno? –susurré.

–¿Un qué?

–Un selfi. Los cuatro.

Por eso tenemos aquella foto juntos. Cuatro sonrisas congeladas, cuatro comisuras estiradas no por la felicidad, sino por la tensión, esa tensión que produce cefaleas y sirve para sostener los puentes colgantes.

–Tú vienes, ¿verdad? –preguntó Erik a Ras.

–Por supuesto.

–Me encuentro fatal. Esta noche me explotó la cabeza. Tengo la regla. Y cefalea tensional. Y me desmayé. Y además... Tócame la frente –pedí a Ras.

Ras me puso la mano en la frente. Tenía la mano ardiendo.

Odio cuando pasa eso. Es difícil probar lo enferma que estás. Me encontraba mal, era verdad, pero, por encima de todo, necesitaba una excusa. Que me perdonaran por no ir. Que considerasen que era absolutamente imposible que fuera.

Miré a Erik y le supliqué en silencio.

Él me puso la mano en la frente. Era enorme. Casi me tapaba los ojos. Cuando la despegara de mi frente, tendría la palma llena de purpurina.

Me gustó que no tuviera prisa en retirarla. Tenía la mano helada.

Y, por fin, llegó mi absolución.

–Tienes fiebre.

Erik retiró la mano y a mí me salió sin pensar:

–Cuando yo te bailo, sé que tú te vuelves loco.

Era la primera línea de *Fiebre* de Bad Gyal, pero empecé a cantarla no como ella, sino más bien a ×0,5, flojito, como en la versión de Amaia.

–Especialmente si te lo hago poco a poco –se sumó Nil con media sonrisa.

–Sabes lo que tienes y no lo valoras poco –cantó Ras.

Hubo un silencio. Miramos a Erik. Él también se la sabía. Claro que se la sabía. Todo el mundo se la sabe. Alzamos las cejas esperando.

–Aquí no hay contrato, ya veo el brillo en tus ojos –remoloneó.

Parecía otra canción. La misma pero distinta. No siempre es así con los covers. Hay veces que suenan igual, como en un concurso de imitadores. Pero cuando te das cuenta de que no hay un significado, cuando sientes que el significado se lo das tú, cuando consigues hacer tuya una canción, una canción que no era tuya, cuando se convierte en otra canción... Habitamos casas que eran de otros antes de ser nuestras.

Hicimos nuestra aquella canción. Fue la canción de nuestro grupo sin nombre mientras cantábamos:

Es un placer conocerte.
Quizá tú me traigas pena.
Pero no puedo perderte.
El número uno, la que más se pega.

No seguimos. Nos quedamos ahí clavados.

Hubo un silencio de los que sellan un pacto de un club secreto. Porque eso también son las canciones, claves de entrada a un club, y si te sabes la clave, formas parte del club.

Ojalá alguien cantara alguna vez así mi canción. Ojalá muchos. Ojalá todos.

Yo no quería un club exclusivo. Yo quería que todo el mundo cantara mi canción.

Que todo el mundo cantara mi canción.

pero que nadie la bailara.

«Purpurina social. Y bailar y bailar», como estatuas.

No quedaba tanto para intentarlo.

–Pediré un termómetro –susurré esperando que alguien dijera: «Sí, sí, vete. Descansa. Es lo que tienes que hacer». Pero como nadie me absolvió, añadí–: Necesito concentrarme. ¿Lo entendéis? Esto es importante para mí.

Ras me puso una mano en el hombro.

Luego Erik puso una mano encima del hombro de Ras, y Nil, encima del de Erik.

Nos unimos en un abrazo y dijimos, casi a la vez:

–Suerte.

«Suerte» era una canción. Cada uno podía darle un significado diferente.

24.
NIL

La suerte en mi vida no significa nada.

Así que mi voz no se sumó a las suyas después de un abrazo que sí tenía sentido.

La suerte, no.

La suerte no tiene sentido nunca.

Ni siquiera existe.

La suerte es el último consuelo para quienes hemos nacido en el otro lado del tablero. Y en el mío cada partida tiene normas diferentes.

Esta sí, Nil.

Esta es la vez.

Este es el papel de tu vida.

Esas son las frases que me dice Marc cuando quiere que acepte un curro. Las que me soltó la primera vez que me habló de Selene. Y del festival.

También son las frases que me dije a mí mismo cuando acepté.

Pero ni Marc ni yo nos las creímos.

Él solo quiere que siga activo: mientras se me vea, existo y produzco beneficios. En cuanto se me deje de ver, dejo de existir.

Y yo, que no sé si merece la pena existir a este precio, intento convencerme de que esta vez voy a caer en el rojo cuando toque rojo o en el negro cuando toque negro.

Hasta que la suerte se ponga de mi lado.

Pero nunca lo hace.

Eres muy joven, Nil.

Tienes mucho tiempo por delante, Nil.

No te impacientes, Nil.

Marc repite mi nombre al final de cada frase cuando quiere calmarme. Como si diciéndolo mucho llevase más razón.

Me pronuncia con la misma fe con la que vosotros dijisteis suerte en ese camerino.

Los tres.

Y yo quería creeros.

Porque ya me habíais demostrado que no erais Marc. Que no esperabais nada de mí que no fuera yo mismo. Y me lo habíais probado en tiempo récord.

La gente no suele conseguir que me abra tan deprisa. Ni me remueve tanto como lo habíais hecho vosotros desde que la música decidió que teníamos que conocernos.

A lo mejor es eso.

A lo mejor es que no existe la suerte, pero sí el destino.

La melodía que escoge las notas adecuadas mientras el cuerpo sigue bailando sin saber hacia dónde se dirige.

A lo mejor hay una forma de azar que tiene que ver con atreverse a bailar con la gente correcta.

Porque nos sabemos la letra. Porque la cantamos incluso cuando el silencio amenaza con ahogarnos y hacer estallar en pedazos la confianza. Las oportunidades. Todo lo que en ese momento estaba en juego.

Quería creer que bastaba con que vosotros, que sí parecíais creer en ella, pronunciaseis la palabra mágica.

Suerte.

Pero cuando os oí decirla confirmé que tampoco sería suficiente.

Las palabras ayudan, pero no bastan.

Esta oportunidad lo va a cambiar todo, Nil.

Este casting va a marcar la diferencia en tu carrera, Nil.

Las palabras son una trampa. Porque la vida es más fácil de decir que de hacer. Apenas cuesta unos segundos dibujar momentos que cuesta años alcanzar.

Lo que va a pasar. Lo que vas a ser. Lo que mereces.

A lo mejor la canción de Selene hablaba justo de eso.

O a lo mejor es que cualquier canción puede hablarnos de cualquier cosa.

No dejes que se pare la música:
la noche es tuya.
Sube el volumen de tus sueños:
el tiempo es nuestro.
Agarra mi mano en el próximo giro
y que los cuerpos impongan su ley.

Cuando el silencio vuelva,
y la suerte nos traicione una vez más,
cuando las sombras nos rodeen
para que no podamos bailar.

Cuando la melodía se vuelva ruido
y tu voz en la mía sea solo un eco,
piensa en esta canción que fuimos juntos
y que la piel recuerde
esta huella,
este paso,
este moverse en ti y contigo,
este moverse en mí y conmigo,
estas ansias de ser,
esta fiebre,
esta sed,
este perder la fe,
este apostar la vida.

No dejes que se pare la música.
Por favor.

No es gran cosa. Pero era la primera vez que escribía algo. O, más bien, que necesitaba escribir algo.

Después de que Ras y Erik se fueran, no tenía ganas de ensayar. Ni de reunirme con el resto del equipo. Ni de ver a Ian.

Estaba nervioso. Fuera de mí. Con la cabeza en esa pistola. En ese mar. En el peligro que Ras y Erik habían asumido por los cuatro.

Vale, sí.

Erik había decidido aceptar el reto.

Pero yo no lo había impedido.

No los había sacado de esa habitación.

No había hecho nada para que Selene no se impusiera con su maldito juego.

Y aunque no creo en la suerte, sí creo en la culpa.

En eso soy experto.

Soy capaz de sentirme culpable de cualquier cosa. En cualquier momento.

Y esa tarde solo podía pensar que si hubiera actuado de otra manera, Ras y Erik no estarían buscando un arma. Ni Allegra se habría ido tan preocupada a su camerino. Ni yo me habría encerrado en el mío sabiendo que ninguno de los dos podíamos concentrarnos antes de la actuación más importante de nuestra vida. O, al menos, de la suya.

Allegra sí se jugaba algo que le pertenecía desde esa fortaleza que gente como Smith no sabe ver. A lo mejor no es destino, ni suerte, a lo mejor lo que me falta es atreverme con la misma fuerza con que lo hace Allegra.

–Necesito concentrarme –se despidió en cuanto Ras y Nil se largaron.

–Lógico. Yo también.

Y como si el abrazo de cuatro no hubiera sido suficiente, nos dimos también otro de dos. Unos segundos en los que no sé si fue ella o fui yo, pero acabé con las mejillas humedecidas, como si alguno no hubiera querido contener más la emoción y se hubiera permitido que saliesen un par de lágrimas, las justas para que nada nos impidiese seguir adelante.

Para seguir bailando.

No dejes que se pare la música.

Ahí fue cuando saqué el móvil y, tras encerrarme en un camerino que no era el mío, empecé a escribir en el bloc de notas.

No sé si mi letra se puede cantar.

En mi cabeza, sí.

En mi cabeza tiene algo de música.

Y suena con la voz de Allegra.

Con la percusión de Ras.

Con los coros de Erik.

Suena mientras yo dejo de ser el dos para, gracias a ellos, ser el uno.

De eso iba lo que intentaba escribir, creo. Aunque quizá estaba hablando de otra cosa. Ni idea... Ian me interrumpió antes de que pudiera averiguarlo.

–Nil, tío, este camerino está cargado de malas energías...

–¿Por?

–Pues porque es el de Keylo. ¿Se puede saber qué estás haciendo aquí?

–Nada.

–Cojonudo. Actuamos en menos de una hora y tú estás haciendo «nada».

–Necesitaba relajarme.

–¿Y los demás? ¿A ti te parece normal que al coreógrafo se la sudemos justo hoy?

–El general ha salido bien, ¿no? Pues ya está. No sé qué más quieres.

–Quiero al Nil que se mata por sus compañeros. No a este que sale corriendo con su mochila un día y pasa de mi culo al siguiente.

Ian ya no estaba hablando de la coreo. Ni del festival. Sino de lo que ni siquiera había llegado a pasar aún entre Ras y yo.

Obvio.

–¿Eso va por Ras?

–¿Ah, que se llama Ras? ¿Ya tiene nombre y todo?

–Ahora no, joder.

–No, claro, esto ahora no. Cuando te mola restregarte conmigo es ahora sí. Pero cuando te pone comerle la boca a una tía es ahora no.

–¿Y de cuando a ti te va bien ser la perra de Selene no hablamos?

–¿A qué te refieres?

–Todo ese numerito de la botella...

–Solo era un juego. Además, ¿qué querías que hiciera? No nos conviene tenerla en contra.

–¿Qué pasa? ¿Que tú también le tienes miedo?

–¿Que qué me pasa? Pues lo mismo que a ti, Nil: que no quiero renunciar a esto, y que quiero ganar para no volver a bailar en más tugurios de mierda. Así que, si hay que girar la botella, se gira.

–¿Y si hay que provocar una explosión, se provoca?

–Pero ¿qué dices?

–No hace falta que respondas, Ian. Pero tú y yo sabemos lo que pasó. Y de lo que es capaz. Destrozó a Keylo, ¿crees que dudaría en hacerlo también con nosotros?

Tragó saliva antes de contestar. Él también sospechaba. Él, a su manera, también sabía.

–No tenemos pruebas...

Dudé.

¿Podía confiar en él?

Todo dependía de quién fuera el Ian que tenía frente a mí.

El Ian que giraba la botella ladrando sumiso al son de Selene.

O el Ian que quería escapar de ese fango conmigo.

Así que lo miré a los ojos y decidí confiar en mi intuición.

Se te da bien leer a la gente, Nil.

O eso quise creer.

–Sí que tenemos pruebas.

Enmudeció. Perplejo.

–Uno de sus móviles...

–¿Dónde?

–¿Dónde crees tú?

No necesitaba que le explicara más.

Estaba tan seguro de que él la habría visto usando alguno de esos teléfonos prepago como de que se imaginaba dónde había escondido el que yo había encontrado.

–Acabó con Keylo. Igual que hará con cualquiera que se cruce en sus planes.

–Mientras tengas eso, no creo que se atreva...

Ian ya no hablaba como la *bitch* de Selene, sino como alguien que había tomado conciencia de los hilos que nos movían. Alguien que por fin se daba cuenta de que era urgente romperlos antes de que nos ahogaran.

–Mientras no se entere de que lo tengo...

–Tranquilo. Es nuestro seguro de vida después de esto...

Me pregunté si se refería a que nos ayudaría a defendernos de Selene o si estaba pensando en el dinero que podría sacar con ello. Pero la idea de chantajearla me estremeció. Porque ahora que había encontrado a mi nueva banda, ya no podía seguir cayendo en los infiernos a los que había pertenecido.

–Ian... Cuando esto pase, deberíamos empezar a conocernos.

–¿No has tenido bastante con estos meses? –me agarró de la cintura, estrechándome contra él.

–A conocernos de verdad –le respondí mientras pasaba mi índice por sus labios–, sin focos ni máscaras.

–Yo siempre llevo máscara. Por si acaso.

Quise responderle, pero él acabó la conversación con un beso que disfruté más que los anteriores. Porque, a pesar de esa máscara, intuí que ahí sí estaba él. Como si quisiera demostrarme que podía ser tan de verdad como lo había sido Ras. Como lo tiene que ser quien quiera estar conmigo. Y me gustó que fuera más suave que los demás besos que nos habíamos dado, incluso más lento, que sus labios me intentaran decir que, cuando acabase el festival, quizá merecería la pena descubrirnos.

–Va a salir todo bien –le prometí. Aunque no sabía si me refería al festival o a lo que pudiera pasar entre nosotros.

–Claro –respondió él con mucha más seguridad que yo.

Y lo creí.

–Te espero con los demás.

Esperé a que saliera antes de dirigirme al camerino de Selene para comprobar si era cierto que, como Ian me había dicho, me necesitaban.

El cuerpo de baile no estaba con ella. Habían ocupado una de las salas de ensayo contiguas para revisar uno de los momentos más complejos de la torre y que, a pesar de los aplausos del general, había resultado algo atropellado. Incluso peligroso.

La base se había movido unos milímetros. Los justos como para que se percibiera un leve temblor en la cima. Solo unas décimas de segundo. Pero alguien –algo– había arruinado la perfección que exigía nuestro equilibrio.

Tenía que hablarlo con Selene. Estaba obligado a contarle lo que había podido suceder en el ensayo y hasta qué punto peligraba esa perfección que tanto deseaba para su actuación.

La puerta de su camerino estaba entreabierta y pude verla recorrerlo de un lado a otro, nerviosa y con el teléfono en la mano. Cuando la oí, no parecía ella. Parecía una persona frágil. Obediente.

–¡Y yo qué quieres que haga! ¡No sé dónde está! (...) Lo haré, lo haré...

Colgó, y sin darse cuenta de que yo estaba en el pasillo, dio una patada a la silla y la tiró al suelo.

Haces muy mal
en elevar mi tensión,
en aplastar mi ambición.
Tú sigue así, ya verás.

Las canciones no solo pueden significar cualquier cosa, sino que llegan y se te quedan dentro –gracias, Alaska–en cualquier momento.

Fuiste tú el culpable.
Oh, no fui yo.

Ni tú ni nadie, nadie
puede cambiarme.

Volví a oír su voz, no ese hilo débil con el que había repetido «lo haré», «lo haré». Ahora era la misma voz con la que cantaba, pero tenía un fondo de desesperación que nunca le había oído.

–Estás loco. ¡Es mi show, hijo de puta! Mi show...

En ese momento reparó en que la puerta estaba abierta y cerró de golpe.

No sé por qué lo hice.

Quizá porque la voz de Erik sonó de repente en mi cabeza.

¿Y si era verdad que Selene necesitaba esa pistola?

O porque la de Ras se había instalado en mí desde el mismo momento en que nos habíamos conocido.

¿Y si existían las razones más allá de las consecuencias?

Debería haber respirado hondo.

Haber contado hasta diez.

Haber averiguado con quién hablaba Selene.

Haberle pedido ayuda a Allegra y descubrir qué amenaza ocultaba ese teléfono.

¿Tendría que ver con la pistola?

¿Con la explosión en Penélope?

¿Con la torre en la que estábamos a punto de jugarnos tantos meses de trabajo?

Era nuestro show.

Había demasiado que explicar y un arma que, si caía al fondo del mar, no solucionaría nada.

Fue una intuición.

O quizá fue mi necesidad de no dejar solos a Ras y a Erik.

Y de nuevo: la culpa.

Las peores decisiones de mi vida siempre las he tomado con ella dentro.

O con el miedo en los huesos.

Y en el mensaje que decidí escribirles convivían los dos.

«¿Y si tenéis razón? ¿Y si no es todo lo que parece que es? ¿Y si en el fondo del mar no está la respuesta?».

Y si, y si, y si, y si, y si...

Solo tenía condicionales.

Culpa.

Miedo.

Y ganas de que regresaran cuanto antes. De volver a ser cuatro para decidir juntos.

Me quedé un rato esperando respuesta.

Nada.

Me imaginé que habían ido a tirar la pistola y, por error, habían tirado el móvil al mar.

Pasaba el tiempo. Igual ya era tarde.

Pero antes de que Ras o Erik me respondieran, apareció Allegra con expresión de inquietud y el móvil en la mano.

–¿Has visto esto?

25.
KEYLO

Tú y yo.
A plena luz.
Tú y yo.
Un estribillo estúpido.
Sin más excusas.
Sin escondernos.
Como en la peor de las canciones pop.
Una de esas que solo hablan de ellos.
Pero esta canción habla de ti.
De cuando me sonríes tímido.
Esta canción habla de mí.
De cuando te miro esperanzado.
Como un tema cursi de Celine Dion.
Como una balada idiota.
Como todos los poemas
que nunca nos dijeron.
Tú y yo.
Un estribillo estúpido.
Sin más excusas.
Sin escondernos.

Necesitaba cantarla. Con mi guitarra. Solo. Y aquí. Desde mi cuenta de TikTok y en este espacio del que me han echado injustamente.

Que sí, que ya sé que lo que os ha contado es otra cosa. Lo del rollo con Ágredas y mi sanción.

Y no sabía si debía contaros la verdad.

No lo sabía porque, al final, solo me va a perjudicar a mí. Lo peor es que habrá quien vea esto con cara de ya está otra vez el pesado de Keylo justificándose.

Pero no lo estoy subiendo para justificar nada.

Lo cuelgo porque estoy harto.

Estoy hasta las pelotas de que las ratas siempre se salgan con la suya.

Lo primero: sí, grabo esto en el Palau porque es aquí donde debería estar si no me la hubiesen jugado. Si esta industria no diera tanto asco.

«Vamos a abrir el festival al público heterosexual».

Lo habéis visto, ¿no?

El titular acaba de aparecer. Ha sido comentado, criticado y hasta aplaudido.

Claro que sí, vamos a hacer heterosexual el festival porque se ve que antes solo se podía entrar con el carné LGTBIQ+, que a mí, por cierto, todavía no me han enviado.

Yo no voy a comentar lo que me parece esa mierda. Pero si me seguís, sabéis mi historia.

Sabéis lo que tardé en sacar una canción hablando en masculino y cambiando a las tías a las que les cantábamos cuando aún era el solista de Boyland por los tíos a los que, por fin, les canto ahora. Por eso todo lo que sea heterosexualizar me parece un insulto. Porque supone asumir que si algo tiene estética *queer* ya no puede ser bueno.

Ni mayoritario. Ni universal. Es lo de siempre. La homofobia de siempre.

Y a mí me podéis seguir cancelando por haberme liado con un miembro del jurado. Que, por cierto, es el tío al que va dedicado mi último single. «Un estribillo estúpido». Ese que no suena en ninguna emisora porque he tenido que sacarlo por mi cuenta, sin discográfica, sin promo y sin un euro con el que conseguir que las radiofórmulas me coloquen entre los que sí pagan.

Pero la culpa de lo que me ha pasado la tienen otros.

Porque no os han dicho que, cuando saltó la noticia, Ágredas se ofreció a dejar el jurado.

Él se iba. Y yo me quedaba.

¿Fácil, no?

En ese momento el jurado ni siquiera se había reunido una sola vez.

No se conocían.

No habían decidido nada.

NADA.

Así que él renunciaba, se disculpaba públicamente y yo continuaba en la competición.

Pero nos dijeron que no.

Y no fue el festival.

El festival estaba dispuesto a escucharme.

Pero mi casa discográfica, la misma que durante años me había prohibido cantar temas a un tú masculino, presionó para que me descalificaran.

Me soltaron la mano en vez de agarrarla.

Y me largaron a sus perros de la prensa.

No dejaron huellas del crimen.

Nunca las dejan.

Muerden, desgarran, machacan y entierran.

Los Bronce saben cubrirse bien el camino.

Y esa era su ocasión de deshacerse de una marioneta que se había atrevido a ser persona.

Además, así solucionaban otro problema más.

¿Qué pasaba si dividíamos los votos?

Antes de que la Intensa se revelara como el *dark horse* de la edición, Selene y yo éramos los favoritos.

Los dos, en Bronce. Y los dos, muy igualados.

¿Y si eso beneficiaba a una tercera opción?

Mejor quitarse de en medio al cantante que vendía menos desde que ya no aparecía en las carpetas de las quinceañeras que lo auparon en Boyland.

Así que ahora que ya sabéis la verdad de lo que pasó conmigo, podéis seguir cancelándome.

Me la suda.

Encontraré a mi público.

Aunque sé que enfrentarse a los Bronce con un vídeo como este es jugárselo todo.

Y que en adelante me costará todavía más encontrar mánager, discográfica, apoyos.

Pero no importa.

No pienso volver a callarme para que las ratas sobrevivan.

26.
NIL

El testimonio de Keylo puede que explicara algo de lo que estaba sucediendo. Pero su vídeo se había vuelto secundario frente al mensaje que acababa de llegar.

«Si el mar no es la respuesta, tendremos que buscarla juntos en la arena», acababa de responderme Ras.

La botella había vuelto a girar.

–No la han tirado –le confesé a Allegra mientras sentía cómo la culpa me abrazaba otra vez hasta impedirme respirar.

–¿Cómo que no la han tirado? ¿No la han tirado? ¿De verdad no la han tirado?

–No.

«¿Y si en el fondo del mar no está la respuesta?».

Le mostré mi wasap esperando que se sumase a la cadena de reproches y remordimientos a la que, desde que tengo uso de razón, se ha añadido siempre tanta gente.

Lo que me meto. Lo que te meten.

Los sueños incumplidos de unos. Los prejuicios de otros. La envidia de algunos más. La rabia de todos.

Allegra, sin embargo, parecía extrañamente aliviada. No solo no me culpó por haber encendido la llama que había alejado a Erik y Ras del mar, sino que me sorprendió con dos reacciones que en mi entorno nunca han sido frecuentes.

La primera fue intentar entenderlo. Y la segunda, buscar una solución.

–Seguro que lo habían decidido ya –Allegra me sujetó la mano mientras emprendía el primero de esos dos caminos–. A lo mejor los cuatro no sabíamos que esa era la única decisión posible. No has sido tú, Nil. Y si has sido tú, tampoco pasa nada. Todo esto se complicó mucho antes de que tú escribieras ese mensaje. Mucho mucho antes.

–Tú también te has arrepentido, ¿verdad?

–¿De tirar la pistola al mar o de no ir con ellos?

–De no ir con ellos.

Ella, tras dudar un segundo, se encogió de hombros.

–No podíamos llamar la atención.

–Ya, pero los hemos dejado solos con el marrón.

–Bueno, nosotros lo estamos llevando a distancia.

–Eso también...

No sé cómo lo hace, pero Allegra tiene el don de hacerme sonreír cuando menos lo espero. Entonces también lo consiguió. En ese momento en que sentía que todo saldría mal, supo arrancarme una sonrisa que no prometía una solución, pero que sí me daba ánimos para seguir buscándola.

–¿Y sabes qué? –Ahí fue cuando cambió el camino del consuelo por el de la acción–. Lo que no debíamos hacer antes creo que es justo lo que tendríamos que hacer ahora.

–¿Llamar la atención?

–No me digas que no estás pensando lo mismo que yo...

–Es una locura.

–Ya. Como robar una pistola. Pero como esa locura ya no la podemos deshacer, tendremos que inventarnos otra para resolverlo.

–Si ni siquiera ha podido el mar...

No sé por qué dije eso. Simplemente salió.

Quizá componer consista en eso.

En dejar salir.

–Suena a primer verso de una canción.

–Todo tuyo –y pensé que, si todo acababa saliendo bien, también le regalaría la letra que guardaba en mi bloc de notas. Allegra sabría qué hacer con ella.

–¿Entonces lo intentamos?

No teníamos opción.

Ras y Erik estaban de camino y necesitábamos asegurarnos de que pasaban el control de seguridad.

Un arma no pasaría ese control.

Un arma, salvo que se esconda bien, no suele pasar ningún control.

Había que actuar.

Y, en este caso, en toda la extensión de la palabra.

«Estamos a cinco minutos de la entrada».

Cinco minutos.

–Hay que hacerlo ya –sentenció Allegra en cuanto nos llegó el mensaje de Erik.

–Pregúntale quién la trae...

–¿Y cómo les pregunto eso? Lo mismo la poli está interceptando los móviles de toda la gente cercana al festival.

–Un poco exagerado eso, ¿no?

–¿En serio quieres que alguien pueda encontrar la palabra «pistola» en nuestro grupo de wasap? Hackearlo no sería tan difícil...

–Pues usa una metáfora de las tuyas.

–¿De las mías?

–Alguna valdrá...

«¿Quién trae la purpurina?».

–¿Esta?

–Por ejemplo.

Mandamos el mensaje y Erik respondió enseguida con un emoji alzando la mano.

–¡Vamos!

Allegra corrió a coger su guitarra al mismo tiempo que yo me hacía con una de las capas con las que comenzábamos la actuación y de las que nos desprendíamos en el momento en que sonaban los primeros acordes.

–¿Estamos seguros de esto?

–Yo no, ¿y tú?

–Tampoco.

–Genial.

–Hay que avisarlos.

–Dale.

Tecleé deprisa un par de mensajes en el grupo mientras nos apresurábamos hacia la salida.

«Vamos a por vosotros».

«Esperadnos fuera».

Para que Erik y Ras estuvieran a salvo teníamos que evitar que alguien descubriese que llevaban encima una pistola.

Y para que no descubriesen su pistola, ya no había más opción que colarla dentro del Palau.

El mejor lugar para ocultarla era el único donde, en teoría, jamás podría llegar a entrar.

Y Allegra y yo sabíamos que éramos la única oportunidad de que ese milagro sucediera.

A nosotros dos no nos revisarían ni nos obligarían a pasar por el control. ¿Para qué, si ya estábamos dentro? Solo teníamos que hacer algo de magia y, como en cualquier truco, distraer a nuestro público para que mirase en la dirección correcta.

Salimos del Palau y nos colocamos a la entrada, fingiendo que nuestra presencia allí era un gesto espontáneo, un regalo para los eurofans más fieles, que ya aguardaban en la fila para ocupar los primeros puestos en la pista.

Bastó con hacernos presentes para que la atención de todo el mundo se dirigiese justo adonde queríamos.

A nosotros dos.

Allegra rasgó las cuerdas de su guitarra y comenzó a entonar una versión de su *Purpurina social* que provocó que gran parte de quienes estaban en esa cola abandonaron sus posiciones para acercarse y grabarla con sus móviles.

Los guardias de seguridad trataban de contenerlos, pero pronto se dieron cuenta de que era imposible, así que, convencidos de que ese corro que se había formado a nuestro alrededor no suponía ningún peligro, prefirieron dejar que sucediera ese momento que, según las redes, era la prueba de «la magia del Benidorm Fest©».

En realidad, la única magia allí era la nuestra. La que intentábamos provocar gracias a la versión acústica de Allegra y a los pasos que yo improvisaba al ritmo de su música.

Atento a la inminente llegada de Ras y Erik, me movía entre la gente que se iba sumando al círculo formado a nuestro alrededor. Jugaba con ellos agitando mi capa, acercándome y alejándome, fingiendo aproximarme tanto como si los fuera a acariciar. Haciendo que todo fuera exagerado y *hot*. Tan *hot* como para que, cuando Erik y Ras se sumaran a ese mismo círculo, no resultara extraño.

Los dos aparecieron cuando Allegra empezaba la segunda mitad de su canción.

Nos vieron.

Los vimos.

No tuvimos que explicarles nada. Ras y Erik sabían que si estábamos allí era porque debían sumarse a ese corro que no dejaba de grabarnos con sus móviles.

«Una magnífica actuación improvisada».

«Un *crossover* inesperado».

«Por qué el Benidorm Fest© es una fiesta».

Antes de que empezara la final, ya había noticias digitales con titulares como esos.

Además, algunos de esos vídeos destacaban nuestra generosidad, ajenos a las dudas de Allegra o a mi miedo de que todo saliera mal.

Otros se centraban en el momento en que se cerraba el círculo a nuestro alrededor y los guardias de seguridad desistían de vigilar a quienes, sin que pudieran saberlo, estaban buscando.

Y uno, tan solo uno de todos esos vídeos que circularon por la red, contenía el instante en que usé la capa para rodear con ella a Erik y, mientras acercaba mis labios a su cuello, tomaba la pistola que escondí en uno de los pliegues de la capa.

Podía haber prescindido del muerdo, pero entonces la gente no habría mirado donde yo necesitaba que mirasen.

Y me gustó comprobar que Erik no se retiraba. Ni se ponía más nervioso de lo que ya estábamos.

Allegra puso fin a su canción en cuanto me vio despegarme de Erik y envolverme en la capa, apretando con fuerza el arma contra mi cuerpo para evitar que nadie pudiera verla o intuirla bajo la tela. El aplauso final fue atronador y los dos aprovechamos el caos que se formó al deshacerse el corro para tender la mano a Erik y Ras.

–Vienen con nosotros –le dijo Allegra al guardia de seguridad, que nos miró interrogante cuando nos disponíamos a cruzar la entrada.

No sé qué habría pasado si en ese momento no hubiera estallado una bronca entre los que querían volver a ser los primeros de la fila y los que no estaban dispuestos a permitírselo.

Ni si el guardia de seguridad no fuera tan fan –eso dijo: fan– de nuestras canciones.

Ni si uno de los regidores no hubiera salido del Palau en ese momento exigiéndonos que entrásemos cuanto antes.

–Bonito show –comentó con sorna–. Pero ahora viene el espectáculo de verdad.

Ya dentro del Palau, una vez que el regidor nos ordenó que ocupásemos nuestros puestos antes del inicio de la gala, los cuatro pudimos escondernos en el único lugar que sabíamos que estaba disponible.

El camerino de Keylo.

–Va a salir bien –dije.

Y, sin controlar mi impulso, los abracé a los tres.

–Va a salir todo bien –repetí.

No lo creía.

Pero lo dije.

Porque aunque crea que la suerte no existe, esa noche merecíamos tenerla.

27.
RAS

¿Dónde estás? ¿Qué es esto?

Siempre quise la audacia, lo distinto, una vida extraordinaria.

Y ahora que la tengo, noto cómo temblamos.

No nos da tanto miedo la cárcel como el daño, el daño que haríamos a nuestro alrededor.

Pero la cárcel también nos da miedo.

Somos una banda.

No hace falta tener un single para ser una banda.

Ni un local de ensayo.

Ni siquiera hace falta tener instrumentos.

Lo único que hace falta es un sonido propio.

Que no sea el tuyo ni el mío.

Que no sea el de Allegra, ni el de Erik, ni el de Nil, ni el de Ras.

Que sea nuestro sonido.

Y eso lo tenemos.

O, al menos, lo estamos empezando a tener.

Tenemos una misión.

Ojalá fuera una como la de *Los Hermanos del Blues*, una película que vi cuando era pequeña y que luego he visto mil veces más.

The Blues Brothers, aquí la llamaron *Granujas a todo ritmo*.

Es una comedia hecha de música, jazz, blues, góspel, soul a lo bestia. Lo de granujas suena antiguo, pero lo de a todo ritmo es así, casi hay que verla de pie y bailarla.

Dos hermanos salen de la cárcel, les dicen que el orfanato católico donde se criaron, el único hogar que han conocido, cerrará si no paga una deuda de cinco mil dólares en impuestos.

Deciden reunir a su antigua banda de música, hacer un concierto y recaudar dinero.

Están en una misión de Dios. La hermana Mary Stigmata se la ha encargado.

Pero Selene no es una monjita.

Ni tampoco Smith.

En realidad, ¿Smith es un aliado de Selene o es su perseguidor?

Ojalá supiéramos cuál es nuestra misión y que vale la pena.

Esto que he escrito fue mi cabeza mientras Allegra cantaba y el fándom nos rodeaba y Erik entregaba la pistola a Nil.

No sé si se piensa tan rápido.

O sí. Se piensa a esa velocidad con todas las palabras juntas como en un agujero negro del universo.

Luego las extiendes.

Y aparece todo: palmeras sin anillos, banderolas del festival y rascacielos, un día espectacular, las fotos de Erik, Nil cuando se sabotea a sí mismo, flotadores enormes, Moby Dick, una botella que gira, un papelito doblado con el autógrafo de Allegra, el color rosáceo en la piel de los bañistas guiris, la ansiedad con los ojos verdes de un velocirraptor. Una puerta oscura de una habitación también oscura. Una colchoneta fucsia sobre la arena. Un foco enorme. Una bala. Cuatro abrazos. Aparece todo. Lo que existe y lo que no existe. Y lo intentas entender.

Es lo que hago ahora. Poner en palabras lo que era un nudo en el pecho.

Un subidón de adrenalina.

El abrazo en el camerino de Keylo.

Una mezcla de entusiasmo y miedo.

Lo habíamos logrado.

La pistola estaba dentro.

¿Para qué? ¿Para quién?

–¿Por qué mandaste ese mensaje, Nil? –preguntó Ras cuando fuimos saliendo del abrazo sin salir del todo, porque seguíamos juntos, pegados los cuerpos, como si nos estuviéramos haciendo un selfi que no vería nunca nadie.

Allegra se había ruborizado en medio de su palidez.

–¿Qué pasó, Nil? ¿Qué te hizo cambiar de idea? –insistió Erik.

–Oí a Selene. Estaba asustada. Nunca la he oído hablar así.

–Pero ¿qué dijo?

Nos fuimos separando para poder escuchar mejor a Nil.

–Sonaba agobiada. Dijo que no sabía dónde estaba... No sé si se refería a ti, Erik, o a la pistola. Y dijo que lo haría. Lo repitió varias veces.

–¿Pero que haría qué?

–No lo sé. Después colgó. Dio una patada a algo. Y ya con otro tono, con el suyo pero que sonaba muy desesperado, dijo: «Estás loco. ¡Es mi show, hijo de puta!».

–Nil –dijo Erik–, tienes que averiguar lo que le pasa.

–No es tan fácil. Desde que intenté largarme, ya no confía en mí. Y menos cuando le pasen el vídeo del baile con Allegra. Lo va a ver como una traición.

–O no –dije–. Se dará cuenta. Sabrá por qué ha sido, verá que Erik te pasaba la pistola.

–Vamos a hablar todos con ella –dijo Erik–. Le decimos que nos tiene que explicar para qué la quiere.

–No, no, no, no... –dijo Allegra asustada.

Nos quedamos mirándola.

–¿Y si nos detienen antes? ¿Antes de que podamos ayudarla? Tenemos que escondernos.

–¿Cómo? ¿Dónde? –preguntó Erik.

–Maquíllate –dijo Allegra–. Eres el único al que han podido ver. Vamos a cambiarte el *look*.

–¡Qué dices, llamaré más la atención!

–Exacto, a veces hay que llamar la atención para que no te vean.

Mientras ponía la base sobre la cara de Erik, Allegra cantaba estas palabras: «Si ni siquiera ha podido el mar...».

No la seguimos. Todavía no conocíamos esa canción. Además, mirarla era un espectáculo.

Le pintó el *eyeline* y luego lo subrayó con dos largas líneas de pegatinas brillantes.

Le pintó los párpados con el azul cereza del mar.

Le puso unas pestañas gigantes.

Erik tenía los ojos cerrados.

Cuando Allegra terminó con ellos, siguió sin abrirlos. Parecía completamente relajado, y a la vez parecía que prefería no mirar hasta el final para así no poder levantarse y salir huyendo.

Allegra le pintó los labios color vino, luego añadió algo en la mejilla: una flecha, ¿o un arpón? Era un poco como el rayo que se pintaba David Bowie, pero en horizontal. Más pequeño y afilado, azul y negro, y apuntaba al Este o al Oeste según adonde él dirigiera la mirada.

Allegra trabajaba con rapidez. Buscó entre los espráis para el pelo, eligió uno a tono con los labios, apagó un momento la luz, era un espray fluorescente. Volvió a encenderla, le revolvió el pelo.

–No abras los ojos todavía –dijo.

Y dejó caer sobre la cara de Erik ráfagas de purpurina que ella soplaba para dirigirlas sobre las mejillas, sobre la frente.

–Ya estás.

Erik abrió los ojos y volvió a cerrarlos. Le entró una risa nerviosa. Luego volvió a abrirlos más despacio.

Y Erik, a quien solo habíamos oído cantar bajito, empezó, despacio, firme, con el tema de Alice Wonder:

Qué más da lo que digan,
si no saben nada de lo que llevo dentro.
Qué más da lo que piensen,
si ya nada parece tan real.

Entonces nos unimos todos, ya con la batería dentro, ya casi a voces.

Yo quisiera parar el tiempo,
mirarme a los ojos
y no sentir miedo.
Yo quisiera volver,
pero no puedo.

–¡Eso, eso! –dijo Allegra–. ¡Que no podemos pararlo, que tenemos muchísimo que hacer!

–Vamos a ver a Selene –dijo Erik–. Pero ¿qué hacemos con...?

–De momento, la guardo aquí –dijo Nil.

–¿Aquí dónde? –quiso saber Allegra.

Nil la escondió, bajo la atenta mirada de Allegra, y nos fuimos al camerino de Selene.

La puerta estaba cerrada. Me miraron. Eres la percusionista de la banda.

Llamé. Con un compás de cuatro por cuatro, acentuando el uno como si tuviera un bombo para ese golpe.

Nada.

Volví a llamar, con el mismo ritmo, algo más fuerte.

Se abrió la puerta. Y no era Selene.

Un guardaespaldas.

Detrás, Ignacio Bronce, sienes plateadas, moreno miamesco, colonia cara, camisa granate cara, pantalón vaquero caro, zapatos de piel, brillantes como los ojos de un cocodrilo muerto.

Sus ojos resbalaron sobre mí y examinaron a Erik de arriba abajo mientras decía:

–¡Allegra! ¡Qué bien que hayas venido! ¿Podemos ir a tu camerino?

Allegra susurró:

–Quería hablar con Selene...

–Queríamos hablar con Selene –ratifiqué.

Dio igual. Ni me vio ni me oyó. Era como si fuera invisible para él.

–¡Ay, Nil! –De pronto, reparó en su presencia–. ¿Qué tal esa torre? Espectacular el ensayo. ¿Todo controlado? Me ha parecido ver un leve temblor... ¿Hará falta algún ajuste más?

–Todo controlado –dijo Nil–. Todo controlado.

Ignacio Bronce volvió a concentrar su mirada en Erik.

–Y tú...

Selene, que hasta entonces estaba mirándose, mirándonos, en el reflejo del espejo, se giró.

–¿Perdona? ¿Te conozco, chico raro, o eres David Bowie con polvo de Campanilla?

Ignacio Bronce sonrió de pronto:

–¡Es un fan! ¡Qué cortés! ¿Traes flores? ¿Algún presente para Selene? Tienes mucha suerte de haber llegado hasta aquí. La mayoría tienen que conformarse con ver a Selene desde mucho más lejos...

Selene hizo un gesto a Ignacio.

–Ya me encargo, Ignacio. Tú, tranquilo.

Bronce la miró en silencio. Serio.

–No me falles.

Y se fue.

Nos quedamos los cuatro con Selene.

–Dinos qué te pasa –pidió Nil–. Podríamos... –y entonces se calló, como si supiera que él, «su» número dos, no podía ser quien le ofreciera ayuda, porque Selene la rechazaría. Tampoco podía ser Allegra, la Intensa. Todos miramos a Erik.

–Selene, podemos ayudarte. Hemos hecho lo que nos has pedido. Pero necesitamos saber.

Ya ni siquiera miraba nuestro reflejo. Era como si no estuviéramos.

–Nos jugamos mucho –dije–. Muchísimo. No vamos a hacer las cosas sin saber.

Ahí saltó.

–Todo el mundo se juega algo. De eso se trata, chica normal.

Cómo la odié por eso. «Nadie es normal», le hubiera gritado. Respiré hondo. Intenté oír solo el pulso de su rabia.

–¿Quién quiere destruirte, Selene? –preguntó Nil.

–Destruirnos, dirás.

Selene se levantó y se volvió hacia Allegra:

–¿Qué te parece, Intensa? No nos pegamos, pero es como si nos pegáramos. A ver quién aguanta más tiempo con la sonrisa de pega. A ver a quién se le nota menos que está cansada, muy cansada. A ver quién es la mejor hipócrita, tan tan hipócrita que hasta se lo cree por dentro, que todo está bien, que nadie está calculando beneficios. Que esto solo es –Selene extendió los brazos moviendo las manos, y con una mezcla de sollozo y grito, exclamó–: ¡La fiesta de laaaa músicaaaa! Porque al final, pase lo que pase, dirán que ha ganado la música.

–Yo no soy hipócrita –dijo Allegra–. Sé que lo estás diciendo por mí. Me da igual. Yo me lo creo, Selene. Lo hago por la música. Me importa. Y a ti también.

–Pasado, presente, presente, pasado, ¿pasado?, ¿presente?: ¡Pasado!, ¡gana: pasado! Por mucho que digan, no puede haber dos ganadores. Eso de *win win* solo lo dice el que gana de verdad. Yo me lo creía, Allegra. Creía. La música, joder, es la hostia. Es una manera de estar. ¿Qué quieres ser de mayor? Menuda pregunta de mierda. Pero yo sí he aprendido a contestar cómo quiero estar. De mayor y ahora. Quiero estar como la letra que he escrito. Como mi vestuario. Como la estructura imposible que ha construido Nil. Plantando cara a las cosas, a las que se puede plantar cara y a las que parece que no se puede plantar cara. Así es como queremos estar, ¿verdad, Nil? Y ellos, ¿sabes lo que quieren?

Nos miramos.

–¿Que pierdas? –dijo Erik.

–Bueno –Allegra dio un paso al frente, hacia Selene–, a lo mejor te parece que me sobra ego, pero dime: ¿no has pensado que puedes perder porque otro contrincante, uno, o una, un poco intenso, te gane limpiamente? Yo no soy una rival fácil, Selene.

–Es verdad. En el escenario eres la hostia.

–Ahora te pones irónica.

–No es ironía. Es cansancio, el cansancio me hace decir la verdad. Ir de macarra cansa.

–Ir de cualquier cosa cansa –dijo Erik–. Por eso nos empeñamos en averiguar quiénes somos.

–Para encontrar una forma de ser que no nos canse –dijo Allegra.

Putos sabios, Allegra y Erik. Selene se limitó a decir:

–Sí, vale, pero no tenemos tiempo.

–No tenemos tiempo –repitió Ras–. Tienes que decirnos para qué necesitas la pistola.

–La necesito... –dijo Selene con esa voz que cada vez sonaba más débil, más grave, como si viniera de un fondo submarino donde no se come y no se duerme–. Creo que tú me entenderás, Erik Bowie.

Algo dentro de Selene pareció romperse en aquel momento.

–Si no mando mi número a la mierda, nuestro número –se corrigió mirando a Nil–, echarán a mi familia a la calle. Y la culpa es mía. Me lo creí. Me lo creí demasiado pronto. Me endeudé comprándoles un piso a mis padres. Los Bronce me prometieron que podría devolverles el dinero poco a poco. Pero no. Me lo van a reclamar de golpe. Pueden hacerlo.

–No puede ser –susurró Allegra.

–Esto no lo sabías, ¿eh? –dijo Selene–. No podré seguir pagando. Echarán a toda mi familia. Seguiré en manos de los Bronce, me tendrán durante años en sus garras, más que ahora.

–Todavía no sé si te creo, Selene –dijo Nil–. Aunque te creyera, sigo sin entender para qué quieres la pistola. ¿Y qué pinta Smith en todo esto? ¿Por qué lo usas de recadero?

–Yo no he usado a Smith de recadero.

–¡Cómo que no! –dijo Erik–. Me pidió la pistola. Dijo que tú le habías dicho que me la pidiera. Que la necesitabas.

–Usar a Smith es saber que te va a usar él a ti –dijo Selene–. No se puede, yo nunca cometería ese error. Con Smith solo puedes jugar en igualdad de condiciones.

–¿Pero no te das cuenta? –dijo Erik–. ¡Él sabe que tenemos la pistola! Sabe lo que pasó en la habitación, verdad o consecuencia, lo sabe todo. Nos denunciará.

–Él tiene sus propios problemas –replicó Selene, y miró fijamente a Erik–. Necesito que dispares la pistola. Durante mi canción en la final.

–Pero...

–No pasará nada –lo interrumpió ella–. Es de fogueo. Tienes que interrumpir mi actuación. Por favor.

28.
RAS

–Dejadme sola –pidió Selene–. Por favor.

Allegra se fue sin decir más.

Nil, Erik y yo subimos a una de las pasarelas metálicas que sobrevolaban el escenario. Algunos focos, raíles, colgaban a nuestros pies. Desde allí arriba éramos pájaros invisibles. Como esos dibujos manga que se transforman en aves a voluntad. Yo me transformo. Qué chorrada.

Nadie nos veía. Nosotros lo veíamos todo.

Permanecimos allí los tres un buen rato, inmóviles, con la mirada en el vacío, hasta que Nil suspiró, inquieto. La hora se echaba encima, había mucho por resolver. Propuso que nos moviéramos.

Volvimos al camerino de Keylo como si ya no fuéramos del todo una banda. Como si nos hubieran separado un poco. Sí que lo éramos, lo que pasa es que necesitábamos tiempo.

La palabra «pero» es la palabra más triste. Lo leí en una revista. Hicieron una encuesta. Había muchas palabras chungas, enfermedad, engaño, desprecio, adiós, decadencia, traición, muerte. Resultó que la palabra «pero» ganaba por mucho. Te quiero mucho, pero. Me caes muy bien, pero. Y también: «Quisiera parar el tiempo, pero».

«Lo siento, pero es que no confío». «Creí que podría devolverles el dinero poco a poco, pero».

La palabra «pero» es un adversario, una adversativa. No siempre es chunga. «Pero yo sí he aprendido». «Pero necesitamos saber». «¿Pero no te das cuenta? ¡Él sabe que tenemos la pistola!». Y entonces corrí hacia Nil:

–¿Dónde la has escondido?

–En el único armario con llave.

–Mira a ver si está, por favor.

Entramos los dos a la vez en el camerino. El armario estaba abierto.

–No está.

–¿Seguro?

–Sí, Ras, seguro.

Erik lo oyó también.

Emitió un sonido gutural, como un perro herido.

–Igual es mejor –dije–. Ahora la pistola es asunto de quien la haya cogido. Vale, no, no es mejor. De todo lo que haga con la pistola seremos responsables. Es peor.

–Mucho peor.

Al silencio de Erik se sumaba ahora el silencio de ese armario vacío.

¿Dónde estaba la pistola?

–Vámonos de aquí –dije.

–¿Adónde?

–No sé, a un sitio más grande. Más abierto. No puedo pensar en sitios tan cerrados.

–Busquemos a Allegra –propuso Erik–. A lo mejor ella ha visto algo.

–¿Vamos a su camerino? Al menos no será como este, aquí solo hay fantasmas –dije.

–Bronce ha dicho que iba a ir a verla –dijo Nil–. Igual está allí.

–Pues entonces aprovecharemos para preguntarle unas cuantas cosas –propuse.

Volvimos a transformarnos en la patrulla invisible.

Allegra nos recibió como si fuéramos la patrulla de salvamento. Parecía muy agobiada. O nerviosa. O todo a la vez.

Olía a colonia cara.

Como un iglú con ventanas, así era el camerino de Allegra. No había ventanas y no había ladrillos de hielo blanco, pero con unos pocos detalles Allegra había conseguido que pareciera un lugar abierto y al mismo tiempo protegido, un sitio que no asaltarían las ventiscas ni los cazadores, pero a donde sí llegaba la sensación de amplitud de una playa.

–No está la pistola, Allegra –soltó Erik nada más llegar, como si hubiera recuperado la voz de golpe–. No está la pistola...

Se lo veía muy agobiado.

–Tranquilo, Erik.

–¡Pero es que ha desaparecido! –gritó desesperado.

Allegra asintió, y después miró a Nil.

–Ay, Nil, nos van a matar, a ti y a mí –dijo Allegra–. Teníamos que estar revisando la actuación. Y nos hemos fugado. Yo necesitaba fugarme.

–Yo también.

–¿Y Bronce? ¿Se ha fugado contigo? –pregunté. Me mosqueaba ese olor a colonia–. ¿Qué quería? No es tu discográfica, ¿no?

–No. Bueno, ya sabes... Esta gente... Siempre andan buscando.

La verdad es que yo no sabía. Me daba la sensación de que buscar lo que ya ha sido encontrado no es «buscar».

–Voy a cerrar –dijo Allegra.

Y cerró la puerta del camerino.

–Tenemos que ayudar a Selene –dijo Erik.

–¿Ah, sí? ¿Por qué? Quizá tener algo más de información nos ayudaría a abrazar la causa –se opuso Nil, molesto por el hermetismo de Erik. Seguía sin contarnos nada de lo que había hablado con Selene.

–Por favor, seis minutos. Ya sé que no tenemos tiempo. Pero, por eso mismo, lo necesitamos –dijo Allegra.

–Seis minutos, ¿para qué? –dijo Erik–. ¿Para jugar a la güija? Los espíritus no nos van a decir dónde está la pistola.

–Venga, yo cronometro –dije–. Solo seis minutos, Erik. Y luego decidimos qué hacemos.

–¿Así que ahora toca talleres de *mindfulness* extraescolar? No os entiendo.

Puse la mano en la nuca de Erik:

–Por favor.

–Bueno... Pero...

Nil y Allegra saltaron a la vez:

–¡Erik!

Erik volvió a callarse.

Estábamos los cuatro sentados en el suelo.

Primero me pregunté dónde estaría Smith.

Después pensé que Selene tenía razón: finales, semifinales. Expulsar a casi todos porque no hay mercado para más de una o dos estrellas. Una estrella, Selene. Dos estrellas, Selene y Allegra.

Pero es que las personas no vivimos con estrellas.

Vivimos con lámparas, con faroles, con cuerdas de bombillas que iluminan un jardín.

¿Por qué todo tiene que ser el «estrellato»? Menuda palabra horrible, además.

¿Por qué no puede haber montones de salas más pequeñas, rincones para músicas y personas diferentes?

Vale, nos encanta formar parte de algo grande, nos encanta ser muchísimas personas cantando algo, admirando algo.

Pero a lo mejor el número no nos importaría tanto si no lo anunciaran tanto, si no machacaran con él.

Y a lo mejor nos machacan porque con una sola persona se puede hacer un gran negocio, mientras que si lo haces con muchas, el negocio se hace pequeño, hay que repartirlo, como pasa con las tiendas pequeñas, con casi todo.

Después
ya no pensé.

Estábamos ahí.

En nuestra cabaña, en nuestro iglú, en que nos habíamos hecho amigos y eso se parecía a llevar dentro otro poema que me enseñó mi padre:

Porque a pesar de todo nos hicimos amigos
y me mantengo firme gracias a ti, poesía,
pequeño pueblo en armas contra la soledad.

Como si la palabra arma la hubiera hecho saltar, sonó la campana de mi cronómetro.

Tocaba volver al ring, a la pelea y a la pistola.

Pero no era mi cronómetro. O sí.

Era mi cronómetro y, casi a la vez, el wasap de Erik.

Lo miramos esperando que nos dijera algo.

Se quedó mirando el móvil. Otra vez en silencio.

–Vamos, Erik. No podemos ayudarte si no nos cuentas.

–Necesito la pistola. Tengo que encontrar la pistola.

–¿Para qué?

Y, entonces, se rindió.

–Ya lo habéis oído antes –dijo–. Tengo que apuntar a Selene durante su actuación. Desde el público. Y luego disparar.

Lo dijo como quien dice «tengo que comprar un archivador», como ignorando la barbaridad que era.

–¿Pero qué dices? No estarás pensando en hacerlo...

–La pistola es de fogueo. –Erik repetía las mismas palabras de Selene–. No hará daño a nadie. Tengo que hacerlo.

–¿En qué momento de la actuación? –preguntó Nil, preocupado–. Te recuerdo que Selene no está sola en el escenario.

Pero Erik no respondió. Siguió hablando como un autómata.

–Tengo que hacerlo. Para salvarla.

–¿Y quién te salvará a ti? ¿Y cómo puedes estar seguro de que es de fogueo? –preguntó Allegra.

–¡Pero, a ver, Selene, sálvate tú! –gritó Nil como si Selene lo estuviera oyendo.

–Nil, ella me salvó una vez. Dos veces. Mil veces. Cada vez que actúa me salva un poco.

–¿Y los demás qué? Soy responsable de mis seis, Erik. Y nuestra coreo es arriesgada, ya lo sabes...

–No os va a pasar nada, tío, de verdad. Selene me ha prometido que todo irá bien, que nos ayudará pase lo que pase –dijo Erik despacio. Parecía haberse vuelto el chico más sereno del mundo–. Tenemos que encontrar la pistola.

Allegra se puso de pie, andaba de un lado para otro.

–Es un puto disparate –dije–. No tienes por qué hacerlo.

–Ras, voy a hacerlo.

–¿Y tus padres? ¿Y tú? ¿Y la EBAU? ¿Qué querías estudiar? Ya no podrás.

–No quería hacer nada. Pero ahora quiero disparar.

Nil, Allegra y yo nos miramos.

–Erik, no hace falta –dijo Allegra–. Además, no puedes.

Erik se levantó y abrió la puerta.

–Voy a buscar a Smith. Tiene algo que nos pertenece. Bueno, que me pertenece.

–Nos pertenece –dije–. Lo que quieres hacer es una locura, Erik. Pero muchísima más locura es pensar que esto es solo una cosa tuya.

Me levanté para ir con él. Allegra y Nil se miraban. Nos miraban. Tenían una actuación.

–No pasa nada si no venís –dije–. Tenéis que estar con vuestros equipos. Os mantendremos informados. No os preocupéis.

–¿Y dónde pensáis encontrar a Smith? –dijo Allegra–. El Palau es enorme. ¿Y qué vais hacer cuando lo encontréis?

–Y, si disparas, ¿cuándo vas a hacerlo exactamente? –insistió Nil–. Yo también estaré en el escenario.

–Ras, mira.

–Erik, contéstame –dijo Nil.

–Es que... ya no tenemos que buscarlo. Viene hacia aquí. Con una señora, bueno, no parece una señora. Parece una madre. Me parece que es tu madre, Allegra.

Tenía que ser su madre porque hablaba sin espacios, porque era un búnker y era una locomotora.

–¡Allegra! Te he traído agua del tiempo. Seguro que no te has hidratado. La he mezclado con infusión de jengibre, ya sabes que es bueno para la garganta. Ah, y aquí está este encanto de chico, Smith. Hemos hablado mucho de ti. De esa entrevista que te hizo. Ya le he explicado que no duermes bien porque en vez de pájaros tienes como si fueran bombas en la cabeza. Pero ahora ya estás bien. No tiene sentido que esa sea la última entrevista antes de la actuación. A los dos se os puede sacar muchísimo más partido. Él está de acuerdo. No sé por qué tiene esa fama de malote. Es muy educado, y mi idea le ha parecido fantástica. ¡Pasa, Smith, pasa! Le he propuesto que hagáis uno de esos tiktoks cortos, shorts, ¿verdad? Mira, está con sus amigos. Yo me voy, que sé que a mi hija no le gusta que esté cerca cuando le hacen entrevistas, ¿verdad, cariño? Aunque no me alejaré mucho por si necesitas algo.

La madre de Allegra dejó unas botellas azules sobre la mesa y salió del camerino. Smith besó su mano y la relevó.

–¡Qué monada de sitio! ¡Y cuánta gente! –Luego dijo en voz más alta–: Voy a cerrar la puerta. Es por el sonido. A tu madre seguro que no le importa.

La cerró con pestillo.

–Bueno, ya estamos todos.

–Tienes que dejar la puerta abierta –dijo Allegra.

Smith no se inmutó.

–No estamos todos –dijo Erik–. Y tú tienes algo que nos pertenece.

29.
ERIK

Mírate al espejo.

¿Es que no me oyes?

He dicho que te mires.

¿Eres idiota o qué te pasa?

Ponte delante del espejo y dime lo que ves.

Hum.

Más de una vez había soñado con Selene.

No me refiero a soñar despierto.

Estoy hablando de despertarme en mitad de la noche sobresaltado.

Sueños muy reales.

Más reales que la vida.

Eso ocurre.

Sueñas bien.

Tanto que, al despertar, sientes una enorme frustración porque no eres capaz de vivir igual de bien.

En ninguno de esos sueños disparaba a Selene.

El espejo, Erik.

Lo que veo es...

–Erik, haz el favor, no hagas nada raro, haz cosas... normales, Tomás es un chico estupendo, te conviene, ya me entiendes –dijo mi madre.

Te conviene tener algún amigo en lugar de pasarte el día solo.

Eso no lo dijo, pero lo pensó.

Sonreí.

Igual que podría haber pronunciado una palabra en alemán o coreano.

Podría haber dicho cualquier cosa sin sentido para que la escena no se detuviera.

En la entrada de mi casa, junto al recibidor, hay un espejo gigante. Siempre he pensado que era demasiado grande, casi obsceno.

Mi madre me cogió de los hombros y me colocó frente al dichoso espejo.

Sin soltarme, me preguntó:

–¿Qué ves?

Un mentiroso.

Un bicho raro.

Mejor: un bicho raro con su madre en la chepa.

–No sé, mamá, dímelo tú y así acabamos antes –respondí.

–Veo un nuevo Erik –dijo–. Un Erik que hoy, justo hoy, empieza una vida diferente. No vas a pasar un fin de semana a casa de Tomás Gallo. Vas a transformarte en ese Erik que siempre has querido ser.

–No me digas –musité.

Solo podía ver aquel grano en la frente. No era muy grande, pero sí lo bastante. Conocía muy bien aquellos granos. Salían en el momento más inoportuno y crecían a toda hostia. Seguro que cuando estuviera en la gala final, cuando Selene pisara el escenario, el grano se convertiría en un cráter inmenso y yo desaparecía bajo esa inmensidad.

–Estoy muy orgullosa de ti, cariño. –Mi madre me dio un beso sonoro, de esos que se oyen en toda la urbanización.

Si estallara una guerra y me alistara para combatir, mi madre me colocaría delante de ese espejo antes de partir al frente.

Lo hacía cada vez que había una ocasión especial.

Eso venía a ocurrir un par de veces al mes; según las temporadas, con más frecuencia incluso.

Cuando la llamaron del instituto para avisarla de que me había metido en una pelea en los baños, cuando ella y mi padre me contaron que estaban pensando en separarse, cuando ella y mi padre me contaron que ya no estaban pensando en separarse, cuando Row, la chica que venía a limpiar, me acusó de haberle robado cincuenta euros, cuando suspendí cinco en junio, cuando suspendí cinco en septiembre, cuando me pasé una semana sin hablar sin ninguna razón aparente, cuando un vecino le dijo que me había visto fumando porros en el parque, cuando adelgacé seis kilos de golpe, cuando la echaron del trabajo, cuando cumplió su primer año en el paro, cuando le pusieron un marcapasos a mi abuelo, cuando mi padre (esta vez sí) se fue de casa, cuando ella empezó a trabajar en una tabacalera, pero eso no significaba ni mucho menos que aprobara el tabaco, cuando me revisó el móvil por mi bien, cuando me lo volvió a revisar, cuando la pillé llorando en la cocina sin venir a cuento, cuando la descubrí llorando en la terraza sin venir a cuento, cuando nos mudamos a vivir a un adosado, cuando tuvo una cita con un compañero de trabajo, cuando tuvo una cita con otro compañero de trabajo, cuando me aseguró que me apoyaría incondicionalmente estudiara lo que estudiara, pero en especial si hacía una ingeniería, cuando la ascendieron de puesto, cuando me regaló la moto por mi cumpleaños, cuando mi padre volvió a casa dos años después, cuando me anunciaron que iban a adoptar un bebé, cuando me explicaron que la adopción iba para largo, cuando pasaba demasiado tiempo encerrado en mi cuarto sin dar señales de vida y, por supuesto, cuando le conté que me iba a pasar el fin de semana al chalé de Tomás Gallo.

–Eres muy valiente, cariño –sentenció.

Lo hizo en ese tono existencialista que no sería muy diferente si de verdad estuviera a punto de partir al frente.

Nunca había estado en un camerino.

Hasta la noche del Benidorm Fest©.

Me intimidaba la cantidad de espejos.

Con esas luces alrededor.

Miraras donde miraras, un espejo.

Observé mi rostro pintado.

Me gustó.

Sobre todo, los párpados azules y la purpurina.

Si Tomás me viera ahora, diría «mariconazo» y añadiría «lo sabía».

Si mi madre me viera, me agarraría de los hombros y me colocaría frente al espejo del recibidor y yo volvería a pensar que aquel espejo era demasiado grande.

Ellos, Ras, Allegra, Nil, no lo sabían, pero aquellas pinturas, aquellas pestañas postizas, me encantaban.

Era como si me hubieran dado permiso para ser otro.

Tal vez uno que siempre había querido ser y nunca me había atrevido, porque yo era el niño bueno. El tímido de buen corazón. El rarito. El que quedaba bien con todos. El que no se enfadaba.

Tampoco se trataba de ser un malote ni nada de eso (aunque lo hubiera intentado, no me habría salido).

Simplemente uno que no le pide permiso a su madre para hacer algo.

Pero eso ya lo había hecho.

Había venido a Benidorm.

Había robado una pistola.

Había estado en la suite de Selene.

Había estado en el camerino de Selene.

Selene.

Pasara lo que pasara, había merecido la pena.

No, no, quiero decir hacer algo de verdad, sin pensar en quedar bien con alguien, sin pensar en las consecuencias.

Consecuencia.

Eso todavía no lo había hecho.

En el reflejo, esa tarde, no estaba mi madre.

Estaba Smith.

Jeremías.

Ras, Allegra y Nil también.

Pero la mayor parte del espejo lo ocupaba Smith.

Era una de esas personas que ocupaban mucho espacio.

Su presencia te empujaba.

–Pensáis que soy el malo, ¿verdad? –dijo, mirando directamente a Nil.

–¿No lo eres? –respondió él.

–No sé lo que os habrá contado Selene, estoy cansado –soltó Smith–. Haría lo que fuera por una buena historia. Eso es todo. Pero yo no voy por ahí provocando explosiones ni haciendo que expulsen a nadie. Solo soy un testigo. Un testigo con mucha gracia, eso sí.

–¿Has venido para justificarte? –preguntó Ras–. ¿Quieres que te absolvamos? Pues hala, perdonado, podemos pasar a la siguiente casilla.

–Me importa una mierda lo que piensen de mí, en especial vosotros –dijo con ese tono despectivo que empezaba a sonar a autodefensa.

–Tienes algo que nos pertenece –insistí.

Smith retrocedió dos pasos.

–Esa pistola. La de juguete –musitó–. Yo no la tengo. Deberías preguntar a otra persona.

–¿Bronce? –sugirió Ras.

Smith negó.

–¿Selene? –dijo Nil.

–Tampoco, queridos, estáis más perdidos de lo que pensaba –afirmó–. Me encanta veros a los cuatro aquí tan juntitos, haciendo pandilla en el camerino de la futura ganadora de Bronce.

–Eso no tiene gracia –se defendió Allegra, aludida.

–Mira, en eso no estamos de acuerdo, a mí sí me hace gracia –replicó Smith–. Me habéis preguntado por qué estoy aquí. Os lo voy a decir. Porque hago lo que sea por una buena historia. Y en este festival, en esta edición, hay una historia maravillosa. De celos. Traiciones. Montajes, chantajes... Incluso hay alguien que ha robado una pistola. Creo que la cosa da para una serie de pódcast superexclusivos. Depende de cómo termine todo esta noche.

–¿Tienes un trato con Selene? ¿Es verdad que Ignacio Bronce quiere que pierda? –dije yo.

Al decirlo en voz alta, me di cuenta de que algo no encajaba.

Había algo que no terminaba de funcionar en esa historia.

Ignacio Bronce amenazaba con desahuciar a la madre de Selene.

La obligaba a que perdiera.

Pero... ¿para qué?

¿Cómo podía ganar dinero él si amañaba el festival?

¿Apostando contra la favorita?

Era extraño.

Bronce tenía un imperio.

Y Selene era una mina de oro.

¿Para qué cargarse a la gran favorita que además era de su discográfica?

¿Se metería en algo así para hacer apuestas?

¿Apuestas legales?

¿Ilegales?

Parecía el argumento de una de esas películas de serie Z.

Tenía que haber algo más.

Algo que se nos escapaba.

Estábamos cerca.

Muy cerca.

Pero nos faltaba la pieza final.

–¿Quién tiene la pistola? –dije–. ¿Quién es tu fuente? ¿Quién te cuenta todo lo que pasa dentro del festival?

El silencio de Smith siempre parecía buscar un efecto.

–Os lo diré si me dais algo a cambio –respondió al fin.

–No te vamos a dar nada. –Nil lo confrontó.

–Lárgate –añadió Allegra, tímidamente–. Mi madre está a punto de volver. Bronce también...

No era muy convincente en sus amenazas.

Allegra cantaba y bailaba genial.

Pero amenazaba fatal.

Casi tan mal como yo.

Empecé a verlo.

A comprender lo que me estaba pasando.

Desde que había llegado a Benidorm.

Había cambiado.

Estaba cambiando.

¿Por qué había robado realmente la pistola?

¿Por Selene?

Nada de eso.

Miré a Allegra.

Lo tenía delante.

Empezó a encajar.

Me asusté, pero no me lo iba a guardar.

–La robé por ti –dije de golpe.

Allegra pareció desconcertada.

–La pistola –insistí–. La robé por ti.

–¿De qué hablas tú ahora? –preguntó Nil.

–Quería impresionarte –añadí, sin apartar la vista de Allegra–. Perdona.

–Pero... –Allegra solo dijo esa palabra.

Pero.

Más que suficiente.

–Primero eras un fan loco de Selene –dijo Ras–. Ahora resulta que querías impresionar a Allegra. ¿Qué te pasa? ¿Te enamoras de todas las cantantes del Benidorm Fest©?

Me encogí de hombros.

–No estoy enamorado de ti –le solté a Allegra–. Pero me gustas. Mucho. Perdón.

–Hostias –murmuró Nil.

Ras emitió un sonido gutural ininteligible. Podía significar casi cualquier cosa.

Si Selene hubiera aparecido en ese momento, habría cambiado mis palabras: la robé por ti, habría hecho cualquier cosa que me pidieras.

Pero no estaba.

Sin embargo, Allegra sí.

Y yo me sentía en medio de una de esas atracciones que te lanzan al vacío y pierdes la noción del tiempo y del espacio.

Allegra no movió ni un músculo.

Me mantuvo la mirada.

–Perdón –repetí.

–Genial, el chaval se ha sincerado, viva Benidorm y viva el amor –interrumpió Smith–. Pero un pringado que se va enamorando de todas las cantantes del festival no es noticia. Bueno, un poco sí, porque debes de ser el único hetero por la zona, pero vamos, aparte de eso, es muuuuy poco interesante.

–Vale, seguimos sin saber dónde está la pistola –le dijo Nil.

–Ella os lo puede decir –aseguró Smith.

–¿Qué?

Smith miró directamente a Allegra.

–Cuéntaselo, cariño –dijo Smith–. Son tus amigos y todo eso. Bueno, y al chaval parece que le gustas mogollón. Diles la verdad. Venga, la final está a punto de comenzar, es un momento de la hostia para soltarlo.

–¿Qué verdad? –preguntó Ras.

Allegra bajó la vista.

Apenas unos instantes.

A veces, en un momento, todo cambia. Te miras al espejo y sabes que ya no hay vuelta atrás.

Arrastrando los pies, Allegra fue hasta el fondo de su camerino.

Se subió a una silla para llegar a lo alto de una estantería.

Agarró una pequeña caja que estaba semioculta por un vestido.

Bajó con la caja en las manos y me la tendió.

Yo aún no comprendía qué estaba ocurriendo.

Abrí la caja.

Estaba envuelta en un pañuelo.

La pistola.

–No podíamos dejar la pistola en ese camerino vacío, simplemente la guardé aquí hasta que os viera –dijo Allegra–. Os lo iba a contar. Ahora. Dentro de un rato. En esa caja nadie la habría encontrado. Y tenía que asegurarme de que era de fogueo. Las de fogueo tienen una especie de hierro por dentro del cañón. ¿Veis? Esta lo tiene.

Demasiadas explicaciones.

Cuando alguien empieza a dar varias explicaciones seguidas, al final terminan pareciendo excusas.

Mi cerebro cortocircuitó.

Todo lo que sabía, todo lo que creía saber, todo lo que creía haber visto, oído y sentido desde que llegué a Benidorm de madrugada cambió. Nada era lo que parecía.

Nada era lo que parecía.

Nadie era lo que parecía.

Nada era lo que parecía.

Podría ser el estribillo repetitivo de una mala canción.

Todos queremos gustar.

Si le gustas a la gente, hacen lo que tú quieres.

Y yo, ¿qué estaría dispuesto a hacer por gustar a los demás? ¿Qué no estaría dispuesto a hacer?

–Vale, cojonudo –dijo Ras.

Allegra, tocada, tratando de mantener la dignidad, pidió:

–Por favor, salid de mi camerino.

–Pero tú... –dije.

Seguía en shock.

Todos lo estábamos.

–No nos pongamos estupendos tampoco –dijo Smith–. Aquí el que más o el que menos tiene lo suyo. A nadie le amarga un dulce. Ni un micrófono de bronce. Ya te digo. Ya tenéis algunas respuestas. Sois mayorcitos, a espabilar. Ahora yo quiero mi historia. Tenéis que contarme...

–Cállate. –Nil lo interrumpió.

Agarré la pistola sin saber muy bien qué estaba haciendo y me la guardé en la sudadera.

Volví a ver mi reflejo.

Aquel no era yo.

Purpurina social.

–Escucha, Allegra –dije–. Seguro que todo tiene una explicación lógica. Yo confío en ti... a pesar de todo. Estoy de tu parte. Eres... o sea... puedo hacer lo que tú quieras.

Por si no había hecho bastante el ridículo, añadí:

–Me gustas muchísimo.

Por un momento, las imágenes se sucedieron dentro de mi cabeza.

Allegra se acercaba a mí.

Nos besábamos.

El mundo se detenía.

Y todo lo demás daba igual.

Las mentiras.

Las medias verdades.

Los secretos.

Ella y yo frente al mundo.

Apreté la pistola para sentirme seguro.

Daría un paso.

Luego otro.

Pero no ocurrió así.

Allegra levantó las cejas y contestó:

–Hazte un favor, no digas más tonterías, Erik.

Se encaminó a la puerta del camerino.

–Si no os vais vosotros, me voy yo.

Salió de allí.

Miré a Ras y Nil.

–¿Vamos a dejar que se vaya? –pregunté.

–¿Qué quieres que hagamos? –dijo Ras–. ¿De verdad robaste la pistola para impresionar a Allegra?

–No lo sé... sí... puede ser –admití–. También a Selene. Y a vosotros. A todos. Pero sobre todo a Allegra. Creo.

–Eres... uf –dijo Ras–. Que te den.

–Estoy de acuerdo, que te den –soltó Nil.

Él también salió.

Y Ras.

Yo estaba paralizado.

Allegra había cogido la pistola sin decírnoslo. Y sin embargo... Ras y Nil se enfadaban conmigo.

Soy gilipollas.

No estaba molesto con Allegra.

Me dolía que nos hubiera ocultado cosas, claro.

Pero quizá si la perdonaba, aunque no me lo había pedido, ella me diera una oportunidad. Era Erik el perdonador, el comprensivo, el que siempre buscaba la aprobación de los otros. Erik el gilipollas en estado puro.

–Puedo leerte el pensamiento –me dijo Smith.

Estábamos los dos solos.

–Crees que tu aparente bondad e inocencia pueden conquistarla, ¿verdad? –siguió–. Pues vas listo. Te falta lo más importante.

–¿El qué?

–Te falta eso que no se puede fingir, que viene de fábrica –escupió–. Valentía. De la buena. De la auténtica. Allegra es de las buenas. No le llegas ni a la altura de los zapatos, chaval.

Eso ya lo sabía.

Allegra nos había engañado.

Lo había hecho de una forma tan elegante que casi me entraban ganas de darle las gracias.

–Ten cuidado con lo que haces –me advirtió Smith antes de salir–. Pero, sobre todo, hagas lo que hagas, pase lo que pase... cuéntamelo. Me lo debes.

No te debo una mierda.

A veces las cosas más importantes no las digo, solo las pienso para mí.

Smith sacó su teléfono y se alejó mientras marcaba un número.

En el espejo solo quedaba yo.

Pintarrajeado.

Ridículo.

El mayor pringado del planeta.

Eché a correr.

Es lo que hacía cuando tenía ansiedad.

O cuando no sabía qué hacer.

O cuando me sentía un idiota.

Que era la mayor parte del tiempo.

Ahora sí que habría necesitado un abrazo.

Corrí por los pasillos.

Primero, deprisa.

Después, despacio.

Luego volví a acelerar.

Tal vez buscaba a Allegra.

No lo sé.

Durante varios minutos, deambulé por el Palau.

Perdido.

Desubicado.

Me fui cruzando con riadas de fans que ya estaban allí dentro.

Muchos con bebidas, cervezas, copas.

Aquello que habían estado esperando estaba a punto de empezar.

No sé cuánto tiempo pasó. Seguí deambulando tratando de mezclarme con aquellos grupos.

Busqué mi entrada en el móvil.

Pista.

Área B.

Marqué el número de Allegra.

No respondió.

A continuación, llamé a Ras.

Tampoco.

Había más y más gente. Fans. Eurofans. Benidormfans.

Risas.

Gritos.

Algunos empujones.

Me dejé llevar.

Me dirigí a uno de los accesos.

Vislumbré la zona violeta, para las denuncias por acoso, en caso de que se produjeran. Era una pequeña carpa. En ese momento permanecía vacía.

Sin embargo, unos metros más allá vi un hombre trajeado. Me sonaba.

Era el guardaespaldas de Ignacio Bronce, el que lo había acompañado al camerino de Selene.

Charlaba con alguien vestido de calle.

Aunque no llevaba el uniforme, lo reconocí enseguida.

Era el guardia de seguridad.

Al que le habíamos robado la pistola.

Noté un hueco en el estómago.

¿Cuánto tiempo llevaba allí aquel hombre?

¿Estaban buscándome?

Tal vez había presentado la denuncia y habían hecho un retrato robot con mi rostro.

Tal vez las cámaras me habían grabado y reconocido a pesar de la capucha.

Tal vez estaban tratando de identificarme.

Di media vuelta.

Sentí que el cuerpo se me escapaba por la boca.

Aceleré el paso, sin correr, sin llamar la atención.

Aquellas pinturas, aquel pelo, aquella purpurina me protegían.

O puede que fuera al contrario: ¿y si llamaba demasiado la atención?

Enfilé un larguísimo pasillo.

En las paredes, fotografías enormes de los participantes de otros años.

Al fondo, una puerta circular que daba directamente al recinto.

Se había formado un buen tapón de gente tratando de entrar para coger sitio.

Me abalancé sobre los que hacían cola.

Los empujé, ellos respondieron con más empujones.

A nadie pareció sorprenderle, todos nos apretujábamos.

Miré de reojo hacia atrás, ni rastro de la policía ni del guardia.

Los arcos metálicos y las medidas de seguridad estaban fuera del polideportivo, muy lejos de allí.

Esa puerta solo era el último acceso, para que cada uno ocupara el lugar que le correspondía.

Por un momento, me sentí bien, protegido, entre aquella multitud.

El calor de los otros cuerpos.

El sudor.

El olor.

Era como si dejara de ser yo.

Formaba parte de un sistema que se movía como un solo ente. Era un alivio.

Avanzamos lentamente.

Hasta que fuimos pasando junto a los porteros, que escaneaban a duras penas los QR de las entradas.

Al fin pisé la pista.

Lo había conseguido.

Allí estaba.

Con la pistola en la sudadera.

Todo lo que había ocurrido en las últimas horas me había conducido a ese momento.

A ese lugar.

A esa situación.

La música resonaba con fuerza.

Un animador con unos manguitos de color verde daba brincos al borde del escenario.

El juego de luces rojas, azules, amarillas, rosas me cegó.

No identifiqué la canción que vomitaban los altavoces.

La letra decía algo de saltar de un trampolín y de tomarte la vida como una piscina de verano y ligar con el socorrista...

Algo así.

Noté un fuerte empujón.

Pensé que era otra vez la inercia del grupo.

Pero no.

Era un empujón directo, dedicado a mí.

–Vámonos. –Ras me dio un segundo empujón con ambas manos.

–¿Adónde? –pregunté, sorprendido. ¿Cómo había llegado allí?

–A cualquier sitio –respondió ella, elevando el tono de voz.

No era fácil comunicarse, la música estaba tan alta que todo parecía irreal.

Ras no lo dijo, pero su mirada significaba: salgamos de aquí, tiremos la pistola al mar, huyamos.

–Vámonos –repitió.

No contesté.

La presencia de Ras era como esos avisos de última hora en los aeropuertos:

Última llamada para el pasajero Erik. Abandona ahora mismo el Palau. Olvídate de la pistola. Entrégate. Y no pasará nada.

Última llamada...

Se aproximó a mí. No sé si pretendía quitarme la pistola de un manotazo. Por si acaso, me aparté.

Ras negó con la cabeza.

La música se detuvo de golpe.

Las luces de la pista y la grada se apagaron.

Todo quedó a oscuras.

El escenario se llenó de humo.

Una voz rotunda sonó por los altavoces:

–Bienvenidos a la gala final del Benidorm Fest©. Esta noche elegiremos la canción que representará a España en Eurovisión. ¡El show está a punto de empezar! ¡Diez...!

Todos los presentes iniciaron una ensordecedora cuenta atrás.

Nueve.

En medio de la oscuridad busqué a Ras.

Ocho.

Ni rastro de ella.

Siete.

Se habría ido.

Seis.

En el fondo, hubiera querido que volviera a insistirme, si lo hacía con la suficiente convicción podría haberme convencido de que nos fuéramos.

Cinco.

Pero Ras ya no estaba.

Cuatro.

Estaba solo.

Tres.

En medio de miles de desconocidos.

Dos.

El griterío fue a más.

Uno...

Un redoble de batería inundó el Palau.

Un instante después, ocho focos cenitales iluminaron el escenario.

–Con todos vosotros –bramó la voz–... ¡los ocho finalistas!

Sobre el escenario, aparecieron los ocho cantantes finalistas.

Indalo, Pablo Rey, Magic Girl, Fran, Alana y Elena, Allegra y la gran favorita: Selene.

El público se volvió loco, aplausos, gritos histéricos.

Busqué con avidez.

Selene estaba en primera fila, en la esquina derecha.

Radiante.

Con la sonrisa más grande de todo el pabellón.

Me costó ubicar a Allegra.

En segunda fila.

Justo en el medio.

También sonreía.

Traté de establecer contacto visual con ella.

Quería decirle que nada malo pasaría.

Que estaba allí.

Que la comprendía.

Seguro que tenía buenas razones para hacer todo lo que había hecho.

Imposible, no podía verme desde allí arriba.

Estaba totalmente metida en su papel.

Actuando para las cámaras y los millones de personas que los estaban viendo.

Daba la sensación de que nada de lo que había ocurrido antes tenía la menor importancia.

Era la gran final.

La música borraría todo lo demás.

Una melodía reconocible los envolvió.

Los ocho finalistas, seis chicas y dos chicos, entonaron una canción que todos conocíamos.

> *Tengo el ansia de la juventud.*
> *Tengo miedo, lo mismo que tú.*
> *Y cada amanecer me derrumbo al ver*
> *la puta realidad.*
> *No hay en el mundo, no,*
> *nadie más frágil que yo.*

Miles de cuerpos y gargantas enfebrecidos al unísono.

El espectáculo había comenzado.

Incluso yo me dejé arrastrar durante el estribillo.

Sobreviviré,
buscaré un hogar
entre los escombros de mi soledad,
paraíso extraño
donde no estás tú.
Y aunque duela, quiero libertad,
aunque me haga daño,
uh, eh, eh, eh, eeh...

30.
ALLEGRA

No hay en el mundo, no,
nadie más dura que yo.

Cerré los ojos.

Es algo que hago siempre antes de salir al escenario.

Y esta era la vez de verdad. La hora de *Purpurina social.*

Ya habían pasado las seis actuaciones anteriores.

«Tiene que funcionar todo como un reloj». Eso es lo que nos habían dicho en los preparativos.

Cuando lo dijeron, yo me acordé del Swatch que tenía parado en un cajón desde hacía seis años. A veces pasa. Los relojes se paran.

Nada había sucedido que hubiera penetrado nuestro búnker, mi iglú.

No había querido oír nada. No había querido saber nada.

Al principio, me había entretenido leyendo lo que había escrito Nil. Se había dejado su bloc de notas en el camerino.

Pero se acercaba el momento.

Necesitaba concentración.

Solo inhalar, exhalar.

El mar. Respirar.

Una ola, otra ola,
una boya,
otra boya,
roja,
mis ovarios...

Inhalar, exhalar,
ganas de vomitar,
el cerebro me va a estallar...

Inhalar, exhalar...

Minutos antes, creía que me iba a morir.

Pero ahora, en ese momento, de pie, junto al escenario, ya no sentía nada. Solo frío, mucho frío, un frío ártico. Y ganas de hacer pis, aunque era imposible porque acababa de hacer pis.

Era el momento decisivo.

A punto de entrar.

Sobre el escenario, cinco hombres empujaban un piano de cola.

Cerré los ojos para concentrarme. Lo malo es que tengo un espejo en el interior del párpado. Cuando cierro los ojos, me veo. No puedo escapar de mí.

Necesitaba algo para distraerme. Necesitaba una imagen que borrara la mía. Y la encontré. Por un momento, ya no me vi a mí misma con los ojos cerrados. Te vi a ti, Erik. Con los ojos cerrados.

Fue cuando te dejaste en mis manos. Aún llevaba en las yemas de los dedos la forma de tu cara.

Es extraño maquillar a alguien, tocarnos la cara así. Yo he maquillado a varias amigas, a mi madre, a mi abuela, a mi primo, a ti... Cada cara es completamente distinta. Es increíble cómo lo sientes en los dedos, esa diferencia. Pero, al mismo tiempo, en todas y cada una de las caras, en el fondo, debajo, sientes lo mismo: una calavera. Todos llevamos la muerte a cuestas.

Tienes una calavera bonita, Erik. Lo pensé mientras te pintaba aquel rayo. También pensé dos cosas más: «Qué pálido es. Y qué joven».

Obviamente, no te estaba comparando conmigo. Tenemos la misma edad. Y yo tampoco parece que venga de Miami precisamente.

«No abras los ojos todavía», te dije. Te quedaste unos segundos así y en esos segundos cabía un universo. Esos segundos contenían todos los Eriks que podías ser.

Ahora era yo la que estaba con los ojos cerrados y en ese momento, a punto de salir al escenario, embadurnada de purpurina, atrapada en un vestido del que no podía salir, en ese momento todavía todo era posible: la fuga, el virtuosismo o la sorpresa. ¿Qué lo impresionaría más?

«Me gustas muchísimo». Pero.

Más que un universo en mi cabeza, sentía una supernova.

¿Iba a explotarme la cabeza otra vez?

Una supernova no es una estrella. Yo antes creía que sí, pero no. Es una explosión estelar, un estrellazo. Lo leí en la Wikipedia, y también esto:

> «La explosión de supernova provoca la expulsión de las capas externas de la estrella por medio de poderosas ondas de choque, enriqueciendo el espacio que la rodea con elementos pesados. (...). Cuando el frente de onda de la explosión alcanza otras nubes de gas y polvo cercanas, las comprime y puede desencadenar la formación de nuevas nebulosas solares que originan (...) nuevos sistemas estelares».

Me habían intentado convertir en una estrella y había explotado. Gracias y perdón. Gracias por enriquecer mi espacio y perdón si os alcanzó el frente de onda de la explosión, si os comprimí. Me queda el consuelo de haber formado entre todos una nueva nebulosa solar, ojalá un nuevo sistema estelar.

Perdón, estoy tomándome mi tiempo para contar esto. Parezco mi madre. Pero no es fácil.

«No abras los ojos todavía».

¿Habéis oído *Champagne Supernova*? Es una canción antigua de Oasis.

Dice Noel Gallagher que no tiene ni idea de lo que significa la letra. Y eso que la escribió él, puestísimo de alcohol y drogas (¿se dice así?). Me enteré al buscar el significado de la letra. A veces es mejor no saberlo, no intentar comprender lo que alguien «quiso decir», solo escuchar qué te dice esa canción a ti: hacerla tuya.

Yo me creía que *Champagne Supernova* iba sobre una estrella de color dorado. Pero no. Una vez más, pequé de ingenua. Eso de Champagne Supernova es una copa de Martini solo que llena de champán y con cocaína por todo el borde de la copa.

How many special people change?
How many lives are livin' strange?
Where were you while we were getting high?
Slowly walkin' down the hall
Faster than a cannonball
Where were you while we were getting high?

Noel confesó que puso «cannonball» porque era la única palabra que se le vino a la cabeza que rimara con «hall». No había mucho que entender, pero cuando un crítico le dijo que qué era esa mierda de: «avanzando lentamente por el pasillo, más rápido que una bola de cañón», él se defendió y dijo: «Ni idea. Pero cuando 60.000 personas están cantándolo a la vez, ¿te crees que no saben lo que dicen? Significa una cosa distinta para cada uno de ellos». No hay un significado, el significado se lo das tú.

Y a mí en ese momento me valía. Tenía que avanzar por el pasillo hacia el escenario, lentamente, pero con la rapidez y la capacidad de destrucción de una bola de cañón. Mi arma es la música.

Solo que para eso tenía que abrir los ojos.

Abrir los ojos y salir a enfrentarme a millones de personas. Vale, no eran millones, pero me da igual. Se siente así. Una barbaridad.

Y además no es un concierto. No son tus fans. Algunos, sí. Otros, no. Unos te aman, otros te odian. Aman a otra, y por eso te odian a ti.

Enfrentarme a esos ojos no sería tan difícil como fue enfrentarme a vuestros seis ojos después de lo que dijo Smith.

La bola de cañón. Va. Rápido.

Cogí la pistola, sí. No quería que pasara nada malo. Tenéis que creerme. Fue por eso. No quería que cargaras con una acusación así, Erik.

De vuelta al camerino, después de la presentación inicial, Smith me susurró: «Tranquila, Allegra. Pase lo que pase, el micrófono es de bronce». Y pintó una B mayúscula en el aire. Ganara quien ganara, ganaba Bronce.

Que gane el bronce es un poco saltarse el destino. Apellidarse Bronce es como resignarse a ser siempre el tercero. Lo suficientemente bueno como para estar en el podio, no lo suficiente como para que, ahí mismo, a tu lado, no haya dos personas –oro, plata– mirándote por encima del hombro. Todo eso me lo contó Ignacio Bronce la primera vez que comimos juntos. Lo dijo con una sonrisa triste.

La gente no lo conoce. No conoce a Ignacio. Yo estaba empezando a conocerlo.

Eso no lo conté entonces. Era imposible. Hay un momento propicio para contar las cosas y hay momentos que no. Se necesita un espacio para desplegar una confesión y un tiempo para que se pose. Si en ese momento hubiéramos estado en la playa, sentados contra el muro del paseo, quizá podría haber desplegado esta confesión sobre la arena con la seguridad de que bastaría un soplo de viento, una ola, para que volviera a quedar enterrada. Una confesión es la muerte de un secreto. Y un muerto requiere un entierro, una incineración, una donación, algo. No puede quedarse ahí mucho rato o se pudre ante tus ojos.

Os habría contado que Ignacio no es Moby Dick, que Ignacio me miraba. Ignacio no es una ballena que te arrastra y ni se da cuenta. Ignacio es el capitán del barco. Más que eso, Ignacio es el armador del barco. Y podrías ponerte de pie en la proa junto a él y cerrar los ojos y extender los brazos y sentir que vuelas, sabiendo que él está detrás, protegiéndote.

Ignacio me había ofrecido un contrato en Bronce. No íbamos a decir nada hasta después del festival. Pero Smith lo sabía, claro.

Lo que no sabía, porque no lo sabía nadie, porque apenas me lo había confesado a mí misma, es que a mí me gustaba Ignacio.

Me gustaba muchísimo.

31.
ALLEGRA

Me gustaba muchísimo. Pero.

Podría ser mi padre. Literalmente.

Yo no conocía a mi padre. Parece una ecuación fácil de despejar: que estoy buscando a mi padre.

Pero no, no es eso. Yo necesito a alguien maduro a mi lado. Me lo han dicho toda la vida, desde pequeña, que soy muy madura para mi edad. Quizá sea por haber vivido un mundo de adultos. O por no haber tenido padre.

A su lado, me siento segura. A su lado, puedo volar.

Me gustaba muchísimo. Pero.

Él me veía como una cría.

Así que le iba a demostrar que no, que era mucho más que la niña buena que se creía. A la mierda el virtuosismo.

No iba a salir como una estrella solitaria. Saldría como un nuevo sistema estelar. De alguna forma, íbamos a salir juntos. Los cuatro.

Íbamos a romper el juego. El micrófono no sería de Bronce.

Ya no quería ganar. Me bastaba con sentir que podría haber ganado. Poder hacer algo y no hacerlo es la mayor libertad.

Mientras no te han ofrecido drogas, no puedes decir que has sido libre de no drogarte. Simplemente no has tenido la oportunidad. Y así con todo.

Iba a salir a perder. Con vosotros.

«Creo que las canciones son una especie de bombas que explotan ordenadamente. Bombas a pequeña escala». Lo leí en un libro. Apunté la cita en Goodreads. De ese mismo libro tenía apuntada otra cita: «Las canciones no funcionan así. Son surcos. Hay que oírlas varias veces. Y cada vez el surco se hace más hondo, y entonces, cuando la oyes, no solo oyes la canción, sino las emociones de las veces que la has oído. Pero si pongo esta canción de pronto, nadie va a entenderla».

Estaba prevenida. Nadie iba a entender nada de buenas a primeras. Pero esa actuación podría verse, y se vería, una y otra vez, una y otra vez, y quizá podría arar un surco o pararlo todo, y que Erik no tuviera ocasión de apuntar a Selene con una pistola y mandar su vida a la mierda.

32.
ALLEGRA

El piano en el centro. El taburete colocado a la distancia precisa.

Todo como un reloj.

Los gritos al encenderse las luces.

El silencio al esperar el primer acorde.

El acorde que todos esperan.

Purpurina social,
la vida que te inventas,
las noches que no cuentas,
las ganas de gritar.
Purpurina social,
glitter en los stories
y ese DM que te llega,
ese like que no esperas
y que te hace vibrar.

«¡¡¡Purpurina social!!!».

La gente, coreando,
saltando, bailando.
Las ganas de gritar.
Lo mismo que esperan.
Tal como lo esperan.
Y eso les das.

Y les hace vibrar.

Pero de repente, un acorde
inesperado.
De tono mayor a tono menor.
Las manos levantándose
del piano
teatralmente.
Silencio en la sala y entonces...

Purpurina social.
Es todo lo que quiero,

En tono menor.
La letra de Selene hecha nuestra,
cantada con la confusión
de Erik, la ira de Nil, el valor
de Ras, mi miedo.
Los gritos en el Palau, los WTF...
y, después, el silencio para
escuchar.

aunque por dentro muero
Todo lo que te quiero
Como un animal
Todo lo que me meto
Sufrimiento bestial.
Hay que sacrificar
todo lo que merezco
porque todos esperan
Lo-que-te-me-me-me-to
purpurina social
Lo-que-me-me-me-me-to.

Apenas un pesado y triste acorde
de acompañamiento.
Las luces programadas,
a destiempo.
Mi letra, su letra, nuestra letra.
Y, por fin, nadie baila.
Nadie baila.
Solo escuchan.
Silencio en el Palau.

Vuelta al tono mayor, con ironía,
cada sílaba un acorde aporreado,
desesperado, una falsa felicidad.

Pitidos, silbidos, gritos.
Los que aman a Selene,
los que me odian a mí.
El piano calla, espera.
Y cuando llega el silencio...
Del bloc de notas de Nil.

Cuando la melodía se vuelva ruido
y tu voz en la mía sea solo un eco,
piensa en esta canción
que fuimos juntos:

Alguien ha decidido
cambiar las luces.
Se apaga todo. Solo un foco
sobre el piano.

Paro a respirar.
Soy cuatro y soy miles,
pero estoy sola en el escenario.
¿Debería seguir?

De repente, se oyen gritos.
Un nuevo foco ilumina
el escenario. Enfoca a alguien.
Es Nil y me mira.
Y baila arrastrando una bata.

Cambiadlo todo.
O casi todo.
Quemad el miedo.
Algo tiene que acabar.

La letra de Ras. Su letra,
nuestra letra, la letra de todo
el mundo.
Nil se eleva y tiembla
como una llama.

Silencio.

Mirad ahora,
¿no lo estáis viendo?
Hemos parado,
no suena el viento,
la sonrisa
se aligera.
Las estrellas
están fuera.

Me giro un poco hacia el público.
Están ahí, ahí. En la canción.
Lo estamos haciendo.

Sonrisas.

Más de uno mira hacia arriba
y su mirada choca con los
andamios metálicos que surcan
el techo del Palau.

Por dentro, decías
mi corazón se rompe
pero el show debe
continuar.

Con los ojos cerrados.

Nil baila alrededor del piano.
Pasa a mi lado y su bata
me roza.
No estoy sola.

Solo que a veces
el dentro es fuera
y el fuera es dentro

Casi no me atrevo. Canto flojito.
Pero una voz grita desde
las gradas de arriba: «callen
los jueces», y tiene que ser Ras.
Una cámara enfoca a los jueces.

callen los jueces,
el show no debe
continuar.

Siento la electricidad
en el auditorio. Un silencio
que me acompaña como un «sí».
Sigo.

Aunque siguieron grabando.

Paradlo todo,
parad los móviles,
que no se muevan,
parad el tiempo
y que se pueda.
El show no debe
continuar.

El reloj se para.

Las manos se levantan del piano como sacudidas por una descarga. No hay acorde final. Un estruendoso silencio.

Me levanto del taburete mientras varios focos barren al público que está en la pista. Y distingo ese pelo fluorescente. Sé que debajo hay una calavera bonita y una pistola.

Miro hacia los asientos VIP donde sé que está Ignacio. No lo veo.

Vuelve el ruido. Hay tanto que parece que me haya vuelto a explotar la cabeza.

Doy la mano a Nil. Quiero que me arrastre fuera del escenario porque no puedo más.

Mutis por el foro.

33.
ERIK

Después de la actuación/revolución de Allegra, hubo un estallido.

La gente aplaudió enfervorecida.

Gritaron.

Gritamos.

En el palacio de deportes.

En sus casas también.

En las redes.

Me sentí parte de aquel espectáculo nuevo que se había sacado de la manga.

Me sentí ridículamente orgulloso.

Hubo una pausa para publicidad.

Literal.

Detuvieron la gala.

Cortaron la conexión.

Alguien, los productores, los responsables últimos, estaban decidiendo qué medidas tomar.

Expulsar a Allegra.

Expulsar a Nil.

Suspender la gala.

Nada de eso.

La actuación de Allegra... ¡se dio por válida!

¿Cómo?

Pero... ¿era posible?, ¿es que no iba a haber consecuencias?

Fueron rápidos.

Se dieron cuenta de que era una oportunidad.

Allegra seguía en competición.

El presentador dijo: «Yo ya no sé qué más puede pasar en este festival».

Allegra había tratado de cambiar todo.

Sin embargo, el sistema la había absorbido y la había vuelto a convertir en parte del show.

¿Revientas todo desde dentro?

Pues ahora eres la superfavorita.

¿Te saltas todas las normas?

Pues inventamos nuevas normas y vuelves a estar dentro.

Los productores o el jurado, o quien fuera, tal vez Bronce, habían decidido que Allegra había subvertido el Benidorm Fest©... para hacerlo aún más grande.

Eso habían dicho.

«Allegra ha ensanchado las fronteras musicales del festival».

«Ha puesto todo patas arriba».

#SinNormas

#CambiaLasNormas

#AllegraRevolución

El espectáculo debe continuar.

Los jueces no callan.

Uf.

Aunque ya la castigarían a la hora del voto, su voto.

Eso seguro.

Pero, de momento, el sistema la había vuelto a engullir en cuestión de segundos.

Seguía en competición.

Y se había convertido en la superfavorita del voto popular.

Seguramente, no la habían comprendido.

Pero el efecto sorpresa #rebeldeportresminutos lo había arrasado todo.

A falta de lo que hiciera Selene en la última actuación, la Intensa era la reina de Benidorm.

La reina de Bronce.

Y Nil, esa aparición con Allegra... Por supuesto, Selene quería matarlo, era un traidor.

Aun así, prepárate, Nil, vuelves a salir, querido. Te toca cumplir. Después de tu pequeño gran acto de rebeldía, vuelves al redil. Expulsarte sería demasiado fácil. Vamos, al castellet.

Todos al lío.

La intriga se mantenía hasta el final.

Que la gente vote en masa.

1,09 euros. O lo que fuera.

La gala continuaba.

En la *silver room* los participantes que ya habían actuado tomaron asiento.

Acompañaron a Allegra, desconcertada, atónita, hasta su sillón.

Ella también debía aguardar.

Debía ser juzgada, puntuada y ponerse en manos de las votaciones.

La competición había quedado adulterada.

O no.

Había sido la mejor canción/actuación de lejos.

Esa era mi opinión.

Pero claro, yo tenía una pistola debajo de la sudadera y puede que mi opinión no fuera la más objetiva del mundo.

Imagina que cuando estás a punto de lanzarte desde el trampolín de la piscina, se aproxima un tsunami. Te dices: bueno, ya está, olvídate de todo lo que tenías previsto, ahora solo se trata de sobrevivir. Pero no. Resulta que el tsunami arrasa con todo, sigue su camino y tú... permaneces sobre el trampolín. Increíble. Milagrosamente, tienes que lanzarte.

Las luces.

La música.

Y los presentadores anunciaron:

–¡Selene!

34.
ERIK

Nada de lo que hiciera podría superar la actuación de Allegra.

Quizá solo se trataba de estar.

De permanecer.

De hacer lo previsible.

Frente a Allegra-revolución, Selene-previsible.

Lo previsible te hace sentir bien.

Tal vez esa era su baza.

Hacer lo que se esperaba de ella.

Nada más.

Selene pisó el escenario envuelta en luces y música.

En aquel momento, recordé por qué había venido al Benidorm Fest©.

Mucho antes de conocer a Ras, a Nil, a Allegra...

Mucho antes de saber quiénes eran @anyonesmith y Bronce.

Mucho antes de que me pusieran una pistola en la mano.

Estaba Selene.

Era ella quien me había conducido hasta allí.

A continuación...

Ya sabéis lo que ocurrió.

Un disparo.

Solo uno.

Era la primera vez en mi vida que iba a usar una pistola.

Podía sentir el frío del metal en el bolsillo.

Un solo disparo.

De fogueo.

No me daría tiempo a más.

Jamás había disparado.

Ni siquiera en un videojuego.

Era malísimo para esas cosas.

Miles de personas bailaban a mi alrededor.

La música retumbaba.

El humo.

Las palmas.

Selene proyectaba su chorro de voz como si no hubiera pasado nada.

El show debía continuar.

Lo previsible.

Nil y los otros bailarines la llevaron en volandas sobre la plataforma circular.

Las cámaras de televisión volaban a su alrededor.

Teníamos que impedir que los malos triunfasen.

Aunque no teníamos claro quiénes eran los malos.

Cuando disparase, habría gritos, empujones, carreras, caos.

Los del pinganillo se abalanzarían sobre mí.

Caería de bruces.

Me inmovilizarían.

Apretarían sus rodillas sobre mi cuerpo.

Me dolería.

Lo merecería.

Mi madre.

Tendría que haberla avisado.

Mamá, perdona, que no estoy en el chalé con Tomás Gallo. Sí, bueno, he venido al Benidorm Fest©, ya sabes, donde eligen la canción para Eurovisión. Pues eso. Que me vas a ver por la tele pegando tiros. Exacto. Con una pistola. Se la he robado a un guardia de seguridad. Tú no te preocupes de nada. Me han dicho que es de fogueo. Solo quería avisarte para que no te sorprendas, chao.

Había llegado el momento.

Déjate de excusas, Erik.

Llevaba las pinturas de guerra.

Adelante.

Respiré hondo.

Me abrí paso entre la gente, atravesando la pista.

Codazos, sudor pegajoso.

Estaba a punto.

Selene cantaba mejor que nunca. Mejor que si no hubieran interrumpido la gala.

Entregada, pero sin romperse. Lo previsible.

Sus mechones azules volaron, la luz recorrió sus tatuajes en cuello y brazos.

Selene.

Selene.

Selene...

El palacio de deportes estalló, coreando el estribillo.

Es todo lo que quiero,
todo lo que te quiero,
todo lo que me quiero.
Todo lo que te meto,
todo lo que me meto,
todo lo que merezco.
Lo-que-te-me-me-me-to,
lo-que-me-me-me-me-to.

Acaricié el gatillo.

Tenía que hacerlo.

Cuanto antes.

Euforia.

Ras me observó desde la grada. Primera esquina.

Lo-que-te-me-me-meee-to,
lo-que-me-me-me-meeeee-to.

Del techo cayeron miles de estrellas.

El traje de Selene ardió y agitó sus alas en llamas.

Lo-que-te-me-me-meeeeeee-to,
lo-que-me-me-me-meeeeeeeeeee-to.

Desde el escenario, Nil, sudando, cadera, brazo, brazo, giro, rodilla, cadera, al suelo, arriba, me localizó también. Segunda esquina.

Iban a hacer la torre.

Tenía que hacerlo antes de la torre.

LO-QUE-TE-ME-ME-ME-TO,
LO-QUE-ME-ME-ME-MEEEEEEEEE-TO.

No pude.

Tarde.

Sobre las vallas metálicas, a pocos metros de la actuación, levanté la vista.

Selene había subido a la torre humana.

Ian y Nil eran quienes sostenían a los demás.

Me di la vuelta.

Allegra estaba de pie sobre los sillones blancos.

Ella también me miró.

Tercera esquina del triángulo.

HARTA DE QUE ME DIGAS,
HARTA DE QUE ME DIGAN,
HARTA DE HARTARME.
LO-QUE-TE-ME-ME-MEEEEEEE-TO,
LO-QUE-ME-ME-ME-MEEEEEEEEEEEE-TO.

Tembloroso, empuñé la pistola.

Durante una décima de segundo, Selene me vio.

Alguien a mi lado me vio.

«¡Tiene una pistola!».

El espacio liberado en torno a mí.

No había vuelta atrás.

Entonces...

Una figura inesperada atravesó el humo en el escenario, las luces, cruzó el proscenio y corrió.

De forma borrosa, la figura apareció de la nada.

Tal vez estaba esperando el momento.

Tal vez lo vio entre cajas y fue el único que reaccionó.

No podía saberlo.

Las cámaras me habían localizado y mi mano apuntando hacia el escenario llenaba las pantallas gigantes del Palau.

Un escalofrío en forma de grito recorrió el palacio de deportes.

Apreté el gatillo.

Una detonación retransmitida sobre la música.

El castillo de bailarines se derrumbó.

Selene también gritó.

La figura se puso delante.

Era... Bronce.

Ignacio Bronce.

El héroe de esta historia.

Se interpuso entre la pistola y la artista.

Entre Selene y yo.

Ignacio Bronce, sienes plateadas, descubridor de talentos, valedor del futuro y del destino, convirtiéndose en un héroe ante las cámaras.

Bronce se incorporó, resoplando, sacando partido teatral a su aparición y me señaló entre la multitud.

El dedo acusatorio.

–¡Él! –gritó, sobreactuando.

Solté la pistola.

La dejé caer al suelo.

Todas las luces del pabellón se encendieron.

Pero yo ya había echado a correr. Como todo el mundo.

El caos.

La estampida.

El pánico.

Selene desapareció del escenario.

Nil tampoco estaba.

Habían desalojado la *silver room*.

Imposible localizar a Ras en la grada en plena carrera.

El triángulo había saltado por los aires.

Sobre el escenario, Bronce. Exhausto. Sorprendido de su propio gesto heroico.

Me miró desde allá arriba.

Desafiante.

No había tiempo.

Corrí con todas mis fuerzas.

El disparo se repetía en mi cabeza.

PUM.

En la última nota.

En la torre.

Lo siento, Nil. Lo intenté mil veces antes. Pero no pude.

Lo había hecho por Selene.

Para salvarla.

Ella me lo pidió. Iba a ser su héroe. Y salvarla iba a ser mi salvación.

Sin embargo, ahora yo era el villano, y sobre el escenario estaba el héroe.

Corrí, corrí, corrí.

Había ruido. Había caos.

Gente que corría, gente que gritaba, gente que pedía ayuda, gente que lloraba.

Un punto de presión en el pecho me subió hacia las sienes.

La ansiedad.

Al fin.

No.

Falsa alarma.

La estaba invitando a venir, pero se resistía.

A veces pienso: ahora te tocaría estar triste, Erik, ahora te tocaría estar enfadado, ahora ansioso... no me sale.

Después de lo que había pasado, no podía estar tranquilo.

Me dieron ganas de simular al menos.

Ponerme histérico pensando en mi madre.

En la que había liado.

No sabía adónde me dirigía.

Sabía que tarde o temprano me encontraría.

Pero cuando disparas en medio de la multitud, sales huyendo.

Corrí.

Caminé.

Respiré.

Volví a correr.

Sin una dirección.

Tal vez había un sitio donde esconderse.

El camerino de Keylo.

Eso fue lo que pensé.

35.
RAS

Me cansé, de sus grandes historias de amor, de sus castillos en el aire, de la belleza.

Fue cuando me acerqué a Erik y él se apartó.

O antes, cuando supimos que Allegra nos había engañado.

O a lo mejor antes, cuando Nil empezó a colocarse siempre a mil kilómetros de donde yo estaba, y nuestras miradas ya no se cruzaron una sola vez.

No podíamos ser una banda si cada uno tocaba solo, cada uno queriendo ser una puta estrella.

A lo mejor por eso había elegido la batería. Las baterías no suelen querer ser estrellas, están al fondo, tienen un momento de solo o no tienen nada, y no les importa.

Pero es que, además, yo no era nada. Nada. Ni siquiera batería.

Supongo que fue la falta de sueño.

O que la culpa de todo la tienen las madres, y de buenas a primeras acabas en un festival al que nunca se te habría ocurrido ir.

Erik y yo entramos en la pista.

Todavía teníamos una oportunidad, podíamos librarnos de hacer una locura.

Eh, ¿por qué decimos una locura?

Lo que Erik iba a hacer no era una locura, era daño.

Siempre tienes que evitar eso.

Si hasta nos entra en Filosofía: es peor cometer injusticia que sufrirla.

Ya, luego llega lo concreto y no es tan fácil.

Hay actos crueles. Piensas que tienes que devolver el golpe.

Un disparo de fogueo sigue siendo un disparo.

Le dije a Erik: vámonos.

Era como decirle: ¿cuántas veces has disparado una pistola?

¿No ves que puedes herir a alguien, provocar una estampida, crear el caos?

Y Erik se apartó.

A veces un gesto ajeno nos derriba.

Estaban presentando a los miembros del jurado.

Me fui de la pista hacia las gradas.

Empezaron las actuaciones.

Las miraba sin verlas.

Las oía sin escucharlas.

Pensaba en Nil. En que ya nunca le hablaría de mi armario.

Cantaba por dentro la canción de Alice Wonder:

Qué más da lo que digan,
si no saben lo que llevo dentro.

No siempre son así las cosas.

A veces no son los secretos los que pesan.

Eso era lo que quería contarle a Nil.

A veces lo que pesa es lo que llevamos fuera.

Lo que todo el mundo ve.

Pero no tendría tiempo. Erik dispararía y todo se haría pedazos.

Además, Nil no quería escucharlo.

Yo no olía a fuego.

Era él quien tenía una bola de fuego que asomaba en sus ojos, en su forma de moverse.

Y Allegra, ella misma era una bola de fuego. Aunque nos hubiera engañado, Allegra era nieve capaz de emitir calor y luz.

Y Erik, con ese amor incandescente que sentía por Selene, o por Allegra, o por Selene y por Allegra. Erik se había metido dentro de una bola de fuego y había decidido que podía dejar de pensar.

Yo estaba tan lejos.

Pasé mucho tiempo abstraída. Perdida.

Hasta que empezó la actuación de Allegra.

Y flipé.

Allegra lo rompió todo.

Volví a creer.

Y Nil a su lado, arriesgándose a ser descalificado, mientras con esa bata y su cuerpo escribía gestos en el aire tan bellos que no pude hacer como si no me importaran.

Me acordé de unas palabras de mi amigo Román. Las escribió en su Insta una vez y yo me las guardé para siempre.

Hablaba de Kamasi Washington, un saxofonista que es la hostia. Él fue a verle. Lo contó así:

«La tranquilidad de tener un don, tan necesaria. ¿Y si no hay don? El don de aguantar aquí, todavía, gracias a esas incursiones».

Allegra tenía un don y no lo había usado para lucirse. Lo había usado para que las demás personas aguantáramos. Y luego cogiéramos impulso para salir, para arder, para hacer algo.

Fue raro.

Raro que Allegra lo rompiera todo y no pasara nada.

Que el show continuara y la llevaran a la *silver room* como una concursante más.

Pero la encontré desde mi grada. Creo que me vio, que supo que le estaba dando las gracias.

Porque a lo mejor los organizadores pensaban que no había pasado nada, pero claro que había pasado.

Las canciones te las llevas.

La canción de Allegra volvería a sonar en el lugar más inesperado, junto al cuerpo más inesperado.

Y empezarían a pasar cosas, y a lo mejor nadie lo atribuiría a esa actuación, pero esa actuación estaría ahí, sujetándonos.

Intenté concentrarme en lo que venía a continuación. No pude.

Me vino a la cabeza una palabra: lealtad.

No eres una banda y dejas de serlo así, porque te da la gana.

Recordé nuestro cover de *Fiebre* y todo lo que habíamos pasado juntos.

Y quise hacer entrar en razón a Erik.

Lo busqué con los ojos.

La actuación había terminado. Preparaban el escenario para Selene.

Nos miramos.

Entiendo tu fascinación por Selene, ella te ha pedido ayuda, tú también quieres hacer algo, lo entiendo.

Pero cuando estás dentro de una bola de fuego es cuando más falta hace pensar.

Inútil. Erik ya no estaba ahí.

Estaba en el minuto siguiente.

Selene cantó como nunca.

La torre de Nil era todo lo que había pasado desde que se compuso la canción *Sobreviviré*. No más sobrevivir, esos cuerpos estaban ahí para gozar y para que dijéramos con ellos que íbamos a vivir.

Erik ya apuntaba al escenario.

Los focos se volvieron hacia él, le brilló el pelo fluorescente.

Y disparó.

Nadie cayó herido, claro.

Lo que cayó fue la torre de Nil. Me pareció ver su cara, un gesto de dolor. Pero estaba lejos y todo fue muy rápido.

Apareció Bronce en el escenario, como un salvador sorpresa. ¿Lo tendría preparado? ¿Se le ocurrió sobre la marcha al ver a Erik empuñar la pistola?

Hubo gritos.

Gente corriendo.

En las gradas todo parecía ir más lento. En la pista, las personas se apresuraban hacia las distintas salidas, empujándose.

Cada segundo duraba una eternidad.

Nadie sabía muy bien qué había ocurrido y, sobre todo, nadie sabía qué podría ocurrir.

Lo vi.

Lo intuí.

El pelo de Erik, cerca ya de una de las puertas de salida.

En el escenario, Ignacio Bronce discutía con unos agentes.

Aquello no tenía sentido para mí.

Sabía más que la mayoría, pero no tenía lógica.

No debía haber ocurrido.

En medio del caos, quise parar el tiempo otra vez.

Volver al momento en que nos bañamos en el mar.

Cuando todavía no había ninguna pistola.

Después corrí.

Todo el mundo corría.

Así que yo también.

Sin rumbo.

Los demás huían.

Yo no.

Yo buscaba.

A mis amigos.

36.
RAS

Lo que menos imaginaba era que todas las vueltas que mi entrenadora de rugby me hizo dar al campo fueran a servirme en el Benidorm Fest©.

Corrí por un pasillo, luego por otro...

Los empujones, los gritos, el miedo lo envolvían todo.

Algunas voces trataban de pedir calma en vano.

Después de un disparo, lo último que podías esperar era calma.

La multitud me arrastró hacia la salida.

Yo no quería salir.

–Dicen que ha sido una bala de fogueo –aseguré, intentando tranquilizar a los que tenía más cerca, y al mismo tiempo no descubrir que sabía más de la cuenta–. Por lo visto no ha pasado nada grave...

Nadie me escuchó.

Era imposible.

Al final de un pasillo, conseguí escabullirme.

Subí por unas pequeñas escaleras metálicas, hacia el estómago del Palau, en dirección contraria a la mayoría.

El corazón me palpitaba muy deprisa.

Nil, sujeta mi mano, este sería un momento perfecto.

Pero allí no estaba Nil.

Tampoco Erik.

Ni Allegra.

Solo estaba yo.

Y el ruido.

No sé cuánto tiempo pasó.

En unos monitores estaban dando en directo la gala.

Alguien le había quitado el sonido.

Me incorporé sobre una silla y le subí el volumen.

Habían vuelto a conectar con el interior del pabellón.

Los presentadores, con el rostro muy serio, explicaban a cámara que se había tratado de un disparo de fogueo sin consecuencias.

Que los heridos de diversa consideración por el pánico que se había creado ya estaban siendo atendidos.

Y que la situación estaba bajo control.

Lo repitieron dos veces: bajo control.

–Ha sido un disparo de fogueo –dijo él.

–Solo ruido –añadió ella–. No hay peligro. Se ha localizado la pistola, confirmamos que es de fogueo, no puede disparar balas de verdad. Los heridos están siendo atendidos, no hay ninguno grave. No hay peligro.

–Para garantizar que no haya más problemas, la organización ha decidido continuar con la gala –aseguró él–. Las votaciones están a punto de empezar. Vuelvan a sus sitios. Es mucho más peligroso correr ahora que quedarse viendo la fiesta de la música.

Increíble.

El show continuaba.

No lo había detenido la actuación de Allegra.

Ni tampoco un disparo.

La gala era un tsunami.

Muchos de los que habían salido corriendo, volvían.

Y los que no se habían movido de la pista, parecían entregados, dispuestos a redimirse.

Fueron conectando con distintos lugares.

Los miembros del jurado decían grandes palabras.

«Una edición inolvidable, un hito detrás de otro, el golpe de Allegra, el valor de Selene, el disparo de un perturbado... Una nueva victoria de la música».

«Los artistas han aprendido a gestionar su talento. En realidad, todos han ganado ya. Estar en un escaparate como este festival es una victoria, algo que nadie podrá quitarles, y mucho más en esta ocasión».

Se hizo un llamado a no valorar negativamente el desmoronamiento de la torre, porque nadie puede pedir a unos bailarines que se preparen para un disparo.

También se recordó que el festival había aprobado excepcionalmente la improvisación de Allegra.

Y la amonestación: «Pero hay que recordar que los concursantes tienen la obligación de mantenerse fieles a la canción presentada. Podemos adelantar que el jurado penalizará toda actuación que incumpla las normas, como no puede ser de otra manera».

El público en directo aún estaba recuperándose.

Digiriendo todo aquello.

Los telespectadores ya estaban votando, seguro que los teléfonos ardían.

No había tiempo que perder.

Tenía que encontrar a Erik.

Tenía que encontrar a Erik antes de que lo hiciera la policía.

Quería abrazarlo.

Decirle que estábamos juntos.

Podríamos demostrar que Erik estaba enamorado de Selene y, eso es una eximente, ¿no?

Borracho de amor, suena de pena, pero ¿no pasa algo así en las películas de juicios?

Si a alguien se le nubla la cabeza y no comprende lo que está haciendo, no es culpable. Cuando te roban el corazón también te roban el cerebro. Por lo menos un poco.

Fue entonces cuando oí al público cantar:

Purpurina social,
la vida que inventas,
las noches que no cuentas,
las ganas de gritar.

Cantaban.

Y conjuraban el miedo.

Yo también tarareé.

Aunque nadie podía oírme.

Me había perdido.

Necesitaba armarme de valor.

¿Dónde estás, Erik? ¿Dónde estáis, Nil, Allegra? ¿Dónde estás, Ras?

37.
NIL

No sé por qué lo hice.

Tacho.

~~No~~ Sí sé por qué lo hice.

Sé cuáles fueron las razones que me llevaron a agarrar esa bata para salir a bailar en la actuación de Allegra.

El problema es que son dos. Contrarias. Y no sé si existieron a la vez o si solo una de ellas es la verdadera.

Fue algo espontáneo.

Fue algo premeditado.

Improvisé cada paso mientras ella cantaba.

No se improvisa una coreo así, Nil, y tú lo sabes mejor que nadie.

Me dejé llevar por la música: sintiéndola con sinceridad.

Ejecutaste los pasos que habías ensayado, adaptándolos a una canción que no conocías.

No medí las consecuencias que tendría en mi carrera. Cómo reaccionaría Selene, qué me diría Marc, de qué modo afectaría a mis futuros trabajos...

Solo pensaste en las consecuencias que tendría en tu carrera. Cómo te convertirías en noticia, cuánto hablarían de ti, qué titulares te dedicarían, qué número de seguidores sumarías a tus redes...

Quería ser uno más. Parte del grupo. Tocar en la misma banda que Allegra, que Ras, que Erik. Serles útil.

Querías ser el 1, Nil. El número 1 por una vez en tu vida. Que se te viera más que a nadie. Que tu don, ese con el que pretendes justificar lo que no eres, brillase en el escenario.

Pensé: «Si salgo, tendrán que parar esto».

Pensaste: «Si salgo, tendrán que verme».

Después habría una pausa. Un tiempo muerto. Seguramente me descalificarían y eso obligaría a Selene a replantearse su número. Incluso a no cantar.

Después habría una ovación. Un aplauso cerrado. Un rumor de admiración que se haría cada vez más grande hasta darte el espacio que te mereces.

Si Selene no salía, estaría a salvo. Igual que Erik. No habría disparo. Ni riesgo. No sucedería nada de lo que habían dispuesto (¿ella?, ¿ella y Smith?, ¿ella, Bronce y Smith?) que debía suceder.

Si Selene no salía, estarías solo tú. Bajo los focos. Componiendo un dúo con Allegra. Tan intensa como ambiciosa. Porque tuviste que fingir sorpresa cuando os habló de la pistola. Y de Bronce. Incluso ahora, cuando te cuentas esas horas a ti mismo, te haces trampa. No te gusta verte. No soportas que el reflejo conozca las muecas que escondes. Ante los demás, para que no sepan que tienes hambre. De focos y de éxito. Y ante ti, para que no te duela tanto traicionarte.

Salté al escenario movido por un impulso en el que latía todo lo que había compartido con esas tres personas que ahora eran el espacio que sí quería habitar.

Saltaste al escenario huyendo de esas garras que cada día te arrastran más abajo, a ese foso infinito que son los papeles sin frase, los coros sin solista, los videoclips sin plano.

Me dejé llevar por la rebelión de Allegra, por su ejército de notas anárquicas, por su doble identidad musical entre la canción que iba a ser y la que estaba siendo. El arte sucedía. Allí mismo. Era el triunfo de la música. Y de la amistad.

Te dejaste llevar por el narcisismo de Allegra, por su ejecución perfecta de un plan que, seguramente, tampoco fuera improvisado. Cuando acabasteis, dudaste si preguntarle si llevaba su número tan ensayado como tú. Incluso si actuaba a las órdenes de alguien. Si lo suyo también había sido idea de Bronce. O de Smith. Pero no lo hiciste. Ella es demasiado inteligente como para obedecer a nadie. Se le da bien fingir que no sabe por qué hace, por qué está o por qué decide. Como su caída durante el ensayo. Como el número de la droga y la autosugestión. Como su supuesto mal rato de entrevistada en el pódcast. Pero Allegra sí sabe. Sí decide. Y, sobre todo, sí tiene claro dónde va. Igual que tú. Por eso os habéis encontrado. Y por eso bailaste. Porque ese era vuestro momento. El de brillar en medio de la reiteración de números mil veces vistos. Todas las miradas estaban rendidas ante vosotros. A su voz. A tu cuerpo. Y los dos ejercisteis de sirenas ante un auditorio hipnotizado: ella con su cara de niña buena y tú con tus músculos de atleta esforzado. La bruja del mar no solo no pudo enmudeceros, sino que justo ahí empezó a temer por su reinado.

Quería que todo se interrumpiese. Que Erik no tuviese ocasión de disparar. Y cuando salí con Allegra lancé un tuit desde mi cuenta B para animar al fándom del Benidorm Fest© a que se rebelara y exigiera una repetición de la gala.

Querías que todo continuase. No te importaba si Erik disparaba o no, solo te preocupaba qué dirían de vuestro gesto. De vuestra valentía. La que tú mismo destacaste en redes desde tu cuenta B. La que elogiaron los tuits y los *stories* que os etiquetaban sin saber de las horas tras tu coreo falsamente improvisada. Porque tú ibas a salir de todos modos. Mucho antes de conocerlos. Mucho antes de saber nada sobre una pistola. Y mucho antes de que girase la botella. Te habías estudiado la gala. Tus rivales. Sus temas. Y el único donde podías lucirte por sorpresa era su número: el de Allegra, sola en ese piano en medio de un escenario del que ella no se levantaría para echarte. No si antes... Admítelo, venga, Nil, admítelo de una vez. No si antes te conocía lo bastante como para aceptarte allí.

Fue un gesto estúpido. Infantil. Pero pensaste que os pondría a todos a salvo.

Fue un gesto calculado. Egoísta. Pero creíste que te ayudaría. Que después de veros convencerías a Bronce de que eras el colaborador perfecto para su nueva estrella.

No sé por qué lo hice.

Tacha.

~~No sé por qué lo hice.~~

No soportas saber por qué lo hiciste.

38.
NIL

–¡Justo en el momento de la torre! ¡Tenía que disparar justo en ese momento!

Me gritó Ian cuando a los dos nos examinaban, antes de confirmar que ni él tenía lesiones graves ni yo me había roto el hombro, tal y como se había apresurado a afirmar la cuenta de @anyonesmith.

–¿Tú sabías que ese loco nos iba a disparar?

No entendía nada. Nadie entendía nada.

Me fijé en sus rasguños y moratones. Solo Ian y yo habíamos tenido que pasar por enfermería después de la caída. El resto había tenido más suerte. O, mejor dicho, yo me había encargado de colocarlos para que la tuvieran.

Entre mi baile con Allegra y los cambios de última hora que introduje en nuestra coreo, mis compañeros estuvieron a punto de mandarme a la mierda, pero no les di opción. O salíamos con el nuevo esquema o no salíamos. La verdadera suerte fue que me hicieran caso, a pesar de que no entendieran por qué había que reforzar la base. Ian y yo nos ocupamos de las posiciones más arriesgadas y, mientras le vendaban la pierna izquierda, pensé que no tenía derecho a arrastrarlo conmigo. Supongo que hacerlo había sido mi manera de negarme a ver en él al Ian *bitch* de Selene y cambiarlo por el Ian que me comía la boca.

–Nil, ¿lo sabías o no?

Por primera vez en mucho tiempo no me molesté en pensar en la consecuencia de decir la verdad. Simplemente asentí.

–¿Pero qué cojones te pasa, tío?

–Te dije que era peligrosa.

–¿También la vas a culpar ahora de lo que ha hecho ese zumbado?

–Tú estabas allí, Ian. Verdad o consecuencia, ¿recuerdas? Tu querida diva es capaz de todo. Mira mi mochila, joder. Mira mi mochila si aún no me crees...

–Ya, claro, porque tú no has hecho nada.

–Y tú, Ian, ¿qué has hecho tú?

Si el enfermero se lo hubiera permitido, Ian se habría echado sobre mí y me habría golpeado con tanta rabia como para, ahora sí, romperme el brazo. Aunque su ira no fuera contra mí, sino contra quienes habían vuelto a mover los hilos convirtiéndonos en un guiñol sin voluntad. Y peor, sin dignidad. Pero tanto él como la doctora se interpusieron y llamaron a seguridad para que lo sacaran de la habitación después de que yo intentara disculparme con una mirada que para él ya no significaba nada.

Y ahora, en la *silver room*, mientras nuestros rivales jugaban a negarse a mendigar votos, fingíamos que mi confesión en la enfermería no había sucedido.

A fin de cuentas, nadie lo sabía.

Solo él y yo.

¿Solo él y yo?

Me pregunté si de verdad podía confiar en él. Si el Ian que había empezado a abrirse a mí en las últimas horas era el Ian real. Si éramos o podríamos llegar a ser algo más que dos amigos que a veces follaban buscando respuestas fáciles para soledades complicadas.

La soledad del eco de un mensaje en el que tu madre, que se ha enterado de tu accidente por la tele, te pregunta «estás bien» (sin interrogación: o porque espera que lo estés o porque sabe que te buscarás la vida para estarlo).

La soledad del silencio de un teléfono en el que tu padre se conforma con sumar un «bien» a tu respuesta de «no me ha pasado nada» en el casi siempre desierto grupo familiar de wasap.

No tenía una madre hiperbólica, como Allegra.

Ni siquiera una madre convencional, como Erik.

Tenía una madre que, a cientos de kilómetros de distancia, se conformaba con teclear un «estás bien». Sin interrogación.

En la enfermería, la soledad se hizo insoportable.

Sobre todo, cuando se llenó de gente que sí contaba con otra gente.

El disparo había provocado una estampida que, pese a contenerse con cierta rapidez, había dejado varios heridos.

Por suerte, el Palau estaba dividido en zonas distintas con salidas distintas. La rápida reacción del festival había logrado reprimir lo que podía haber desembocado en algo mucho peor. Por un lado, gracias al personal desplegado en el Palau, que hizo un enorme esfuerzo para devolvernos a la normalidad en tiempo récord. Y por otro, desde el propio programa, insistiendo en que todo estaba controlado, por mucho que eso resultara difícil de creer tras haber oído la segunda detonación en un mismo fin de semana.

Una bomba (primero).

Un disparo (después).

¿Y estaba todo controlado?

No estaba nada controlado.

Aunque la enfermería se hubiera llenado de personas que atendían a otras personas.

Los que habían sufrido algún tipo de herida, acompañados de quienes habían ido con ellos a ver la final.

Y pensé en que yo sí sabría con quién querría ir ahora.

Erik. Ras. Allegra.

Pero no con quién habría querido ir antes.

¿Y si era todo un error?

¿Y si el dilema no era disparar o enterrar la pistola?

¿Y si el disparo sí que había matado a alguien?

Al Nil que estaba siendo.

Al Nil que no había advertido a sus compañeros del disparo.

Al Nil que no impidió la actuación a pesar del riesgo.

Al Nil que se conformó cuando Allegra, entre bastidores, le recordó «son de fogueo».

Al Nil que creyó que todo estaba justificado por el *show must go on*, porque no hay segundas oportunidades, porque la vida no es justa y la meritocracia es una mierda que siempre nos estalla en la cara a los mismos.

A lo mejor la bala de fogueo de Erik también era letal y por eso, sentado en esa camilla, podía mirarme desde fuera.

El cuerpo bañado en purpurina.

Los músculos doloridos y, al mismo tiempo, marcados por el esfuerzo.

¿Cuántos *likes* en Instagram por una foto así?

¿Cuántas llamas?

¿Cuántos emojis relamiéndose?

Me detuve cuando descubrí mi mirada.

Y me pedí perdón.

Tenía que decirme que a lo mejor me había olvidado de algo en el camino.

Porque había dejado de oír la batería. La que hace grupo, Ras. La que hace que el presente sea algo más que una espera constante del futuro.

Tenía que recordarme que, a pesar de todo, no era tarde. Aún tenía la ocasión de hacerme con un ahora que fuera mío y que, al mismo tiempo, fuera nuestro.

Podía elegir a quién querría a mi lado la próxima vez que me tocara volver a una enfermería. O si llegaba a pisar una alfombra roja en un estreno. O si, sencillamente, quería inventarme un mar en el que no hiciese falta luchar tanto para no ahogarse.

El enfermero, sobrepasado por la cantidad de personas que reclamaban su atención, me insistió en que me fuera al hotel a descansar.

–No te conviene hacer ningún esfuerzo.

La doctora que nos supervisaba le dio la razón.

–Podría complicarse.

Demasiado tarde.

Ya se había complicado.

39.
RAS

Me armé de valor porque tenía miedo.

No del futuro.

Sí del presente y del pasado.

De lo que habíamos hecho.

Daño.

¿Y si habíamos hecho mucho daño?

¿Y si no nos habían obligado?

Seguí cantando, matando el miedo.

> *Purpurina social,*
> *los sueños que te ponen,*
> *los sueños que te cuelgan,*
> *no puedes escapar.*
>
> *Purpurina social,*
> *las noches que se rompen,*
> *para que no te envuelvan,*
> *tenemos que parar.*

De pronto lo vi.

Sergio Rosa Ferrero.

El mejor profesor de Música de bachillerato del mundo.

Estaba ahí.

Pero no estaba.

Me había parecido ver su cara y solo era la cara de alguien del público que volvía a la pista.

Sin embargo, sí estaba.

Ahí.

Diciéndome lo que siempre nos había dicho.

El ritmo está fuera.

Las pulsaciones del tiempo deben repetirse a intervalos regulares porque, de esta forma, todos sabemos dónde está la siguiente pulsación y nos podemos encontrar en ella acompañando con la cabeza, las palmas o el cuerpo.

Por eso el ritmo no es propiedad de una sola persona nunca, sino el lugar en el que estamos todas las que participamos de la música.

Y por fin supe hacia dónde tenía que correr.

Al lugar donde nos encontrábamos.

El lugar de nadie, de los expulsados, el sitio donde desaparecen las pistolas, nuestro lugar.

El camerino de Keylo.

Me orienté a toda velocidad.

Iba contra corriente, casi todo el mundo regresaba a sus asientos.

A lo lejos, una cabeza con el pelo del color del vino.

Se movía como una de esas figuras que rebotan contra los bordes en la pantalla.

Lo alcancé lo más rápido que pude.

–Me he perdido, Ras, ¿dónde están?

–En nuestro sitio.

Y Erik confió.

Si me llega a preguntar, no hubiera sabido cómo convencerlo.

Pero creo que los dos estábamos oyendo el mismo compás.

Nos dimos la mano, corrimos sin angustia.

Ahora sabíamos el camino.

Llegamos flechados al camerino.

Llamamos.

Nil nos abrió.

Allegra nos miró como diciendo: «¡Cuánto habéis tardado!».

40.
NIL

«... que nadie saldría herido, me dijeron mil veces que todo iría bien, que solo se trataba de crear algo más de expectación, de subir la intensidad del espectáculo, y que eso me ayudaría, de ese modo sí podrían conseguirme por fin el espacio que me merecía en su discográfica, que esa era la forma más rápida de que dejaran de considerarme una artista emergente para que me tomaran en serio, y yo estoy cansada, estoy muy cansada de que me traten como si fuera una cría, de que confundan mi edad con inexperiencia, o con estupidez, estoy harta de que me anuncien como un futuro cuando hace mucho que soy un presente, harta de ser la niña y de que no se den cuenta de todo lo que ya sé y lo que ya puedo y a quién quiero, de la poesía que necesito compartir y de la música que siento porque en ella viven todos los mundos donde me habría gustado vivir y en los que sé que están quienes necesitan estar, y su plan no era mi idea, pero Ignacio y Smith no fueron los únicos en llamar, ni en presionar, desde que eligieron mi candidatura todo se volvió tenso, oscuro, con un sinfín de hilos rodeándome y tratando de dirigirme en direcciones a las que no deseaba ir, pero ellos dos no me pedían tanto, Ignacio solo quería una actuación diferente en la final, algo de amor o de *hate*, tú eliges, insistió Smith, algo de amor o de *hate* con el que aportar más salseo al festival...».

No sé si lo que nos dijo Allegra fue exactamente eso.

He intentado escribirlo como lo recuerdo. Sin respirar. Igual que sonaba su voz mientras nos miraba a los tres.

Esperó a que Ras y Erik llegaran para empezar a hablar.

Como una confesión.

Y sonaba a verdad.

No por lo que decía.

Sino por el modo en que nos miraba, con esa desesperación que solo tienen los inocentes que no pueden demostrar que no son culpables.

La entendía: sus secretos también formaban parte de los míos. Solo que en mi caso no había más participante que un gigantesco yo y en el suyo habían intervenido otros nombres.

–Entonces, ¿siempre has sabido lo que estaba pasando?

–Ras, ¿no me has oído? Solo sabía que necesitaban que este festival fuera distinto... Pero no me dijeron lo que pretendían hacer.

–¿Ni la explosión, ni la pistola...?

–Al principio, no. Ni idea.

Erik no hablaba. Daba la impresión de que estuviera tratando de recomponer las piezas que teníamos a nuestro alrededor.

Ras, sin embargo, estaba dispuesta a seguir preguntando. También en ese momento era fiel a la fuerza que, lo supiera o no, nos transmitía. Seguía sintiendo algo que no supe expresar. Quizá porque todo se complicó tanto que la trama nos exigía prestar más atención a las acciones que a los sentimientos. O porque decir las emociones me resulta mucho más difícil que atravesarlas.

–¿Quién fue el primero en hablar contigo? ¿Smith?

–Ignacio.

–Bronce.

–De que Smith sería algo así como mi mensajero me enteré aquí. Estaba en sus manos. ¡Ya he firmado con ellos!

–Tú no lo sabrías... Pero Selene, sí –repuso Erik–. Selene siempre lo supo todo.

–¿Y lo de su deuda? –Ras me miró directamente–. ¿Nil?

–Ni idea. Nunca antes la había visto preocupada por el dinero... Pero podría ser postureo.

–Es mejor actriz que cantante –apostilló Allegra–. Lo malo es que no sabemos si estaba interpretando cuando fingía que todo le iba genial o si el papel se lo ha marcado con su numerito de la hipoteca.

Ras preguntó:

–¿Y si hay alguien herido muy grave por lo que hemos hecho, y si...?

Nos interrumpió un sonido en el pasillo, justo a la entrada del camerino.

Un disparo.

Después, dos más.

Los tres se sucedieron muy deprisa.

Tan rápido como empezó a entrar sangre por debajo de la puerta.

Las balas, esta vez, no eran de fogueo.

41.
NIL

Me pregunto por qué no se impuso nuestro instinto de supervivencia. O nuestra cobardía. Cómo fue posible que, en vez de escondernos, corriésemos hasta la puerta para averiguar qué había pasado.

La primera fue Ras.

Alguna vez tendremos que hablarlo. Sentarnos juntos hasta que ella se vea a sí misma como la vemos los demás. Hasta que sepa que sin todo lo que habíamos aprendido a su lado, ninguno de nosotros habría tomado la dirección correcta.

Quizá Allegra se habría dejado deslumbrar por Bronce.

O yo me habría quemado acercándome a Smith.

O Erik se habría entregado sin dudar a las exigencias de Selene.

En Ras encontrábamos la llama que prendía la conciencia y nos devolvía al inicio, donde todavía era posible hacerlo bien. Donde equivocarse no era irreversible, porque siempre había otra oportunidad para ser quienes queríamos ser y no quienes nos imponían.

–¡Ayuda! ¡Por favor! ¡Ayuda!

Erik se olvidó de que lo estaban buscando: salió gritando por el pasillo en busca de alguien de la organización mientras Allegra marcaba el número de emergencias en su móvil y Ras trataba de aplicar un torniquete en el cuerpo que yacía agonizante en el suelo.

No podía mirarlo, y al mismo tiempo no podía dejar de mirarlo.

Era Ian.

Allí tirado.

Desangrándose.

Necesitábamos que viniera alguien. Cuanto antes. Ellos tres tenían la sangre fría para hacer algo útil.

Yo no.

Yo intentaba ayudar a Ras a contener la hemorragia mientras agarraba la cabeza de la víctima a la que acababan de disparar y luchaba por no ahogarme entre lágrimas.

Lloraba por lo que le estaba pasando.

Por lo que nos había pasado.

Y por lo que ya no nos podría pasar.

Lloraba porque no sabía si yo también era culpable de que le hubieran metido tres tiros a Ian.

Si había algo que podría haber hecho de manera distinta. Si entre todos los caminos que nos habían conducido hasta allí, me había perdido por los que nunca teníamos que haber escogido.

Lloraba porque ya no iba a saber quién era él de verdad.

Ni quién había sido yo cuando estaba a su lado.

Y lloraba porque me había dado cuenta de que ya no había nada de que pudiera hacer. De que los finales existen. Y todos duelen.

–Se lo ha llevado... –murmuró con dificultad.

–Tranquilo, Ian. Van a venir a ayudarte enseguida –le mentí mientras él se apagaba entre mis brazos.

No sé si hice bien rodeándolo así.

Poniendo su cabeza en mi regazo.

Acariciándolo mientras Ras presionaba un torniquete que nunca sirvió para nada.

No sé si esa postura ralentizó o aceleró el final.

Pero necesitaba que supiera que no estaba solo.

Ian, no estás solo.

–Tenías razón, Nil... Tenías razón.

Ese instante fatal –el de la despedida y los estertores, el de los ojos en blanco y las últimas palabras, el de la muerte haciéndose presente como única certeza de la vida– solo lo había visto en las películas.

Pero estaba sucediendo allí mismo.

Ante mí.

En mi regazo.

Me pidió que me inclinara un poco más.

–Se lo ha llevado... –me susurró–, pero he podido... he podido...

Era incapaz de seguir hablando. Y yo no quería preguntarle ni exigirle que siguiera esforzándose.

–Está bien –le mentí–. Está todo bien, Ian.

Es extraño sostener un cuerpo a punto de dejar de respirar.

Podía palpar el frío que había empezado a invadirlo.

El aliento que luchaba por alcanzar mis labios cuando los apoyé con ternura en los suyos. Por última vez.

No fue un beso porque ya no podía serlo.

Fue mi modo de despedirlo mientras Ras, siempre atenta a la realidad, le bajaba los párpados. Mientras Allegra, siempre atenta a las emociones, agarraba mi mano.

Nada nos permitiría dar marcha atrás.

Nada nos salvaría de los caminos donde nos habíamos extraviado.

Pero ahora sí necesitábamos ganar esa partida.

Por el Ian que alguna vez llegó a hacerme creer que sentía algo.

Por el Ian que nos había buscado para devolverme una prueba por la que le habían arrancado la vida.

Por el Ian que, en el fondo, también éramos nosotros cuatro.

Imperfecto, errático, con razones contradictorias y movimientos equívocos, pero que al final había elegido la verdad.

–Yo tenía razón –repetí como un autómata–, eso me ha dicho. Que yo tenía razón. Y que ha podido...

–¿Qué ha podido? –repitió Allegra, tratando de entender.

Unos enfermeros se acercaban corriendo por el pasillo, supuse que Erik los habría avisado, ya solo encontrarían un cadáver.

Allegra permanecía muda, a mi lado, tratando de sostenerme, de sostenerse.

Ras me miró.

–Mira tu móvil.

Una vez más, estaba en lo cierto.

Su fuego le permitía pensar cuando los demás nos bloqueábamos porque no encontrábamos ni rastro de la luz.

–Ha podido... –asentí con lágrimas en los ojos: de rabia, de tristeza, de agradecimiento–. Ha podido enviármelo.

–Está claro quién ha sido –respondió Ras, serena, firme, decidida–. Así que ahora solo podemos hacer una cosa.

–¿El qué? –preguntó Allegra a pesar de que ya supiéramos cuál era la respuesta.

–Pararlo.

42.
ERIK

La sangre me marea.

Me pasa siempre.

Cuando me hacen análisis.

No sé por qué.

Se me encoge el estómago.

Una especie de vértigo me sube por la nariz, los ojos y me explota en la cabeza.

Eché a correr para pedir ayuda, pero también para huir de la sangre.

No soy valiente.

Mucho menos si hay sangre de por medio.

–¡Ayuda! ¡Por favor! ¡Ayuda! –grité.

Atravesé un pasillo.

Y luego otro.

De pronto no había nadie a la vista.

Abajo seguía la fiesta.

Había mucho que celebrar.

Mucho que comentar.

Esta no había sido una edición más del Benidorm Fest©.

Durante mucho tiempo, el sonido de los disparos retumbaría siempre que se hablara de este fin de semana.

Mucho más que la melodía de Selene.

O la de Allegra.

Oí pasos al fondo, alguien subía unas escaleras interiores del pabellón a toda prisa.

O tal vez las bajaba.

No podía estar seguro.

–¡Ayuda! –grité–. ¡Hay un chico desangrándose!

A mis espaldas, una voz dijo:

–¿Quién se está desangrando?

Era un bedel con aspecto de conocer muy bien aquel lugar.

–Uno de los bailarines, Ian –contesté–. Está ahí, delante del camerino 5, le han disparado. Creo que está muerto.

El hombre me miró con una mezcla de incredulidad y miedo.

–Camerino 5, se lo prometo, acabo de verlo –insistí.

Aquel bedel pidió ayuda por el walkie-talkie.

–La asistencia sanitaria llegará enseguida –aseguró–. Espero que no te estés inventando algo así.

Negué con la cabeza, pero él ya no me vio. Salió disparado hacia el camerino.

Estaba a punto de correr detrás de él.

Es lo que habría hecho.

Pero una mirada me detuvo.

Alguien me estaba observando.

Ese ruido de pasos se había detenido cuando apareció el bedel.

Me moví hacia la puerta de emergencia.

Unos metros más arriba, entre pisos, distinguí una sombra.

Al verme, se apoyó contra la pared, evitando el contacto visual.

Subí un peldaño.

Y luego otro.

Y otro más.

Allí estaba.

Tenía una pistola en la mano.

Estaba tiritando.

Su mirada de pánico delataba lo que acababa de hacer.

–Perdón –dijo.

Yo no sabía qué responder.

¿Por qué me pedía perdón?

¿Por haber disparado a Ian?

¿Por haber manipulado todo?

¿Por haberme metido en aquel embrollo?

–Ha sido sin querer, perdón –repitió–. No quería disparar.

Parecía muy vulnerable.

Muy asustada.

No era la misma Selene que se había paseado esa semana por las calles de Benidorm, como gran favorita, la que levantaría el Micrófono de Bronce ante millones de espectadores, ni la que había conocido en la playa y me había arrastrado a la suite.

Solo era una chica muerta de miedo.

Tenía una pistola en su mano izquierda.

–¿Por qué? –pregunté.

Aquella pregunta provocó algo que no me esperaba.

Selene resopló.

Y se echó a llorar.

Era un llanto auténtico que había estado guardando mucho tiempo.

Su rostro se cubrió de lágrimas.

Nos quedamos así unos segundos, tal vez un minuto, puede que dos, no estoy seguro.

Ella lloraba, tenía hipo.

No me atrevía a interrumpirla.

Cuando fue capaz, se secó con la manga de su blusa, y se sonó los mocos.

Tenía la pintura corrida por la cara.

–Ian lleva chantajeándome desde hace mucho –murmuró.

–No lo sabía –dije.

Pues claro que no lo sabía.

Yo no sabía nada en realidad.

No sabía que Allegra y ella eran cómplices de tantas cosas, empezando por el juego y la pistola.

No sabía las alianzas que habían ido tejiendo con los Bronce, ni en qué punto se encontraban ahora.

No sabía en qué momento yo me había convertido en una pieza más de aquella partida.

Y, desde luego, no sabía qué relación tenía Selene con su bailarín número 1, cómo había sido la escena en la que ella había terminado disparándole.

–¿De dónde has sacado esa pistola? –fue lo único que se me ocurrió decir.

–Esta tiene balas de verdad. La tuya, la que tú empuñabas en el pabellón, solo tenía balas de fogueo, no queríamos que lastimaras a nadie, solo buscábamos un gran efecto, un truco de ilusión donde nada es lo que parece.

–Me he perdido –musité.

–No importa, ahora estamos aquí –dijo.

Comenzó a bajar los escalones.

Se acercó mucho a mí.

Pude sentir su respiración a mi lado.

Era Selene.

Después de todo, estábamos ella y yo.

Me cogió de la mano.

–Si alguien con malicia se empeñara, podrían llegar a inculparte de la muerte de Ian –dijo con suavidad–. Tú robaste esta pistola al guardia de seguridad, está grabado. Después disparaste delante de todos en plena actuación. Después te escabulliste y recuperaste la pistola de alguna forma y le disparaste a sangre fría. Un fan desesperado. Celoso. O enamorado. La historia se podría tejer con facilidad. Ya has disparado una vez delante de millones de personas.

–Yo no disparé a Ian –protesté sin mucha convicción.

–¿Estás seguro? –dijo ella.

Bajé la vista.

En mi mano tenía la pistola.

La de verdad.

Ella me la había dado.

Me la acababa de dar.

Y yo la había cogido.

Me asusté.

Pero no solté el arma.

–Después de disparar, buscaste a la chica de tus sueños, a mí, un fan obsesionado es capaz de cualquier cosa –siguió Selene–. Yo traté de escapar al verte con la pistola, pero me acorralaste aquí, en este tramo de la escalera.

–Nil, Allegra y Ras estaban conmigo en el camerino, saben que yo no disparé –dije.

–Nil y Allegra tienen mucho que callar, y también mucho dolor que les nubla la mente, no saben muy bien lo que han visto –dijo–. De Ras ya nos ocuparemos.

–¿Os la vais a cargar a ella también? –pregunté.

–No digas tonterías –respondió Selene–. Yo no me he cargado a nadie. Te acabo de decir que lo de Ian ha sido un accidente. Estaba empeñado en fastidiar todo. Cuando te subes a una montaña rusa, no te puedes bajar cuando a ti te viene bien, tienes que llegar hasta el final. Se portó como un niñato, ahora sí, ahora no... me amenazó. Los dos nos pusimos nerviosos, subimos la voz, nos empujamos, forcejeamos... y al final la pistola se disparó. Un accidente.

–Tres disparos –repliqué.

Selene se encogió de hombros.

–Ayúdame con esto –suplicó–. Yo no puedo asumir la muerte. Tú sí. Podemos decir que fue un accidente, que fue en defensa propia, corroboraré tu versión, te ayudaré. E incluso, si llegan a condenarte, estaré siempre a tu lado, sosteniéndote, te lo juro. Unidos para siempre. Ayúdame, por favor.

Había algo desesperado y vulnerable en sus palabras que me producía ternura.

–Por favor –repitió.

Si decidía no ayudarla, me acusarían igualmente.

Por un instante fugaz, vi las ventajas de colaborar con Selene.

Incluso suponiendo que tuviera que asumir la culpa y la condena, me convertiría en alguien distinto.

No era descabellado.

Probablemente estaba ante la decisión más importante de mi vida.

Ruidos de pisadas se acercaban.

Algunas voces.

Debía decidir ya.

Selene estaba muy pegada a mí.

–Tus amigos –dijo, señalando en dirección a las pisadas.

–Hum –murmuré.

Nunca había soñado con estar tan cerca de Selene.

Los dos solos frente al mundo.

Pasé la mano por su cintura.

Ella dejó la suya sobre mi hombro.

Los dos estábamos sudando, angustiados, asustados, yo más que ella.

Me habría encantado que alguien nos hiciera una foto en ese momento.

Erik el pringado y Selene.

Erik el bicho raro con la pistola y la chica.

Erik el asesino peligroso.

Tal vez merecía la pena.

43.
SELENE

Sí.

Soy yo.

Ya era hora.

Selene.

#SantaSeleneDeBenidorm

La mala.

Era cierto.

Ian había muerto.

No estaba previsto.

Me dolió.

Pero también hubo algo más.

No soy una frívola, aquella muerte lo envolvió todo en dolor.

Sin embargo, yo había peleado mucho por llegar a esa gala final.

Me importaba.

Quería ganar.

Lo quería más que cualquier otra cosa.

Tras la actuación de Allegra, creí que el sueño se había esfumado.

Sentí una punzada de traición recorriéndome el cuerpo.

Meses, semanas, de trabajo, de ensayos, de entrevistas, de sostener la vitola de favorita a toda costa (a costa de mí misma), de mentiras, de manipulaciones, de engaños, de orgullo, de insultos..., en el último segundo se había ido todo a la mierda.

El público quería drama.

Amor.

Hate.

Yo les había dado todo.

Pero el drama había terminado pasándome por encima.

Eso creí.

Solo quedábamos Allegra y yo.

El resto era ruido.

Ella había puesto patas abajo las normas.

Pero yo... yo era la reina de Benidorm. Y, además, me habían disparado.

Había llegado el momento decisivo.

El portavoz del jurado se aclaró la voz y dijo:

–Tras las votaciones individuales, estos son los puntos que el jurado otorga a los artistas que han llegado a la final del Benidorm Fest©.

En la *silver room,* los participantes nos quedamos mudos, observando la grada del jurado, conteniendo la respiración.

–El jurado otorga 35 puntos a... –dijo el portavoz, alargando la pausa–... a... Pablo Rey.

Pobre.

–El jurado otorga 47 puntos a... Fran –siguió el portavoz.

–El jurado otorga 56 puntos a... Magic Girl.

–El jurado otorga 59 puntos a... Indalo.

–El jurado otorga 61 puntos a... Alana y Elena.

–Ahora solo quedan dos artistas..., por lo tanto, diremos antes la máxima puntuación –explicó–. El primer lugar y los 94 puntos son para... Selene.

¡Sí!

Ahí estaba.

No contuve la explosión de alegría.

Quería que todos me vieran abrazarme a mi equipo, o a lo que quedaba de él.

Grité. Salté. Lloré. Me abalancé sobre la cámara.

–Nos queda recordar que Allegra se ha llevado 80 puntos del jurado –dijo el portavoz, antes de despedirse–, y se coloca por ahora en segunda posición. Enhorabuena a todos los participantes.

Segunda.

Segundona.

Solo existía el primer puesto.

Dirían que el jurado me había dado más puntos porque ella se había saltado las normas.

Que su actuación era mejor y el jurado lo sabía, pero que la habían penalizado.

Dirían muchas cosas.

Pero todo eso se lo llevaría el viento, se convertiría en un recuerdo lejano.

Solo quedaría la vencedora.

La atención se desplazó ahora al escenario.

Allí los presentadores anunciaron el controvertido voto demoscópico.

¿Qué demonios es eso?

350 personas elegidas al azar entre toda la población del país, atendiendo a criterios de diversidad de origen, edad, sexo y estrato social.

Nadie sabe quiénes son.

Pero su voto suma un 25 % del total.

Ay.

La presentadora también suspiró.

Soltó todo de carrerilla.

–El voto demoscópico otorga 20 puntos a Pablo Rey, 25 puntos a Magic Girl, 30 puntos a Fran, 32 puntos a Alana y Elena, 35 puntos a Indalo, 40 puntos para Selene, y la máxima puntuación, 48 puntos, son por lo tanto para... ¡Allegra!

¿Qué coño había pasado?

¿El voto demoscópico para Allegra?

Estábamos casi empatadas.

En todas las pantallas se iluminaron las puntuaciones.

Selene, 134 puntos.

Allegra, 128 puntos.

Todo dependía del voto popular.

Crucé una mirada con ella.

Allegra no era mi enemiga, nunca lo había sido.

No quería ganarle a ella.

Quería ganar a todos.

Era lo justo.

Mi canción, mi puesta en escena y mi actitud eran mejores.

Estaba más preparada.

¡Y me habían disparado!

Tenía que ganar.

Me lo merecía.

Los presentadores pidieron calma al público, la gente estaba histérica.

Cogieron las tarjetas finales y las leyeron.

En su cara creí distinguir un gesto de sorpresa máxima.

¿Sería posible que hubiera ganado la Intensa?

–Vamos allá –dijo la presentadora.

A continuación, el presentador engominado dijo:

–Los espectadores otorgan 20 puntos a Pablo Rey...

Lo previsible, había quedado último en todas las votaciones.

El resto lo oí como si fuera un eco lejano: 25 puntos a Fran, 30 puntos a Alana y Elena, 32 puntos a Indalo, 35 puntos a Magic Girl...

Solo quedábamos Allegra y yo, la que obtuviera más votos ganaría.

Daba la impresión de que todo se movía muy despacio.

Los labios de los presentadores.

Mis manos.

Mi corazón.

El tiempo se había detenido.

Mi nombre es Selene, quiero ganar, llevo toda la vida preparándome para este momento.

–La máxima puntuación de los espectadores, 48 puntos, y por lo tanto la ganadora de esta edición del Benidorm Fest© es...

Al borde de la *silver room* vi sus ojos.

Era Bronce.

Asintió levemente.

Como si pudiera corroborar que las cosas habían salido bien después de todo.

Como si quisiera dejar claro que seguía en sus manos, que él seguía moviendo los hilos.

Fue un movimiento mínimo, casi imperceptible, pero suficiente.

Le debía todo.

Les debía todo.

Se lo seguiría debiendo después de aquello.

Aún más.

Smith también estaba allí.

Había venido a cobrar sus deudas.

Los presentadores, al unísono, pronunciaron al fin el nombre de la ganadora:

–¡Selene!

Aleluya.

Un estallido de aplausos, gritos, abrazos, alegría, se apoderó del pabellón, del festival, de Benidorm.

Grité.

–¡Me lo merezco!

Eso fue lo que dije.

Delante de las cámaras y de todos.

No debí hacerlo.

Pero lo hice.

Después dejé caer mi cuerpo sobre mi equipo, que me sujetaron, como si fuera una diva herida y resucitada.

Eso es lo que era, al fin y al cabo.

Lo había conseguido. Después de tanto trabajo, de tragar sapos, de apretar uñas y dientes, después de horas y más horas de esfuerzo, de planificación (los últimos meses parecían años), de explosiones... lo había logrado.

Me arrastraron al escenario.

Volví a cantar.

A bailar.

Atendí a los medios.

Grité.

Me emocioné.

No eché de menos a nadie.

Absolutamente a nadie.

Yo había ganado.

Ni mi equipo ni mis managers ni mi familia.

Ni Ignacio. Y mira que lo había intentado. Con ese intento ridículo de «salvarme» y hacerse el héroe durante el disparo. Como si pudiera haber dos santos de Benidorm. Como si no fuera bastante show actuar mientras te apuntan con una pistola.

Pero él tenía que lanzarse a salvar a su estrella.

Eso no estaba en el plan.

Se le ocurrió en el último instante.

Seguro que soñaba con portadas internacionales. Y, sin embargo, la que saldría en portada sería yo, en lo alto de esa torre, ganando el Benidorm Fest©.

Solo había una santa Selene de Benidorm.

Todo lo que me quiero.
Todo lo que merezco.

Después llegó el ciclón de saludos, enhorabuenas, te quieros, sonrisas.

Tenía energía para seguir saltando y cantando toda la noche.

Sin embargo, algo se quebró dentro de mí.

Una melancolía súbita con la que no contaba.

Necesitaba un abrazo de verdad.

Busqué a Ian.

A Nil.

A los que siempre me decían las cosas a la cara.

Yo no era mala.

La mala.

O sí.

Cuál era el límite de la verdad y las mentiras, de lo que estaba bien y mal, del amor y del odio...

Me escabullí.

–Lo siento. Llevo meándome desde las votaciones. ¡Ahora vuelvo!

Los llamé.

Corrí a buscarlos.

Yo buscaba a los que había decepcionado, necesitaba que me perdonaran.

Acabé en un entresijo de pasillos y recovecos.

Oí una detonación muy cerca.

Después otra.

Y otra más.

¡Eran disparos!

Tres disparos.

Todo ocurrió muy rápido.

Me detuve.

Entonces lo vi.

Unos metros más allá.

Smith.

Sostenía una pistola. La pistola.

A sus pies, inerte, el cuerpo de Ian.

Smith me vio y corrió hacia mí, desesperado.

–Ha sido un accidente, te lo juro –me dijo al llegar a mi altura–. Se había vuelto loco, quería contarlo todo. Y, además, tenía esto.

Me mostró un teléfono que reconocí enseguida. Una prueba que no sé cómo había llegado a manos de Ian, pero que Smith le había arrebatado.

–Iba a entregarlo. Estaba dispuesto a arruinarlo todo, Selene. Todo... Hemos discutido. Nos hemos empujado. Ha sido un accidente... –volvió a decir.

Una puerta se abrió a sus espaldas.

Por ella salieron Allegra, Ras, Nil y Erik.

Los odié con toda mi alma.

Por el mero hecho de estar juntos.

Yo siempre tenía que solucionar las cosas por mí misma, sola.

Smith y yo echamos a correr, huimos.

Gritos.

–Tienes que ayudarme, tírala, haz lo que sea, no me has visto –me suplicó Smith, en pleno ataque de ansiedad, entregándome la pistola–. Ignacio lo arreglará todo, siempre lo arregla. Ha sido un accidente. Te lo juro.

–Eso ya lo has dicho, te repites –contesté.

Cogí el arma. Qué otra cosa podía hacer.

Él se quitó la camisa ensangrentada.

Y se alejó, corrió más y más...

Desapareció de mi vista.

La melancolía se fue transformando en miedo. Y el miedo en instinto de supervivencia. ¿Qué era lo mejor para mí? ¿Qué estaba dispuesta a hacer? ¿Qué había ocurrido en realidad? ¿Quién era yo para juzgar a nadie? ¿Cuáles eran los límites?

Erik corría y gritaba, dio la voz de alarma.

Subí por las escaleras, me escondí, no sabía muy bien lo que estaba haciendo.

O tal vez sí.

Al poco, me descubrió como un animalillo herido, escondida tras una puerta de emergencia.

En cuanto vi a Erik delante de mí, observándome, me derrumbé.

–¿Por qué? –dijo él.

No lo había previsto.

Simplemente sucedió.

Fue algo real.

Las lágrimas.

El hipo.

Los mocos.

Aunque no lo sabía, necesitaba llorar.

Podía hundirme.

Pero también podía recomponerme, siempre he sido capaz.

Volví a mirarlo.

Erik era la clave de todo.

La solución.

Todos saldríamos ganando.

Solo tenía que adornar un poco la historia.

Ian el chantajeador. El forcejeo. El accidente. Yo era la víctima. La que había apretado el gatillo en defensa propia.

Por Smith no lo haría, pero por mí... quizá por mí sí estaría dispuesto. Tenía que convencerlo de que era yo quien había disparado.

Para después cargarle a él la culpa.

Él lo aceptaría.

A cambio, se convertiría en mi héroe.

Para siempre.

Erik agarró la pistola.

Lo pude ver en la expresión de sus ojos.

Estaba decidido.

Estaba a punto de aceptar mi propuesta, mi llamada de auxilio.

Si hubiera estado solo, lo habría hecho.

Habría contado al mundo aquel relato. Su obsesión por mí. El forcejeo con Ian. Los disparos involuntarios. Yo apoyaría su versión. El accidente.

Le caerían unos años.

Escribiría una canción sobre él.

Erik lo habría hecho, habría asumido la culpa.

Si no hubiera sido por el grupo.

El dichoso grupito.

Oímos ruidos de pisadas que se acercaban.

–Tus amigos –dije, aceptando lo inevitable.

–Hum –musitó.

Allegra.

Ras.

Nil.

Llegaron a la carrera hasta el pie de las escaleras.

Nos miraron.

Observaron la pistola en la mano de Erik.

Pensé que la posibilidad de un final feliz se desvanecía en ese momento.

44.
ALLEGRA

–He sido yo –nos dijo Erik, con la pistola en la mano–. Lo maté yo.

Nos habríamos creído más si hubiera dicho «soy una mariposa» o «he vaciado el mar».

–Pero ¿qué dices? –preguntó Ras.

–Si estabas con nosotros...

A su lado, sudorosa y demudada, estaba Selene. Erik la tenía cogida de la cintura. Selene se apoyaba en su hombro. Los dos estaban quietos. Parecían dos tullidos recién salidos de una batalla. Parecían... Por primera vez, no parecían tan distintos entre sí. Selene era la Luna, siempre lo había sido. Pero ahora, Erik, a su lado, ya no parecía una lombriz de tierra. Ahora parecía un astronauta. Quizá fuera por la pistola en la mano.

Nil lo miraba sin ver. Estaba completamente en shock. Solo estaba ahí físicamente. En su cabeza, seguía sosteniendo a Ian en su regazo, viendo a Ian respirando, Ian sin respirar, Ian respirando, Ian sin respirar... Volviendo adelante y atrás esos dos momentos una y otra vez, como en un fliporama del *Capitán Calzoncillos*, como si solo por pensarlo pudiera hacerlo resucitar: Ian sin respirar, Ian respirando...

Yo sabía que no había vuelta atrás posible. Había visto el brillo de los ojos de un cocodrilo muerto.

Ras consiguió hacer funcionar su cerebro y empezó a atar cabos:

–Erik, no tienes que hacerlo. No tienes que cargar con un muerto que no es tuyo. Ni aunque te lo pida Selene. Creo que ya te ha pedido suficientes cosas por hoy. Por toda la vida.

–Estáis a punto de fastidiarlo –dijo Selene–. Erik ya ha dicho lo que tenía que decir. Es el asesino, pero también el héroe, el que se lleva a la chica, dejadlo en paz. Si seguís con vuestras tonterías, será un final muy malo para todos.

Nil pareció salir por un instante de aquel bucle imposible. Levantó la vista y miró a Selene. Tenía los ojos arrasados en lágrimas. ¿Selene?

Erik, que seguía inmóvil, con la pistola en la mano, también se giró a mirarla. Lo vi pensar como en el meme aquel de la mujer que hace ecuaciones mentales.

Y, de pronto, ahogó un grito y soltó, como una revelación:

–¡No has sido tú! ¡Claro! ¡No has sido tú, Selene! Si es que ni siquiera pudo darte tiempo... ¡Tú también estás cargando con un muerto! ¿Quién lo ha hecho? ¿Quién lo ha hecho de verdad?

Selene me miró, como acusándome.

–¡Yo estaba con vosotros! Yo no...

Erik movió la mano hacia mí, señalándome. Pero en la mano llevaba la pistola.

Lo miré a los ojos. Aún tenía algo de azul cereza del mar en los párpados y purpurina en los pómulos y la frente. La purpurina es como la arena, un tozudo souvenir. No es fácil quitarse la purpurina. Nada fácil.

Además, todavía tenía algo de color vino en los labios. Sumado a su palidez, le daba aspecto de vampiro.

Erik, tenías toda la cara llena de mis huellas dactilares y ahora estabas llenando con tus huellas esa otra pistola, una pistola de verdad, una pistola que no sé de dónde había salido, mientras me apuntabas. ¿Tan peligrosa te parecía?

Y entonces tuve que contaros mi excursión al Ártico.

45.
ALLEGRA EN EL ÁRTICO

Bienvenidos al Ártico.

El Ártico es el océano más frío y más lleno de vida. Abajo y arriba.

Abajo, en sus aguas, viven miles, millones de seres. Invisibles desde el exterior.

Arriba, en la banquisa, el hielo marino que lo corona a cachos, expuestos sobre ese blanco radiante, se juegan la vida otros seres.

Ninguna de las dos existencias, ni la visible ni la invisible, es fácil.

Cada vez hay menos sitio sobre el hielo.

Hay poca comida, muchos depredadores, y destacar es convertirse en un blanco.

Un blanco en el blanco.

No es fácil sobrevivir en el Ártico.

Por eso algunos animales cambian de color su pelaje: para camuflarse. Lo hace el zorro ártico, la liebre ártica...

Pobre liebre ártica. Son tantos los que podrían acabar con ella: el propio zorro, el lobo, el halcón, el ratonero... hasta el armiño.

Claro que el armiño tampoco lo tiene fácil.

Es un depredador, sí, muy dañino, pero tiene muchos enemigos. Es su capacidad para subirse a árboles lo que le salva la vida a menudo. Todo el mundo quiere su pelaje.

Y hay que recordar que un armiño no es una oveja: para hacerse un abrigo de armiño, hay que matar al armiño.

Perdón. Intento contarlo. Pero no es fácil. Voy.

Una tarde de febrero, el zorro ártico se encontró a la liebre. No era la primera vez.

El zorro ártico tenía las sienes plateadas y la liebre temblaba. Le dolía la cabeza.

A lo lejos, un armiño se subía a un árbol. Era impresionante.

–¿Ves el armiño, qué alto ha llegado? Dirías que está en su *prime*, ¿eh? –dijo el zorro a la liebre–. Yo lo he puesto ahí. Pero más alto te pondré a ti. Claro que te conviene, nos conviene, que al armiño le vaya bien, muy bien. Si al armiño le va muy bien, a mí me va muy bien y a ti te irá muy bien. Es un *win win win*.

El zorro había estudiado en una escuela de negocios.

La liebre no acababa de entender, y lo que entendía no le gustaba. ¿A quién prefería el zorro: al armiño o a la liebre? Todos queremos gustar. Hasta el hijo único quiere ser el hermano favorito.

–Liebre bonita –dijo el zorro acariciando el lomo de la liebre–, hemos pensado en una pequeña ayuda extra para que triunfe el armiño, que recuerda que es como decir que triunfes tú, que triunfe yo... *Win win win*.

–¿Una ayuda extra? Pero si el armiño no necesita... Mira.

Señalé el árbol... y sentimos las ráfagas de sombra y luz, las alas extendidas, el vuelo, el relámpago de rayos. Todo lo que era Selene cuando actuaba con su cuerpo de baile.

–No necesita nada extra –insistí.

Aún no habían acabado el ensayo.

Vale, en ese momento pensé que Ignacio Bronce me estaba pidiendo que me dejara ganar. Pero una llamada interrumpió nuestra conversación y él se fue a hablar con alguien. Los zorros siempre están muy ocupados. Tienen muchos asuntos que atender. Y fue entonces cuando os encontré, antes de entrar en la sala de prensa a la entrevista con @anyonesmith.

Pero hubo otra visita al Ártico. Fue mientras Nil estaba en el camerino de Keylo, y Ras y Erik iban a coger la pistola del hostal para, en principio, tirarla al mar.

El encuentro entre el zorro ártico y la liebre tuvo lugar en mi iglú.

–Liebre bonita, te necesito.

–¿A mí? Si no soy más que una pequeña liebre.

–Y yo un zorro muy ladino. Resulta que teníamos un plan, un plan precioso. No era para ti, todavía no. Pero tú espera y verás, pequeña. Serás la liebre más preciosa del Ártico. Este plan era para el armiño. Es espectacular, el armiño. Pero aún puede serlo más.

–¿Más? Pero si ya sale rodeada de todo ese séquito. Con ese baile con el búho nival...

–Sí, bueno. Muy impresionante, pero ya se ha visto. Ahora solo necesita un pequeño empujón, algo nunca visto, algo digno de llenar las redes, portadas internacionales, un poco más de espectáculo. Y habíamos diseñado el mejor, ¡el mejor espectáculo del mundo!

–¿Pero eso no era el circo? ¿No era que íbamos a hacer música?

[¿Había olvidado mencionaros que estábamos hablando de música?].

–El caso es que habíamos preparado todo: el jueguecito en el hotel, el falso guardia con la pistola que es un actor, con su pistola de actor, de las que usan para efectos especiales, puro ruido, ¡es todo espectáculo! ¡Está en la escaleta! ¡Sorpresa, sorpresa! Y hasta teníamos un actor que no sabe que es un actor, porque así es todo como más real, un auténtico *reality show*... Tú deja al zorro, que sabe de esto. Creo que lo conoces, al actor que no lo sabe, hace de fan de Selene, bueno, es un fan. Una jirafa. No sé qué hace aquí en el Ártico, la verdad. Suele ir con una gata, otra que tal, fuera de lugar.

»Y todo iba fenomenal, pero parece que hemos perdido de vista a la jirafa y nos estamos poniendo nerviosos. El armiño ha reclamado su presencia, pero no viene. La hiena, que es mi ayudante, lo ha llamado, pero no aparece. Pero creo que si tú lo llamaras...

–¿Por qué yo?

–A mí no me mires –dijo el zorro–. Yo no quería meterte en esto. El plan era mucho más sencillo, pero lo lio la jirafa. Fue ella quien te escogió como compañera de aventuras. Tengo entendido que os habéis hecho muy amiguitos: la jirafa, la gata, el búho nival y tú...

Y la liebre se resistió, juro que se resistió.

Pero hubo «¿Qué sabrás tú, si solo eres una pequeña liebre?» y hubo un beso glacial que hasta yo supe que no era cierto, porque un beso de verdad no puede dejarte helada. Y esa colonia que lo inundaba todo. Y hubo una lección de zoología: «Los perros ladran, los gatos maúllan... ¿y sabes qué hacen las jirafas?», me dijo. «Nada. Las jirafas no hablan. Son mudas. Dime tú cómo, con semejante cuello. ¿Seis metros de cuerdas vocales? No te preocupes. Las jirafas no hablan». Y hubo una promesa de música, más música, mucha música, música ártica, antártica, internacional. «Créeme, somos los zorros los que sabemos de estos. Tú ya solo tendrás que preocuparte de hacer música». Y el zorro, ladino, me recordó el contrato. Y la cláusula de confidencialidad. Tenía que. Y no tenía que. No tenía que contarlo.

Y claro que intervine para que aquella pistola entrara aquí. Y luego me arrepentí, y la escondí. Intenté hacerla desaparecer, intenté cortar los hilos que nos movían, y volvió el zorro y le mentí (una liebre mintiendo a un zorro):

–¿La tenéis? –preguntó.

–La tenemos.

Aún me temblaban las manos. Hacía unos minutos que había tenido la pistola en mis manos. La había sacado del camerino de Keylo y la había escondido en el mío. Para que no pasara nada, para que nadie tuviera que hacer nada.

Pero luego vino la hiena y me acusó y yo pensé que sabía, que habrían puesto cámaras en mi iglú, o en el camerino de Keylo. Son capaces de cualquier cosa. Y sentí que no era más que una pequeña liebre y saqué la pistola escondida, y volvimos a ser títeres otra vez...

Dijo Ras que parecía recién llegada del Ártico, escoltada por una comitiva de perros de nieve y osos polares. Lo del Ártico, ya veis, de alguna manera es cierto. Pero no, la escolta la formábamos una jirafa, una gata, un búho nival y una liebre. Escoltábamos, qué ingenuos, LA MÚSICA. Los extraños músicos de Bremen, los músicos de Benidorm.

Éramos verdaderamente críos jugando a agentes secretos, éramos Mortadelo y Filemón.

Ahora lo veo claro. Siempre ha habido un gran titiritero, Ignacio, que ha movido los hilos. Ha movido los hilos de Selene, de Smith, los míos...

Pero Selene y Smith se han intentado quitar la sensación de ser títeres convirtiéndose en pequeños titiriteros. Se creían titiriteros porque movían otros hilos: los de Ian, los de Erik... Como si así pudieran escapar de la gran mano que los movía, ¿verdad, Selene?

Y llegamos nosotros y formamos esta banda, que era incontrolable y no hacía más que enredar y enredar los hilos y los obligaba a cambiar la función, porque nada salía como estaba previsto. Tenían que estar desesperados con nosotros.

Y todo parecía una gran farsa: la explosión controlada en Penélope, el juego de robar la pistola, el disparo de fogueo, el numerito de Ignacio guardaespaldas salvador...

Pero este nexo nuestro no es un anillo, esta banda nuestra es de verdad, y esa pistola, Erik, esa pistola que te juro que no sé de dónde ha salido, es de verdad, y si disparas, no hará solo «¡BUM!».

El muerto, Ian, es de verdad. Y no es nuestro, no. Ni habrá forma de que puedan hacerlo nuestro. No tienes que cargar con este muerto, Erik.

46.
NEXO

Creo que fue entonces cuando Ras puso su mano sobre la pistola. Y luego Nil. Y Erik dejó de apuntarme, y también yo puse mi mano sobre las suyas.

No fue un abrazo; fue un amanazo.

Ahí estaban nuestras manos juntas, nuestras huellas dactilares juntas, nuestra inocencia junta, sobre una pistola. Ojalá poder recuperarla. Tocar una pistola te convierte irreversiblemente en adulto.

–¿Y ahora qué viene? –dijo Selene con sarcástico desprecio–. ¿Todos para uno y uno para todos?

Y entonces me acordé de una canción que me cantaba mi abuela de pequeña y empecé a susurrarla:

En la ratonera
ha caído un ratón.

Qué suerte que Ras también se le sabía:

Con sus dos pistolas
y su traje de cowboy,

seguimos las dos.

Ha de ser gringuito
porque siempre habla inglés,
a más de ser rubito
y tener grandes los pies.

Cuando me giré, Selene ya no estaba ahí. Pero sería fácil encontrarla. Para quien quisiera buscarla.

El ratón vaquero
sacó sus pistolas,
se inclinó el sombrero
y me dijo a solas:

«What the heck is this house
for a manly cowboy mouse?».

Debíamos de resultar tan maravillosamente ridículas poniendo la voz del ratón cantando en inglés, que Nil y Erik no tuvieron más remedio que sonreír. Aunque en el gesto de Nil solo se pudiera leer el dolor infinito por una pérdida que ni siquiera había empezado a asumir. Pero se dejó llevar por la fuerza del resto, por el poder de la banda que habíamos vuelto a ser, y, desde ese otro Ártico que hay en el duelo, se sumó a nosotros cuando enlazamos los brazos para bailar, para celebrar por anticipado la detención de quien siempre habla inglés. Porque teníamos los mensajes que Ian le había podido enviar a Nil, y teníamos una grabación de Smith y, sobre todo, nos teníamos a nosotros. Porque se puede bailar y estar roto por dentro, como lo estaba Nil en ese momento, como estábamos los demás porque en una banda todo se comparte hasta donde se puede y el dolor de Nil era también nuestro dolor.

Nuestra gran victoria, quizá, era tener una pistola en la mano y poder, en lo más oscuro de la noche, todavía dentro del vientre de la ballena, seguir cantando y bailando una canción infantil, moviéndonos libres, enredándonos y desenredándonos, sin arrastrar los hilos de nadie, haciendo una rueda con la euforia, la pena, el miedo y todo lo que habíamos sentido en esas últimas horas.

«¡Hello, you let me out
and don't catch me like a trout».

¿Conque sí? Ya se ve
que no estás a gusto ahí.
Y aunque hables inglés,
no te dejaré salir, ey.

Después de ese «ey», nos paramos de golpe.

Yo tenía a Erik justo enfrente.

Nos miramos a los ojos.

–Lo denunciaremos –dijo.

Smith había dicho que le faltaba valentía. Pero valentía no es disparar una pistola. Eso es una estupidez.

La valentía puede ser lo que de niño te dijeron que era de cobardes. Lo llamaban «chivarse», para desprestigiarlo, para que no quisieras hacerlo. Pero lo puedes llamar «denunciar» y entonces los malos, los ratones vaqueros, acaban en la cárcel. Y aunque hablen inglés, y digan *win win*, no los dejarán salir.

Y entonces Erik fue a decir algo más, pero yo le robé las palabras, porque no se puede besar y hablar a la vez, y yo lo besé.

Me había conmovido su valentía, pero sobre todo su vulnerabilidad y su torpeza bailando y su generosidad, y cómo desparramaba su amor.

No se puede besar y hablar a la vez, pero sí se puede llorar.

Eso es lo que hizo Erik mientras nos besábamos, y Nil y Ras se sumaron a aquel abrazo, y fue una mezcla tan extraña –los besos, las lágrimas, una pistola, aquella canción, el amor, el *hate*, nosotros cuatro– como todo lo que nos había ocurrido en Benidorm.

CANCIONES

Y qué más da.
Mira que al final
lo que importa es que te quiero.
Si pudiera ser tu héroe,
si pudiera ser tu dios,
que salvarte a ti mil veces
puede ser mi salvación.

De la canción *Héroe,* de Enrique Iglesias
Letra: Enrique Iglesias, Paul Barry y Mark Taylor

No voy a llorar y decir que no merezco esto,
porque es probable que lo merezco.
Pero no lo quiero.
Por eso
me voy.
Qué lástima, pero adiós.
Me despido de ti y me voy.
Qué lástima, pero adiós.
Me despido de ti...

De la canción *Me voy,* de Julieta Venegas

Antón, Antón, Antón Pirulero.
Cada cual, cada cual, que atienda su juego.
Y el que no lo atienda pagará una prenda.

De la canción popular *Antón Pirulero*

When you said you were leaving
To work on your mental health
You didn't mention the cheating, yeah
You kept that one to yourself
Wanted to trash your Benz

Tell all your friends
How cruel you were to me (to me, to me)
Instead I wrote a song.

De la canción *I wrote a song*, de Mae Muller
Letra: Mae Muller, Karen Poole y Lewis Thompson

Nos damos un abrazo,
que ya se me ha pasado
y tengo que tocar.
...
Algo que me da el suuubidón,
que hago que pretendo estar mejor,
casi nunca pasa así,
muchas gracias por venir.
...
Algo que me da el suuubidón,
que hago que preteeendo estar mejor,
imagino que esto no es real,
que yo no merecíiía este lugaaar.

De la canción *Muchas gracias por venir*,
de Las Ginebras (Julia Acosta Díaz,
María Berto Suanzes, Raquel López Alonso,
Sandra Sabater Gras)

Cuando yo te bailo, sé que tú te vuelves loco,
especialmente si te lo hago poco a poco.
Sabes lo que tienes y no lo valoras poco.
Ya veo el brillo en tus ojos.
Es un placer conocerte.
Quizá tú me traigas pena.
Pero no puedo perderte.
El número uno, la que más se pega.

De la canción *Fiebre*, de Bad Gyal

Haces muy mal
en elevar mi tensión,
en aplastar mi ambición.
Tú sigue así, ya verás.
...
Fuiste tú el culpable.
Oh, no fui yo.
Ni tú ni nadie, nadie
puede cambiarme.

De la canción *Ni tú ni nadie*, de Alaska y Dinarama
Letra: Carlos Berlanga

Qué más da lo que digan,
si no saben nada de lo que llevo dentro.
Qué más da lo que piensen,
si ya nada parece tan real.
...
Yo quisiera parar el tiempo,
mirarme a los ojos
y no sentir miedo.
Yo quisiera volver,
pero no puedo

De la canción *Yo quisiera*, de Alice Wonder

Tengo el ansia de la juventud.
Tengo miedo, lo mismo que tú.
Y cada amanecer me derrumbo al ver
la puta realidad.
No hay en el mundo, no,
nadie más frágil que yo.
...
Sobreviviré,
buscaré un hogar
entre los escombros de mi soledad,

paraíso extraño
donde no estás tú.
Y aunque duela, quiero libertad,
aunque me haga daño,
uh, eh, eh, eh, eeh...

De la canción *Sobreviviré,* de Mónica Naranjo
Letra: Luigi Albertelli y José Manuel Navarro

How many special people change?
How many lives are livin' strange?
Where were you while we were getting high?
Slowly walkin' down the hall
Faster than a cannonball
Where were you while we were getting high?

De la canción *Champage supernova,* de Oasis
Letra: Noel Gallagher

En la ratonera
ha caído un ratón
con sus dos pistolas
y su traje de cowboy.
Ha de ser gringuito
porque siempre habla inglés,
a más de ser rubito
y tener grandes los pies.
El ratón vaquero
sacó sus pistolas,
se inclinó el sombrero
y me dijo a solas:
«What the heck is this house
for a manly cowboy mouse?».

De la canción *El ratón vaquero,*
de Francisco Gabilondo Soler